# SON GÉNIE AUX COURBES GÉNÉREUSES

UNE ROMANCE DE PETITE VILLE AVEC UNE HÉROÏNE AUX COURBES VOLUPTUEUSES

À LA RECHERCHE DU HÉROS LITTÉRAIRE PARFAIT
TOME DIX

## MARY E THOMPSON

BluEyed Press

# À LA RECHERCHE DU HÉROS LITTÉRAIRE PARFAIT

C'est l'été à L'anse MacKellar et l'ambiance devient torride ! Quelqu'un d'autre tombe amoureux et nous suivons chaque étape avec passion. Ne manquez rien en vous inscrivant à la newsletter de Mary.

## LIVRE 10

### *<u>Son Génie aux Courbes Généreuses</u>*

*Xavier*

Je n'ai jamais voulu d'une vie dans une petite ville. J'ai menti en disant que c'était le cas, mais quand j'ai dû faire un choix, j'ai tourné le dos à la femme que j'aimais et aux projets que nous avions faits pour construire une vie sans elle. Une vie avec ma fille et mon meilleur ami. Une vie solitaire.

Mais la vie citadine n'était pas bonne pour mon adolescente. Elle avait besoin de quelque chose de différent. Il était logique de suivre mon meilleur ami dans la petite ville où il commençait sa propre famille.

La même ville que Karissa appelait chez elle.

**Karissa**

L'application de rencontres que j'ai créée pour aider les habitants à trouver l'amour a été un énorme succès. Les gens l'adoraient. Je l'adorais.

Jusqu'à ce qu'elle me mette en relation avec mon ex.

Xavier était celui qui m'avait échappé. Celui qui avait décidé que la vie que nous avions planifiée ensemble, la vie qu'il avait abandonnée, était finalement ce qu'il voulait. Pas à cause de moi. Non, il envahissait ma petite ville pour sa fille.

— *Est-ce que j'étais l'amour de ta vie ?*

Le pire dans tout ça ? Je n'arrivais pas à rester loin de lui. Il était toujours dans les parages, séduisant, adorable et charmant tout le monde en ville.

Y compris moi.

*À Mary... tu as rendu cette histoire meilleure et je ne serais pas l'écrivain que je suis sans ton amitié. Merci !*

## KARISSA

*P*asser la soirée avec mes amis était la dernière chose que je voulais faire. Ce n'était pas juste. Je devrais pouvoir profiter du temps passé avec eux. Et je le ferais si Xavier Hogan n'était pas là aussi.

Il rendait tout plus difficile pour moi. Comme si ma peau était trop serrée. J'étais toujours tendue, surtout quand je savais que j'allais devoir l'affronter. Nous n'avions parlé qu'une poignée de fois depuis son arrivée en ville il y a cinq semaines. Non, je ne comptais pas depuis combien de temps il était dans ma ville. Mon espace. Ma vie. Beurk.

Je ne pouvais plus voir ma meilleure amie et colocataire, Finley, ou son fils de trois mois sans voir Xavier. Elle n'était à la maison qu'une ou deux nuits par semaine, passant les autres avec son petit ami, Trent, et le petit George au domaine MacKellar. Je ne lui en voulais pas. Leur petite famille était nouvelle, elle les adorait, et elle et Trent allaient se marier. Je comprenais, mais mon amie me manquait.

Alors, je prenais sur moi et j'allais chez eux chaque fois qu'ils m'appelaient pour m'inviter. Comme ce soir. Pour Finley.

Je me suis garée à côté de la voiture de Finley dans l'allée et j'ai coupé le moteur. J'avais besoin d'une minute avant de les affronter. Une minute de plus. Juste pour m'assurer que j'allais bien.

Ce n'était vraiment pas juste que Xavier s'en sorte si bien. Entre sa fille adolescente adorable et impertinente et le poste que Trent avait créé pour lui, sa vie était facile. Je ne connaissais pas toute l'histoire avec son ex, mais je pouvais faire le calcul et je ne voulais pas savoir.

McJenna avait quinze ans. Ce qui signifiait que Xavier s'était mis avec sa mère quelques mois après notre rupture. Peut-être. En supposant qu'il ne me trompait pas quand nous étions ensemble. Comment diable le saurais-je ? Je ne connaissais pas du tout cet homme, apparemment. Si je l'avais connu, je n'aurais pas été prise au dépourvu par lui.

J'ai expiré avec frustration et me suis rappelé que je n'étais pas là pour lui. J'étais là pour Finley. Et George.

Je me suis finalement forcée à sortir de ma voiture et je suis allée à la porte. J'ai sonné et j'ai attendu que quelqu'un me laisse entrer. Il faisait un temps magnifique dehors, ensoleillé et splendide, le genre de journée qui rendait L'anse MacKellar parfait en été. Une partie de moi voulait rester dehors tout l'après-midi, mais puis la porte s'est ouverte et on m'a fait signe d'entrer.

—Comment vas-tu ? m'a demandé Trent en me prenant dans ses bras. Trent MacKellar était un adepte des câlins. Il était affectueux et amical et semblait me considérer comme de la famille. C'était étrange après l'avoir considéré comme de la royauté pendant la majeure partie de ma vie, mais pourquoi pas après tout ?

—Bien. Comment allez-vous ? ai-je demandé.

Je n'ai jamais demandé juste des nouvelles de Trent. Ça me semblait bizarre. Si Finley n'était pas là, je ne serais pas là non plus. Ils formaient un tout indissociable dans mon esprit parce qu'elle vivrait encore avec moi si Trent n'avait pas repris ses esprits et réalisé la chance qu'il avait d'avoir mis Finley enceinte parmi toutes les femmes qu'il aurait pu accidentellement engrosser et à qui il aurait été lié pour toujours.

—Bien. Vraiment bien. Fin commence à parler de reprendre un horaire de travail normal.

—Vraiment ? ai-je demandé en riant. Finley était déterminée à retourner directement au travail après la naissance de George. Elle insistait sur le fait qu'elle ne serait pas une de ces femmes qui changent complètement leur vie à l'arrivée de leur bébé. Puis George est né. Elle n'avait pas travaillé une semaine complète depuis. Je ne pouvais pas lui en vouloir, mais qu'elle parle de revenir à temps plein était vraiment risible.

—C'est ce qu'elle dit.

—Je suis sûre que ses parents seront ravis de cette idée.

Trent a acquiescé. —Oui, je pense qu'ils ont fait du lobbying auprès d'elle. Mais Anna a été formidable. Finley est vraiment reconnaissante qu'elle ait accepté d'aider autant.

—C'est ce que Fin m'a dit aussi. Je n'ai pas eu l'occasion de bien connaître Anna, mais je suis contente qu'elle ait été disponible. Anna était une amie d'une amie et avait commencé à travailler pour Finley avant l'arrivée de George. Elle était un cadeau du ciel et avait définitivement sauvé la librairie spécialisée en romans d'amour de Finley de la fermeture.

—Moi aussi. Nous sommes entrés dans la cuisine, qui était grande ouverte avec les portes arrières grandes ouvertes pour laisser entrer l'air frais. —Je peux te proposer quelque chose à boire ?

—Juste de l'eau, ce serait parfait. Merci.

—En bouteille ou du robinet ?

—Peu importe.

—Nous avons cette eau pétillante que Finley dit que tu aimes. Tu en veux une ?

—Bien sûr. Ce serait super. J'ai souri à Trent alors qu'il s'illuminait. Il faisait des efforts, et j'appréciais ça. Nous commencions tout juste à nous connaître quand Xavier a emménagé, ce qui a freiné notre amitié naissante. Je me sentais mal, mais je ne pouvais pas simplement mettre de côté dix-sept ans de regrets et faire comme si rien ne s'était passé entre Xavier et moi. Il m'avait brisée, et une partie de moi ne s'en était pas remise.

—Bonjour, Mme Karissa, a dit McJenna depuis l'escalier.

Je me suis tournée et j'ai souri à l'adolescente. Elle était la seule raison pour laquelle je tolérais Xavier en dehors de Fin. McJenna était drôle, intelligente et curieuse, et elle rendait mes visites beaucoup plus supportables. Elle aimait l'informatique et me posait beaucoup de questions sur la conception d'applications, exprimant elle-même un intérêt pour ce domaine.

Ma mère était serveuse dans un restaurant, et mon père travaillait dans un magasin de bricolage. Aucun d'eux ne connaissait quoi que ce soit aux ordinateurs, alors quand j'ai voulu en apprendre plus, j'ai dû me former seule ou trouver les réponses en ligne. Si j'avais eu un mentor, je pense que ma carrière aurait été différente. Je savais que je ne serais jamais cette personne pour la fille de Xavier, mais je voulais quand même l'encourager autant que possible.

—Salut, J. Comment ça va ?

Elle a haussé les épaules et s'est glissée sur un tabouret au comptoir du petit-déjeuner. —C'est tellement ennuyeux ici.

—C'est l'été. Ça devrait être amusant en ce moment. Attends juste qu'il neige et que tu ne puisses plus quitter la propriété.

—Est-ce que ça arrive vraiment ? a-t-elle demandé, les yeux bruns écarquillés.

Trent a ouvert puis refermé la bouche, puis m'a tendu mon eau. —Ça peut arriver, mais ce n'est pas fréquent.

—Je ne pense pas pouvoir supporter ça. Il faut que je déménage.

McJenna s'est éloignée, traînant les pieds à chaque pas. J'ai ricané en la regardant partir, puis j'ai remarqué l'expression de Trent.

—Pourquoi lui as-tu dit ça ? a-t-il demandé, un sourire tirant le coin de sa bouche.

—C'est vrai, non ?

—C'est arrivé une seule fois au lycée.

J'ai ri. —C'est possible.

—Elle se plaint déjà de ne pas avoir d'amis. Je sais que si elle vivait en ville, elle pourrait se promener et rencontrer des gens, mais étant complètement isolée ici, elle est la gamine bizarre du Domaine.

—Comme toi à l'époque ?

Trent leva les yeux au ciel. —Tu sais comment c'est.

J'ai hoché la tête. Je le savais. Il n'y avait pas beaucoup de familles noires à L'anse MacKellar. La famille de Trent était aisée, et les gens respectaient l'argent, donc grandir ici n'avait pas été aussi difficile que dans d'autres endroits, mais nous restions quand même minoritaires. Et pour McJenna, étant nouvelle en ville et vivant sur le Domaine où les autres enfants ne passaient pas simplement pour lui demander de sortir, ce serait plus difficile de rencontrer des gens et de se faire des amis.

—Pourquoi McJenna parle-t-elle de devoir déménager avant qu'il neige ? demanda Finley, en entrant avec George dans ses bras.

—J'ai besoin de mon filleul, lui ai-je dit, en tendant les mains vers lui avec impatience.

Finley me l'a passé et a haussé un sourcil dans ma direction.

J'ai soigneusement évité son regard.

—Rissa a dit à J que l'été était plus sympa et d'en profiter parce que quand l'hiver arrivera, on risque de rester coincés ici.

—Tu n'as pas fait ça ! s'est exclamée Finley.

—Je plaisantais. En quelque sorte. Elle doit rencontrer d'autres enfants. Que penses-tu du fils d'Anna ? Ont-ils le même âge ?

Finley a secoué la tête. —Joey a un an de plus.

—Connaissons-nous quelqu'un avec un ado de quinze ans ? Quel âge a le fils de Goldie ? a demandé Karissa.

—Je pense que Paul a quatorze ans, a dit Finley.

—Est-ce que Valentina a un ado de quinze ans ? ai-je demandé.

Les sourcils de Finley se sont froncés. —Je ne suis pas sûre. Je sais que ses filles sont plus âgées, adolescentes, mais je ne sais pas exactement quel âge elles ont.

Je me suis mentalement promis de passer à la boulangerie Cove un de ces jours pour parler à Valentina de ses filles.

—Je vais commencer à cuisiner, a dit Trent. —Ça te va ?

Finley hocha la tête et releva le menton pour un baiser de sa part lorsqu'il passa. Elle sourit et le regarda sortir. Il dit quelque chose à McJenna que nous ne pouvions pas entendre, puis se dirigea vers le barbecue.

— Comment vas-tu ? me demanda Finley.

Je souris et me concentrai sur George.— Je vais bien. Occupée. Tu sais comment je suis.

— Je le sais, c'est pourquoi j'ai demandé.

J'ouvris la bouche pour lui dire la vérité quand la raison de mon hésitation s'éclaircit la gorge derrière moi. Je me tus, nichant mon visage contre le cou de George et inhalant cette odeur de bébé qui m'apaisait.

— Bonjour, Karissa, dit Xavier.

— Xavier. Je n'arrivais pas à le regarder, alors je ne le fis pas. J'attendis simplement qu'il sorte, gardant toute mon attention sur mon filleul.

— Tu es sûre que ça va ? demanda Finley.

Je forçai un sourire auquel ni elle ni moi ne crûmes et hochai la tête.— Bien sûr. Pourquoi est-ce que ça n'irait pas ?

ÊTRE ASSISE en face du seul homme, à part mon père et mon beau-père, que j'aie jamais aimé était carrément douloureux. Je ne pensais jamais le revoir quand j'étais revenue dans ma ville natale, quand il avait dit que la vie dans une petite ville n'était pas pour lui et avait refusé de m'accompagner.

Et maintenant, il menait une vie de petite ville. Complète avec son propre enfant. On dirait que la blague était sur moi.

Mais je n'étais pas là pour lui, en bien ou en mal. J'étais là pour ma meilleure amie afin de célébrer la première fois que son nouveau-né dormait toute la nuit. Je ne connaissais rien aux enfants, mais apparemment c'était un grand événement.

— J'étais tellement effrayée. Je suis allée vérifier trois fois pendant la nuit. J'étais certaine que quelque chose n'allait pas, dit Finley en riant.

— Moi aussi, dit Trent. Il regarda Finley puis le bébé avec tant d'amour dans les yeux que cela me faisait réellement mal au cœur.

J'étais heureuse pour eux. Vraiment, sincèrement, je l'étais. J'avais été présente durant tous leurs hauts et leurs bas, et je voulais que Finley connaisse l'amour qu'elle méritait. Ce genre d'amour qui fait croire à tous ceux autour d'eux que l'amour est réel et qu'il existe pour chacun d'entre nous.

J'y aurais cru si ce n'était pas pour cette incarnation du chagrin d'amour assise de l'autre côté de la table.

—La première nuit où McJenna a dormi sans se réveiller,

j'ai fait la même chose. C'était une adaptation difficile, dit Xavier.

—Papa, soupira McJenna, en étirant le mot comme seule une adolescente pouvait le faire.

Je me forçai à sourire pour toute la table. La seule et unique non-parent du groupe. La seule qui n'avait aucune idée de ce que c'était de se réveiller la nuit et de s'inquiéter pour la sécurité d'une autre personne. J'avais toujours supposé qu'un jour j'aurais des enfants, mais ce jour s'est transformé en années, et j'allais maintenant vers mes trente-neuf ans de l'autre côté d'une double mastectomie préventive qui me faisait me sentir encore moins désirable en tant que femme que je ne me sentais avant l'opération.

Je ne regrettais pas le choix que j'avais fait, mais voir mon amie roucouler et s'affairer autour de son petit bout de chou me faisait penser à toutes les choses que je n'avais jamais faites.

Comme trouver quelqu'un qui voulait vivre dans une petite ville. Quelqu'un avec qui je pourrais construire une vie, une famille et un avenir. Au lieu de cela, j'ai aidé d'innombrables autres personnes à trouver l'amour.

Les regrets étaient une chose étrange. Ma mère parlait de regrets quand elle approchait de la fin de sa vie. Ses regrets étaient différents, mais c'était peut-être quelques décennies supplémentaires et l'amour de non pas un mais deux hommes merveilleux qui l'avaient changée. Quant à moi, je regrettais toutes ces choses que je m'étais promis de faire un jour mais que je n'avais pas faites.

—Sur quoi travailles-tu ces temps-ci, Karissa ? demanda Trent. Il essayait d'être gentil et de m'inclure dans la conversation, mais je n'étais pas vraiment sûre de vouloir être incluse.

—Je développe quelque chose de nouveau pour un client. On m'a approchée il y a quelques mois à ce sujet, lui dis-je.

—Quelques mois ? Ça doit être un projet important. Trent comprenait un peu comment fonctionnait la conception d'applications, mais pas beaucoup d'après ce que je pouvais constater. Ce n'était pas le sujet le plus passionnant pour les gens qui ne s'excitaient pas pour les ordinateurs.

—C'est vrai, mais le salaire est vraiment bon et ça m'a donné un endroit où concentrer mon énergie dernièrement.

—C'est toujours une bonne chose. Je devrais peut-être te demander de concevoir une application pour le théâtre. Quelque chose pour aider à acheter des billets ou à choisir des sièges ou quelque chose comme ça.

J'ai serré les lèvres et acquiescé. Je détestais travailler avec des clients qui pensaient vouloir une application mais ne savaient pas vraiment ce qu'ils voulaient. C'était plus facile de traiter avec ceux qui savaient exactement ce qu'ils recherchaient. Trent m'avait engagée pour concevoir une application pour le magasin de Finley avant la naissance de George, mais je savais exactement ce que Finley voulait et dont elle avait besoin. Un *peut-être que je devrais* n'était jamais utile.

—Est-ce que je peux partir ? demanda McJenna. Elle repoussa son assiette de la table et regarda son père. Ses yeux bruns expressifs me touchèrent. Je ne pourrais jamais lui dire non. Heureusement que je n'avais pas à m'inquiéter de ça.

—Mets ton assiette dans le lave-vaisselle. Nous n'avons pas besoin de créer plus de travail pour Mme Emily.

Elle hocha la tête en se levant. Son téléphone était déjà dans sa main avant même qu'elle n'atteigne le lave-vaisselle dans la pièce voisine, en train d'envoyer un message à quelqu'un.

—Je ne sais pas comment nous allons gérer tout ça, dit Trent à Finley. —Je ne pense pas être prêt pour une adolescente.

Finley ricana. —Je pense que c'est pour ça qu'ils

commencent tout petits. D'ici à ce qu'on ait un adolescent, on saura s'en occuper.

—J'espère bien. Ça n'a pas l'air très amusant pour moi.

—Surtout quand tu traînes ton enfant à travers l'État vers un endroit qu'elle ne connaît pas et des gens qu'elle ne connaît pas. Je suis presque sûr qu'elle me déteste, dit Xavier. Il se pencha en arrière sur sa chaise et soupira.

—Elle était d'accord. Elle s'en sortira. J'ai détesté grandir ici, mais c'est un bon endroit pour les familles. Et elle ne peut pas se mettre dans autant de problèmes ici, dit Trent.

Son ton était léger, mais ses paroles étaient lourdes de sens. Je voulais demander dans quel genre d'ennuis elle s'était mise avant leur déménagement, mais je n'en avais pas le droit.

—Peut-être pas, mais elle va essayer.

—Vous êtes prêts pour le dessert ? demanda Finley à voix haute. —Karissa a apporté un gâteau.

—Je ne dirais pas non à un morceau de gâteau, dit Trent. —Merci. Nous sommes contents que tu aies pu être là ce soir. Je sais qu'on est ennuyeux et qu'on ne parle que de bébé, mais on veut que tu te sentes à l'aise pour venir ici quand tu veux.

—Merci, lui ai-je dit. Je ne me sentirais jamais à l'aise d'aller chez lui, mais j'essaierais. Pour Finley, j'essaierais.

—J'espère vraiment aussi que vous pourrez vous entendre à nouveau tous les deux. Je sais que vous étiez amis à l'université, mais—

—Amis ? ai-je demandé en me tournant vers Xavier. —Tu lui as dit que nous étions amis ?

Il a haussé les épaules comme si c'était la meilleure façon de décrire ce que nous avions été l'un pour l'autre.

—J'ai dit quelque chose de mal ? a demandé Trent.

J'ai laissé échapper un rire. —Non. Non, tu n'as rien dit de mal. Mais je pense que redevenir « amis » est un objectif assez ambitieux. Enfin, peut-être que je me trompe, mais je préfère être amie avec des gens en qui je peux avoir confiance. Des gens sur qui je peux compter. Des gens qui ne passent pas trois ans à planifier un avenir avec moi pour décider, comme ça, du jour au lendemain, que toutes les fois où nous avons parlé de nous marier et de construire une vie ensemble n'étaient qu'une fiction.

—Ce n'est pas juste, et tu le sais. Je t'ai dit que je ne voulais pas vivre dans une petite ville. Qu'il n'y avait pas beaucoup d'opportunités professionnelles là-bas.

—Ouais, et puis tu as dit qu'on pourrait essayer.

—J'ai dit que peut-être on pourrait essayer. Peut-être. Au final, ce n'était pas pour moi.

—Mais ça l'est maintenant ?

Xavier m'a lancé un regard noir de l'autre côté de la table. —Ma vie a beaucoup changé au cours des dix-sept dernières années.

—Eh bien, j'espère que tu es heureux avec tous ces changements dans ta vie. C'est drôle, mais ma vie n'a pas tellement changé. C'est ma petite ville ici. C'est là que je vis. C'est mon foyer. Et je serai damnée si tu me fais sentir que je n'y ai pas ma place.

—Je n'ai jamais—

Je me suis levée et me suis détournée de lui. —Je m'excuse de partir comme ça, Trent, mais il semble que j'aie perdu l'appétit. Fin, on se voit plus tard !

—Rissa, a essayé Finley.

—Non. Ça va. Je t'aime.

—Je t'aime, dit-elle.

Je suis partie et j'ai conduit seule jusqu'à mon appartement de l'autre côté de la crique. Il y a un an, je n'aurais jamais imaginé vivre seule ou habiter dans la même ville que Xavier Hogan. La vie ne se déroule définitivement pas comme prévu. Jamais.

## 2

XAVIER

J'ai regardé Karissa courir vers la porte et j'ai soupiré. Merde. Cela faisait des semaines, et je n'avais fait aucun progrès avec elle. Et maintenant...

— Désolé, mec. Je ne savais pas qu'elle serait offensée par ce mot, a dit Trent.

J'ai hoché la tête. Je savais. « Amis » n'était même pas proche de ce que Karissa et moi étions l'un pour l'autre. Mais quand Trent m'a interrogé à son sujet, McJenna était là et je ne pouvais en dire que très peu.

À en juger par l'expression de Finley, elle avait compris, mais elle était du côté de Karissa, ce qui signifiait que j'étais encore plus profondément dans le pétrin.

J'ai siroté mon vin et laissé le dessert se dérouler autour de moi. J'ai mangé le gâteau que Karissa avait laissé, gémissant d'extase et souhaitant pouvoir lui dire à quel point je l'appréciais. Elle était créative avec sa pâtisserie à l'université, mais rien ne s'approchait du délectable gâteau devant moi.

— Est-ce que je peux aller en ville demain ? a demandé McJenna, ramenant mon attention à la table. Elle nous avait rejoints de nouveau quand elle avait entendu qu'il y avait du dessert à déguster.

— Bien sûr. Qu'est-ce que tu veux faire ? Je peux t'y emmener après le travail.

J'ai repoussé mon assiette et me suis adossé pour regarder ma fille. Elle a froncé le visage et, pendant un instant, m'a rappelé sa mère. Denise était vive d'esprit et drôle, mais elle savait que sa langue était acérée et savait se retenir. Pas toujours, mais quand elle le faisait, elle avait la même expression.

— Qu'est-ce qu'il y a ? ai-je demandé, sachant que J voulait dire quelque chose que je n'allais pas aimer.

— J'aimerais y aller toute seule, a-t-elle marmonné.

— Toute seule ? J'ai arqué un sourcil vers mon unique enfant et me suis demandé si elle avait perdu la tête. Non, pas besoin de me le demander. C'était évident.

— Oui. Tu n'arrêtes pas de me dire que c'est une ville sûre et que c'est un bon endroit et toutes ces choses, mais tu me surveilles comme si nous étions dans les pires quartiers de la ville au milieu de la nuit.

Je fixai ma fille, ouvrant et fermant la bouche comme un poisson agonisant. Elle avait raison. Je n'aimais pas ça, mais elle avait raison. J'avais été envahissant, et je ne lui faisais pas confiance. Je ne faisais confiance à personne. Pas avec mon enfant. Elle était la mienne, et la seule autre personne sur la planète qui était censée l'aimer autant que moi nous avait abandonnés tous les deux. Comment pourrais-je faire confiance à quelqu'un d'autre ?

—Pourquoi ne viens-tu pas à ma boutique ? suggéra Finley. —Tu pourrais peut-être faire le trajet avec moi demain matin ? Il y a quelques magasins à proximité. Cracked est juste au bout de la rue, et Blake y travaille. Tu peux te promener tout en ayant des endroits où aller si tu t'ennuies ou si tu as besoin d'un plan B.

Je lançai un regard noir à Finley, mais sans réelle animosité. Elle essayait d'aider, et je l'appréciais, mais je n'étais pas prêt à ce que mon bébé quitte le nid. Même si ce nid n'était pas le mien.

—S'il te plaît, papa ? dit McJenna. Elle me sourit, ses traits de bébé n'étant plus visibles alors que la jeune femme qu'elle était devenue pendant que j'étais trop occupé pour le remarquer me suppliait.

—D'accord, dis-je, n'aimant pas du tout l'idée mais sachant que je devais l'accepter. Elle avait raison. J'avais choisi de déménager à L'anse MacKellar pour elle. Pour l'éloigner de la vie peu reluisante qu'elle menait à Niagara Falls. Elle n'avait pas d'amis là-bas, pas de bons en tout cas, et partir signifiait un nouveau départ. C'était bien.

Déménager dans la ville où vivait Karissa n'était qu'un bonus. Un assez gros bonus, mais un bonus quand même.

Finley et J planifièrent leur départ pour le lendemain matin. J'avais une journée complète au théâtre, ce qui signifiait que je ne serais pas disponible si J avait besoin de quelque chose.

Mon cercle s'agrandissait. Je n'aimais pas ça.

Je nettoyai la vaisselle du dessert et mis en marche le lave-vaisselle. Je couvris ce qui restait du gâteau de Karissa et le mis au réfrigérateur. Puis je me rendis sur la terrasse pour dire à tout le monde que je montais.

—Il n'est pas si tard. Tu vas déjà te coucher ? demanda Trent.

J'acquiesçai. —Je dois arriver tôt demain. Je veux vérifier quelques trucs avant l'arrivée des entrepreneurs. Ils viennent à six heures.

—C'est vraiment tôt. Je ne savais pas. On aurait pu prévoir ça pour un autre soir. Trent regarda Finley pour confirmation.

Finley souleva George par-dessus son épaule et lui tapota le dos. —Oui, on aurait vraiment pu. Je suis désolée.

—Ce n'est pas grave. Merci de t'occuper de J demain. Je me suis penché et j'ai embrassé le haut de la tête de ma fille. —Sois sage avec Finley. Et essaie de bien dormir ce soir.

—Je le serai, dit-elle en évitant toute autre marque d'attention. —Je vais dans ma chambre.

Je me suis levé et j'ai fait un signe de tête à ma meilleure amie et future mariée avant de suivre ma fille à l'étage juste au moment où George commençait à s'agiter.

J'ai encore dit bonne nuit à J et j'ai continué au-delà de sa chambre vers la mienne. Elle m'a fait un signe de la main sans lever les yeux, le nez dans son téléphone.

J'ai fermé la porte de ma chambre et j'ai gémi. Ma chambre devait être une oasis, mais elle ressemblait davantage à une prison. Je devais tout à Trent, mais cette dépendance commençait à me donner l'impression que je profitais de lui. Pendant des années, notre relation m'a semblé déséquilibrée, mais chaque fois que j'abordais le sujet, il insistait sur le fait qu'il nous considérait comme sa famille et voulait nous garder près de lui. Cela détruirait McJenna de quitter la propriété de Trent, mais il était temps pour moi de voler de mes propres ailes. Rien ne me le rappelait plus que d'entrer dans une chambre fraîchement décorée à laquelle je n'avais aucun attachement.

La maison était silencieuse quand je me suis levé. J'ai pris une douche dans ma salle de bain privée et me suis faufilé dehors, m'assurant de réactiver l'alarme après l'avoir désarmée.

La petite ville endormie de L'anse MacKellar était déserte de si bon matin. Personne n'était dehors. Je devais admettre que c'était paisible, même si parfois ce calme me laissait trop de temps pour réfléchir.

Le vieux théâtre se trouvait en plein centre-ville. Trent disait que c'était un lieu de rencontre populaire quand il était au lycée, mais il n'avait clairement pas été entretenu. C'est pourquoi nous faisions une rénovation complète. Je n'étais pas très sûr de savoir le gérer, mais je n'avais rien d'autre à faire, alors je me lançais à corps perdu en espérant y arriver.

L'équipe n'était nulle part en vue quand je suis arrivé, mais une berline argentée m'indiquait que mon assistante était déjà là.

Je suis entré par la porte d'entrée, celle que nous utilisions tous pour des raisons de sécurité, et j'ai trouvé Geneviève assise derrière le comptoir, son ordinateur ouvert, tapant sans relâche. Elle ne s'est pas donné la peine de lever les yeux, se contentant de pointer vers la cafetière et les viennoiseries. Aucun de nous n'appréciait particulièrement les matins, et nous avions appris ces dernières semaines à coexister sans interagir sauf en cas d'absolue nécessité.

J'ai commencé à me sentir réveillé après mon petit-déjeuner. J'ai pris mon temps pour parcourir le site et me faire une idée des progrès que nous avions réalisés jusqu'à présent. Trent ne m'avait pas donné de budget sur lequel travailler, mais j'étais déterminé à ne pas faire d'excès, surtout après que Genevieve m'ait présenté les projections de revenus pour le cinéma. Avec deux salles et la réalité d'une petite ville, respecter un budget n'était pas optionnel. C'était obligatoire.

Les cabines de projection étaient en tête de liste pour la rénovation. La technologie avait tellement évolué qu'avoir un projecteur n'était plus nécessaire. Les films étaient désormais numériques, ce qui impliquait de nouveaux équipements et une salle propre et sécurisée. Heureusement, c'était peu coûteux à réaliser. Les salles de cinéma allaient être une tout autre histoire.

Les écrans suspendus dans les salles étaient inutiles sans projecteur. Ils étaient également inégaux et sales. S'en débarrasser était une décision facile. Trouver des remplacements n'était pas aussi simple. Tout comme trouver des remplacements pour les sièges.

Un coup à la porte m'a ramené à l'entrée du cinéma juste à temps pour voir Genevieve faire entrer l'équipe. Elle a relevé le menton pour accepter un baiser de Teddy, l'un des hommes de l'équipe et son mari.

—Tu es réveillée maintenant ? lui a demandé Teddy.

Genevieve a secoué la tête et est retournée s'asseoir derrière le comptoir.

Teddy a ri doucement et a suivi le reste de l'équipe dans la première salle.

—C'est le grand jour, a dit David.

J'ai hoché la tête.

—Et vous êtes sûr de ça ?

J'ai regardé la mer de sièges et j'ai acquiescé. Nous ne pouvions pas les laisser. Même si je n'avais pas trouvé de remplacements qui s'approchaient ne serait-ce qu'un peu du budget que j'avais fixé, je ne pouvais pas laisser les anciens sièges en place. Ils étaient usés et sales. Ils grinçaient à chaque mouvement. Et ils ruineraient toute l'expérience du cinéma s'ils étaient encore là une fois que tout le reste serait terminé.

—D'accord, a dit David. —Nous allons tous les arracher.

Je me suis tenu en retrait et j'ai regardé pendant qu'il s'adressait à son équipe. Il les a répartis en équipes pour travailler sur les rangées de sièges. Chaque section comprenait quatre sièges formant une seule pièce. Les sortir n'allait pas être un processus facile.

— Avez-vous pensé à des tables ? demanda Geneviève. Je ne l'avais pas entendue approcher, mais elle se tenait à côté de moi.

— Des tables ? Dans un cinéma ?

— Oui. Je n'ai jamais été dans un cinéma comme ça, mais j'en ai entendu parler.

— Je pensais que les gens voulaient se détendre. Tous les grands cinémas ont ces énormes fauteuils inclinables et de larges allées.

— Je sais, mais pourquoi devrions-nous faire la même chose ?

Je l'ai regardée en essayant de comprendre. Nous faisions la même chose. Nous projetions des films. Pourquoi quelqu'un voudrait-il regarder un film depuis une chaise inconfortable ? Surtout quand il pourrait aller à vingt minutes d'ici et trouver un cinéma avec des fauteuils inclinables coûteux.

— Ce n'est pas grave, dit Geneviève. Je réfléchissais simplement à voix haute. Je pensais que c'était une idée amusante. Surtout si vous thématisiez les deux salles. Une pour les familles et une réservée aux adultes.

— Qu'est-ce que cela signifie ? ai-je demandé. Réservé aux adultes ? Nous n'allons pas projeter du porno.

Geneviève a ri. — Je n'ai pas suggéré cela, mais je suis contente de savoir que c'est là que votre esprit va, patron. Je voulais dire que vous pourriez servir de l'alcool et proposer de la nourriture pour en faire quelque chose de plus proche d'un dîner-spectacle. Au lieu de simples bonbons et du popcorn.

J'ai contemplé l'espace ouvert. Il n'y avait pas de marches qui limiteraient notre façon d'aménager la salle. Le sol était incliné, mais nous pourrions nous adapter. C'était définitivement une option.

— Un dîner-spectacle ? Je crois que j'aime cette idée. Regardons des photos d'autres cinémas et nous en discuterons. Des tables et des chaises devraient être plus faciles à trouver que des sièges de cinéma. Et moins chères.

—Je suis d'accord.

Je me suis éloigné tandis que l'idée tournait dans ma tête. Cela rendrait définitivement le cinéma unique. Et créerait un attrait que d'autres cinémas locaux n'avaient pas. Ça pourrait être un excellent argument de vente.

L'équipe de David a travaillé toute la journée, enlevant les sièges d'une salle jusqu'à ce qu'il ne reste que le sol nu. Une fois qu'ils sont partis, j'ai fait le tour, vérifiant les trous et les marques qui devaient être réparés, les marquant tous avec de la peinture en spray pour que rien ne soit oublié plus tard. Le sol collant était pire là où les sièges avaient dissimulé les dégâts laissés par des années de négligence et un nettoyage insuffisant.

— Avez-vous besoin que je reste plus longtemps ? a demandé Geneviève bien après l'heure où elle aurait dû rentrer chez elle.

— Non. Nous commencerons à élaborer un plan demain et à chercher des sièges. Merci pour votre aide aujourd'hui.

— De rien. Je suis impatiente de voir ce lieu rouvrir. Ça fait trop longtemps. Assurez-vous de partir d'ici ce soir. Votre enfant a besoin de voir votre visage.

J'ai souri et l'ai remerciée. Elle avait raison, mais je voulais terminer juste quelques petites choses de plus.

J'ai parcouru les sites web que Geneviève m'avait envoyés plus tôt, présentant des salles de cinéma aménagées pour un spectacle plutôt que pour un simple film. L'une d'elles proposait des spectacles vivants en plus des films, mais je ne pensais pas que ce serait une grande attraction dans un endroit comme L'anse MacKellar. Je n'imaginais pas beaucoup de gens prêts à se produire devant un public de petite ville.

Le quatrième endroit que j'ai regardé m'a fait me redresser et vraiment prêter attention au design. C'était éclectique avec des sièges dépareillés. Chaque table était différente et aucune des chaises ne s'accordait. J'ai adoré ce concept d'emblée, mais je n'étais pas sûr que Trent accepterait quelque chose d'aussi hors norme. Le convaincre d'accepter des tables et des chaises allait déjà être un grand pas, mais que toutes soient différentes pourrait lui faire exploser la tête.

Mais j'ai perçu le charme pittoresque de cette idée et j'ai su que c'était la bonne décision. Obtenir une licence d'alcool ne serait peut-être pas facile, mais Trent devrait avoir une certaine influence. Et si nous ne pouvions pas obtenir de licence, nous pourrions autoriser les gens à apporter leur propre alcool.

Je n'aurais jamais pensé à tout cela sans Geneviève, mais elle avait raison. Ça allait vraiment faire la différence.

Après avoir pris quelques notes supplémentaires, j'ai finalement rangé mes affaires et quitté le cinéma. Le soleil se couchait, me signalant que j'avais encore travaillé trop d'heures. Je n'avais pas l'intention de faire des journées de douze heures, mais je ne pouvais pas laisser le travail traîner. J'avais besoin que le cinéma ouvre pour qu'il commence à rapporter de l'argent afin que je sache que je contribuais. Non pas que Trent ait besoin d'argent, mais j'avais besoin de savoir que je n'étais pas un fardeau pour lui. Plus maintenant.

La maison était éclairée et bruyante quand je suis rentré. George hurlait à pleins poumons et Finley pleurait. Je me suis arrêté à l'entrée de la cuisine, me demandant ce qui avait bien pu se passer, et j'ai croisé le regard de Trent.

— Tout va bien ?

Trent secoua la tête. —George pleure presque toute la journée. Finley n'est même pas allée travailler aujourd'hui parce qu'il s'est réveillé en hurlant, et on n'arrivait pas à le calmer.

—Des gaz ? Des coliques ? Un nouveau lait ? ai-je demandé, en puisant dans mes souvenirs lointains ce qui perturbait McJenna. Ces années étaient floues à l'époque, mais maintenant, je détestais qu'elles soient passées. J'aurais adoré avoir plus d'enfants. Surtout avec Karissa, mais ce n'était pas possible. Pas à ce moment-là.

—On ne sait pas. Ç'a a été une sacrée longue journée.

—Pourquoi tu ne m'as pas appelé ?

—Tu travaillais.

—Tu aurais quand même pu appeler. J'ai tendu les bras vers George. Finley me l'a confié sans hésiter. Je l'ai retourné sur mon avant-bras et lui ai tapoté doucement le dos. Il continuait de hurler.

—J'ai besoin d'une minute, a dit Finley. —J'suis désolée. J'ai juste besoin d'une minute.

J'ai hoché la tête et j'ai emmené le bébé sur la terrasse. Il continuait de hurler, mais je n'arrêtais pas de lui tapoter le dos tout en me déplaçant. Je soutenais sa tête dans ma main et le berçais en le faisant rebondir doucement.

—Ça a été la pire journée jusqu'à présent, a dit Trent en me suivant sur la terrasse. —Il n'a fait que hurler. Il n'a jamais été comme ça avant. J'ai cru que Finley allait partir.

—Elle ne ferait pas ça. Elle n'est pas comme ça.

Trent n'a pas répondu, mais il n'en avait pas besoin. La mère de McJenna était partie après une journée comme celle qu'ils vivaient. Elle ne supportait pas d'être mère du tout, et elle supportait encore moins un bébé qui pleure. Finley n'était pas comme ça. Finley regardait toujours George avec amour dans les yeux. Denise n'avait jamais regardé McJenna de cette façon.

Tandis que je le berçais et le faisais rebondir, George a commencé à se calmer. J'ai senti son ventre gargouiller, comme si des gaz cherchaient à sortir. Il a lâché un pet sonore, puis a gémi avant de péter à nouveau.

—Bon sang, mon vieux, a dit Trent, en regardant fixement son fils. —Pas étonnant qu'il était contrarié. On a essayé ça, mais ça n'a pas aidé.

— Il voulait juste le partager avec moi. Mais maintenant, c'est au tour de Papa de prendre le relais. La puanteur envahissait l'air et me faisait suffoquer.

— Oh, mec. Tu es sûr que tu ne veux pas finir le travail ?

J'ai ri tandis que Trent prenait son fils. — Tu sais que je le ferais si tu en avais besoin.

— Ouais, je sais, a dit Trent en berçant son fils contre sa poitrine. — J'ai compris.

Je les ai regardés s'éloigner et ces moments me manquaient. Mon enfant me manquait. Elle grandissait beaucoup trop vite et ce ne serait plus très long avant qu'elle ne quitte la maison.

Merde.

J'ai monté les escaliers et j'ai frappé à la porte fermée de la chambre de McJenna. Je suis entré quand elle m'a répondu.

— Comment s'est passée ta journée ?

— Je n'ai rien fait. Finley n'est pas allée travailler, alors je suis restée ici toute la journée. Cet endroit craint, papa.

— J, j'ai averti.

— Désolée, mais papa, qu'est-ce que je suis censée faire ? Je ne connais personne. Et si je ne peux pas sortir, je ne vais rencontrer personne. Peut-être qu'on n'aurait pas dû partir.

— Tu détestais là-bas.

Elle a grogné.

Je comprenais. Rien n'était bien. Et voir Finley et Trent créer leur propre famille faisait sentir à mon enfant qu'elle était un fardeau. Une réflexion après coup.

— Ça ira mieux, J. Je te le promets.

— Tu as déjà dit ça avant, papa.

Elle avait raison. C'était vrai. Un jour, j'aurais raison.

## 3

## KARISSA

J'ai parcouru le dernier e-mail de Maxwell Robertson et j'ai mis la touche finale à ma proposition. J'ai vérifié l'horloge sur mon ordinateur et j'ai basculé vers la demande de réunion qu'il m'avait envoyée. Une minute avant l'heure de la réunion, j'ai cliqué sur le lien pour me connecter et j'ai attendu.

J'ai plaqué un sourire sur mon visage et j'ai fixé l'écran, attendant qu'il apparaisse. Quand il est apparu, j'ai fait un signe de la main. —Bonjour, Monsieur Robertson. Comment allez-vous ?

—Bonjour, Mademoiselle Thomas. Je vais bien. Comment allez-vous ?

—Bien, merci.

—Bien, bien. Je sais que nous devions parler de votre proposition aujourd'hui, mais nous avons décidé de travailler avec un autre designer. Son regard sombre a évité l'écran un instant, comme s'il regardait quelqu'un de l'autre côté de l'ordinateur.

J'ai tressailli, mon sourire s'effaçant. Mes yeux se sont plissés et j'ai incliné la tête. —Pardon ? Nous devions avoir une réunion pour discuter de ma proposition. Une proposition qu'il n'avait même pas encore entendue.

—Nous avons fait notre travail de vérification sur tous les designers avec qui nous avons parlé, et votre nom est revenu chez un collègue. Sa barbe a tressailli quand il a parlé. Elle était parsemée de gris dans le brun foncé, et sa peau sombre était burinée et relâchée autour de ses yeux. Je pensais qu'il avait l'air gentil quand nous avions parlé la première fois, mais maintenant je le voyais d'une manière très différente.

—Euh, d'accord ?

—Nous comprenons que c'est un secteur compétitif, mais ce collègue n'a pas pu nous donner une recommandation positive pour vous.

Je me suis creusé la tête pour penser à qui aurait pu me donner une mauvaise recommandation et un seul nom m'est venu à l'esprit. Cela faisait des années que nous avions travaillé ensemble, mais j'avais récemment entendu une rumeur selon laquelle il risquait de fermer son entreprise à cause de problèmes avec l'application que j'avais conçue pour lui. Une application pour laquelle il avait refusé de m'embaucher pour la maintenance.

—Donc, vous n'êtes pas disposé à entendre ma proposition sur la base de l'avis d'un seul collègue ? Je supposerais que toute personne d'affaires raisonnable voudrait entendre plus d'un collègue. Je serais heureuse de vous donner les noms de certains de mes clients qui ont accepté d'être des références pour moi.

—Ce ne sera pas nécessaire. Nous avons déjà attribué le contrat à quelqu'un d'autre.

Mes sourcils se haussèrent d'un coup. J'avais envie de lui dire exactement ce que je pensais de ses pratiques commerciales, mais à la place j'ai dit, —Eh bien, merci de m'en informer. Je vous souhaite bonne chance.

J'ai raccroché avant qu'il ne puisse répondre.

Merde.

J'ai baissé la tête dans mes mains en gémissant. Le projet sur lequel je travaillais était presque terminé, et j'avais besoin d'autre chose après pour pouvoir payer mes factures. Je comptais sur l'argent du projet de M. Robertson. Je pensais que c'était comme si je l'avais déjà. Quand nous avions parlé la première fois, il semblait que j'étais la seule designer qu'ils envisageaient sérieusement. La proposition semblait être une formalité plus qu'autre chose. J'ai passé des heures à la créer, et maintenant elle était inutile.

J'ai supprimé l'e-mail de lui concernant l'appel, puis j'ai trié tous les e-mails de M. Robertson dans mon dossier clôturé. Je n'étais pas enthousiaste à propos du projet, mais j'étais enthousiaste à propos de l'argent. Et du travail.

J'étais bloquée depuis que Xavier était arrivé à L'anse MacKellar. Prisonnière de mon propre esprit. Pourquoi était-il vraiment là ? Et que voulait-il ? Il me parlait comme s'il me connaissait encore, mais ce n'était pas le cas. Nous n'avions pas parlé depuis une éternité. Depuis la durée de vie de sa fille.

L'amertume montait en moi. Il était parti vivre sa vie. Il avait fait les choses qu'il voulait faire. Et il les avait faites sans moi. Je ne le détestais pas pour ça, mais je regrettais de ne pas en avoir fait plus. Je n'avais pas de famille, ni de partenaire, ni rien d'autre que ma carrière. Et si je n'arrivais pas à trouver de nouvelles idées ou à décrocher du travail, je n'aurais même plus ça.

Pourquoi avait-il fallu qu'il revienne dans ma vie ?

Xavier était un rêve que j'avais abandonné il y a longtemps. Il était quelqu'un de mon passé, pas de mon présent ni de mon avenir, et j'avais besoin de l'oublier. J'avais besoin de le chasser de mon esprit et de faire à nouveau du monde le mien.

La porte de l'appartement s'ouvrit, et j'écoutais les pas

traînants de Finley alors qu'elle s'approchait de moi. J'avais laissé la porte de ma chambre ouverte puisqu'elle était rarement à la maison ces temps-ci. Elle a jeté un coup d'œil discret dans ma chambre et m'a fait signe quand elle a vu que je la regardais.

—Comment s'est passée ta réunion ? a-t-elle demandé.

—Je n'ai pas eu le travail.

—Quoi ? Je croyais que c'était presque garanti.

J'ai haussé les épaules. —Moi aussi. Apparemment je me trompais.

—Eh merde. Je suis désolée.

—Ce n'est pas grave. Je vais trouver une solution. Comment ça va de ton côté ? Comment s'est passée ta journée d'hier avec McJenna ?

—On n'y est pas allées. Ou plutôt, je n'y suis pas allée. Ça a été une nuit difficile. Après avoir célébré le fait que George ait dormi toute la nuit, il n'a pas du tout dormi. Quelle ironie.

J'ai pouffé. —Ça craint, hein ?

—Ouais. Je me sentais mal d'avoir laissé tomber McJenna. Elle a vraiment besoin de sortir du domaine.

—Ce sera plus facile quand elle sera à l'école.

Finley a hoché la tête. —Je sais, mais je me sens mal pour elle. Je voulais l'aider.

—Je suis sûre qu'elle comprend. Avoir un bébé, c'est difficile.

Finley a encore hoché la tête et a regardé autour d'elle. Elle évitait quelque chose.

—Dis-le simplement, Fin.

Elle m'a regardée comme si elle était surprise que je puisse la déchiffrer. On avait vécu ensemble pendant des années. Je la connaissais aussi bien que moi-même.

—On a enfin fixé une date, a-t-elle dit doucement.

—Quoi ? C'est formidable ! Félicitations. C'est quand ? Pourquoi n'as-tu pas l'air plus heureuse ?

Elle a joué avec l'énorme bague à son doigt et a mordillé sa lèvre inférieure. —Ça signifie déménager.

—Euh, oui. Bien sûr. On a toujours su qu'on ne vivrait pas ensemble pour toujours.

—Oui, mais ça fait des années. Et j'ai l'impression que je t'abandonne. Et tu n'as pas obtenu ce poste, et—

—Finley, arrête. Tu vas te marier. C'est passionnant, amusant et merveilleux. Tu as trouvé la personne avec qui tu vas passer le reste de ta vie. Tu devrais être ravie, pas inquiète pour moi. Je te promets que j'irai bien.

—Oui, mais...

—Finley, non. Pas de mais. Tu aimes Trent, il t'aime, et vous avez George. Ce sera plus facile quand vous vivrez ensemble, quand vous serez une véritable unité. Vous devez être ensemble.

—C'est juste que... Ce sera difficile de vivre ailleurs qu'ici. Elle s'assit au bord de mon lit et regarda autour d'elle. —Mon Dieu, on a vécu tellement de choses ici. C'est notre foyer depuis toujours.

—Et tu créeras un nouveau foyer avec Trent et George. Quand prévois-tu de déménager ? Quand est le mariage ?

—Nous avons choisi le vingt-quatre septembre. Blake doit accoucher en décembre, donc nous voulons nous assurer de ne pas être trop proches de cette date. Septembre nous semblait bien puisque c'est le mois où nous nous sommes rencontrés.

—Et tu emménages avant ou après ?

Elle haussa les épaules. Son regard glissa vers le sol.

—Finley, tu as le droit d'être heureuse.

—Vraiment ? Parce que j'ai l'impression que mon bonheur n'a fait que te blesser.

—Ce n'était pas intentionnel, dis-je. Quand Xavier a déménagé et que nous avons découvert qui il était, j'étais en colère. Je voulais blâmer tout le monde, mais la seule personne vraiment responsable était Xavier. Il savait où j'habitais, et il savait que Finley et moi étions amies. Il n'a pas été surpris le jour de son emménagement quand il m'a trouvée sur la terrasse.

Mais ça faisait quand même mal. Même si je ne blâmais ni Finley ni Trent, c'était difficile d'être avec eux, de me réjouir pour eux et de savoir que leur bonheur me causait du chagrin.

—Ça t'a quand même fait souffrir. Et ce n'est pas juste. Je ne veux pas que tu évites d'être avec nous. Et si je déménage, j'ai peur de ne plus jamais te revoir.

—Tu me verras toujours. On se retrouvera. On a le Club de Lecture chaque semaine, et on fera des choses ensemble. Ce sera différent, mais c'est normal.

—Je n'arrive toujours pas à croire qu'il n'ait jamais rien dit à Trent à propos de toi. Pendant toutes ces années.

J'ai haussé les épaules. —Peu importe qu'il l'ait fait ou non. Tout ça appartient au passé. Il appartient au passé.

—Tu en es sûre ?

—Oui. En fait, je pensais vérifier si j'avais des matchs. Je dois avancer dans ma vie. Je me suis occupée de ma santé l'année dernière avec la mastectomie, et maintenant il est temps que je m'occupe de mon bonheur. De trouver quelqu'un avec qui partager ma vie.

Finley n'a rien dit, ce qui en disait bien plus long que n'importe quels mots. J'ai ignoré son silence et j'ai cliqué sur mon application, celle qui avait non seulement réuni Finley et Trent, mais aussi beaucoup de mes autres amis. L'application que j'ai créée avec tout mon cœur, en pensant tout le temps à ma mère parce qu'elle était l'entremetteuse. C'était elle qui pouvait voir deux personnes qui avaient besoin l'une de l'autre.

J'aurais juste aimé qu'elle trouve quelqu'un pour moi avant de partir.

—Tu sais que tu n'as pas à être forte pour moi. Ou à faire semblant que ça ne te dérange pas.

—Je sais, mais je ne peux pas vivre ma vie en me demandant ce qu'il fait. J'ai passé les dix-sept dernières années à essayer de l'oublier. Et maintenant qu'il est de retour, je ne vais pas reprendre ce chemin. Je ne peux pas. Je n'ai pas confiance qu'il soit là pour de bon.

—Il dit qu'il l'est.

—Peu importe. Rien n'a changé en ce qui me concerne. Il a sa vie, et j'ai la mienne, et elles n'ont rien à voir l'une avec l'autre.

Finley n'a pas répondu tandis que j'ouvrais l'application et parcourais les matchs possibles qui étaient apparus. Le premier type était intelligent et drôle. Sa photo de profil était un marteau, ce qui m'a fait rire. Quand j'ai mis ça en option, je me demandais si ça apparaîtrait réellement pour quelqu'un. Apparemment, oui.

Ma photo de profil était une couronne parce que j'étais la reine.

J'ai accepté ce match et suis passée au suivant. Il cochait toutes les cases, mais il n'était pas divertissant dans son post. Il paraissait rigide et inflexible. Je ne pensais pas pouvoir supporter ça, même pour une première rencontre. J'ai refusé celui-là.

Le troisième match m'a fait rire aux éclats. Il était sarcastique et autodérisoire, ce que j'adorais. Si quelqu'un n'était pas capable de rire de lui-même, je n'avais pas de temps à lui consacrer. J'ai accepté celui-là, puis j'ai reposé mon téléphone sur mon bureau.

—Tu vas pouvoir payer cet appartement toute seule ? a demandé Finley.

Je m'étais posé la même question, et honnêtement, je n'étais pas sûre d'en avoir envie.—Je peux, mais je ne suis pas certaine de le vouloir. Ça voudrait dire avoir très peu de revenu supplémentaire.

—Encore une fois, j'ai l'impression de t'abandonner.

—Ce n'est pas le cas. Je vais trouver une solution. Si je reste quelques mois puis que je pars, ce sera très bien. Si je décide de partir plus tôt, c'est bon aussi. J'avais pas mal d'économies et j'avais envisagé d'acheter une petite maison, mais je ne savais pas ce que je voulais faire. J'avais beaucoup de choix à faire dans les prochains mois.

—Tu es sûre ?

—Bien sûr. Ça va aller. Hé, il faut que je retourne travailler. Tu as besoin d'autre chose ?

—Non, désolée. Je vais prendre quelques vêtements et retourner chez Trent.

—C'est aussi chez toi. Tu peux l'appeler ta maison.

Ses lèvres s'étirèrent en l'ombre d'un sourire.—Peut-être qu'un jour ça le deviendra.

Finley m'a fait un signe de la main et est allée dans sa chambre. Peu après, la porte d'entrée s'est refermée derrière elle et j'étais de nouveau seule.

J'AI REÇU des messages des deux gars avec qui j'avais matché et j'ai un peu discuté avec eux au cours des jours suivants. J'étais déterminée à chasser Xavier de mon esprit, mais plus je résistais, plus il y prenait de la place.

Dimanche soir, c'était le club de lecture. Je n'avais pas vu Finley depuis qu'elle était venue chercher ses affaires quelques jours plus tôt. Elle souriait et semblait plus reposée quand elle m'a laissée entrer chez Petits ami du Livre Illimité.

—George a-t-il encore dormi ?

Elle gémit. —Oui, heureusement. C'était un bon week-end.

—C'est une excellente nouvelle. Comment va tout le reste ?

—Bien. Ma mère me rend un peu folle. Elle est impatiente de commencer les préparatifs.

J'ai ri. —Évidemment. Elle va adorer ça.

Finley acquiesça, en riant tout en nous guidant vers le fond où nous nous sommes toutes assises. —J'en ai presque peur. J'adore ma mère, mais ça va être un peu dingue.

—Tu vas survivre. C'est bien qu'elle veuille s'impliquer.

Finley hésita, puis hocha la tête. Quand Blake et Ian se sont mariés, la mère de Blake s'était à peine impliquée. La mère de Melody et Willow était difficile au mieux, et ma mère n'était déjà plus là. Finley avait de la chance.

—Je dois me rappeler que ça pourrait être bien différent. La voix de Finley était plus douce, empreinte de regrets.

Avant que j'aie pu ajouter quoi que ce soit, quelqu'un frappa à la porte. Finley alla ouvrir tandis que je sortais mon téléphone pour consulter le livre que nous avions toutes lu. Je l'avais terminé la veille et, même si nous ne parlions pas toujours du livre, je voulais me rafraîchir la mémoire concernant l'histoire.

Un soldat blessé rentrait chez lui pour aider son père après qu'une attaque l'avait laissé incapable de s'occuper de lui-même, et il rencontrait l'aide-soignante à domicile engagée pour s'occuper de son père. Les deux développaient une amitié qui se transformait en quelque chose de plus profond tandis que le père leur racontait l'histoire de son amour pour la mère du soldat.

C'était deux histoires en une, suivant les deux hommes alors qu'ils se trouvaient eux-mêmes et l'amour auprès de personnes inattendues.

J'ai apprécié le livre plus que je ne l'aurais cru. Il me rappelait que l'amour était possible même quand on en doutait.

—Salut, Rissa, dit Blake, me rejoignant sur le canapé. Son ventre nouvellement arrondi ouvrait la voie dans la pièce. Elle était enceinte de quatre mois et demi, mais son ventre s'assurait que le monde entier le sache.

—Comment te sens-tu ? lui ai-je demandé.

—Vraiment bien. J'ai de l'énergie pour le moment. Julie n'arrête pas de dire que ça ne durera pas et que j'en profite tant que je peux.

—Finley était comme ça aussi. Mais tu devrais être tranquille encore quelques mois.

—J'espère bien. En ce moment, je dévore tout ce qui me tombe sous la main. Le petit grandit.

—Vas-tu connaître le sexe ? ai-je demandé.

—On n'a pas encore décidé. Ian veut avoir la surprise, mais je penche plutôt pour le savoir. D'une certaine façon, ça n'a pas d'importance parce qu'on aura une chambre neutre et tous les gros articles seront neutres. Mais j'ai du mal à ne pas savoir. Blake a plissé son nez.

—Je voulais savoir, a dit Finley. —J'avais besoin d'avoir un sentiment de contrôle sur le bordel qu'était ma vie à l'époque.

—Je comprends ça, a dit Blake d'un air pensif. —Je crois que je n'aime tout simplement pas être dans l'ignorance. Si quelqu'un sait, je veux savoir aussi.

—Je suis pareille, ai-je avoué. —Je ne pense pas que j'aurais pu attendre si j'avais eu des enfants.

—Tu pourrais encore avoir des enfants, a dit Blake.

J'ai secoué la tête. —J'ai renoncé à ce rêve. Il y a longtemps. Et ça me va.

—Elle est de retour sur l'appli, a révélé Finley en s'éloignant pour laisser entrer d'autres personnes.

—C'est vrai ? a demandé Blake. —Qu'est-ce qui t'a décidée à recommencer à sortir avec quelqu'un ?

Melody, Willow et Elise ont entendu la fin de la question de Blake.

—Tu sors avec Xavier ? a demandé Elise.

—Non. Certainement pas, ai-je dit.

—Pourquoi pas ? Je pensais qu'il était ton unique et grand amour, a dit Willow.

J'ai secoué la tête. —Il fut un temps où je le pensais. Mais c'était dans une autre vie. Une vie que j'ai laissée derrière moi.

—Vraiment ? L'as-tu vraiment laissée derrière toi ? a demandé Melody.

—J'y étais obligée. Nous voulions des choses différentes. Et aucun de nous n'était prêt à renoncer à ses désirs pour l'autre. J'ai remis ce choix en question pendant longtemps, mais quand maman est tombée malade, j'ai su que c'était la bonne décision. J'ai pu passer ses dernières années avec elle. Être présente à la fin. Si j'avais suivi Xavier et construit une vie avec lui, je lui en aurais voulu d'avoir manqué ce temps avec ma mère. Et maintenant, c'est trop tard pour nous.

J'ai haussé les épaules comme si ce n'était pas important, même si ça l'était. Tous les moments importants de ma vie me faisaient penser à Xavier. Quand ma mère est morte et quand j'ai eu ma mastectomie, c'est à lui que j'ai pensé le plus. Ça aurait été agréable de l'avoir, ou quelqu'un, à mes côtés, mais ce n'était pas dans mon destin. J'ai survécu à ces épreuves seule. J'y ai survécu avec mes amis. Jamais avec Xavier. Je n'avais pas besoin de lui dans ma vie.

—Pourquoi est-ce trop tard ? a demandé Melody. —Si tu fréquentes des hommes, pourquoi ne pas le fréquenter, lui ?

—Nous étions des gamins quand nous sortions ensemble. C'était spécial, magique et formidable, mais ce n'était pas la vraie vie. Nous avons pu être jeunes et fous ensemble, profiter ensemble de notre début de vingtaine, mais les défis de la vie, nous les avons affrontés séparément. Trop de choses se sont passées. C'est un étranger pour moi maintenant.

—Il n'est pas obligé de l'être, a dit Blake.

J'ai forcé un sourire et secoué la tête. Elles ne comprenaient pas. Elles étaient toutes en couple et heureuses. Elles voyaient l'amour comme quelque chose de réel et présent chaque jour. Pour moi, c'était un fantasme. Un fantasme auquel je voulais désespérément croire mais que j'avais du mal à saisir. Ça avait toujours été comme ça.

—Si Karissa ne veut pas sortir avec X, elle n'y est pas obligée, a dit Finley. —Il a menti à tout le monde et l'a prise en embuscade. Elle mérite mieux que ça.

—Merci, Fin, ai-je dit.

Elle m'a souri, mais son regard était plus inquiet qu'assuré. —Je veux juste que tu sois heureuse. Et tu ne l'as pas été depuis qu'il est arrivé.

—Je vais bien. Je suis heureuse. Xavier Hogan n'a aucun effet sur moi. Je vous le promets.

J'ai pris une part de gâteau et affiché un large sourire. Peut-être qu'en faisant semblant, on finirait tous par y croire un jour. Même moi.

## 4

## XAVIER

J'ai regardé la longue liste de choses que je devais accomplir et j'ai gémi. Je n'étais pas sûr que ça serait un jour terminé. Je travaillais déjà six ou sept jours par semaine, et j'avais l'impression de ne faire aucun progrès.

J'avais besoin de prendre du recul. Je ne l'avais pas fait depuis notre arrivée. Six semaines à travailler plus de soixante heures me pesaient. Ma vie n'avait été que travail et pensées pour Karissa. Puisque je ne faisais de progrès sur aucun des deux fronts, il était temps de me ressaisir.

David et son équipe étaient déjà partis pour la journée, alors le théâtre était calme. Geneviève terminait son travail et ne tarderait pas à les suivre. Si j'allais prendre un jour de congé, je devais lui parler avant qu'elle ne parte.

—Salut, dis-je quand je l'ai trouvée en train de ranger son ordinateur derrière l'ancien comptoir à snacks.

—Bonjour. J'allais venir vous trouver dans une seconde. Avez-vous besoin d'autre chose de ma part aujourd'hui ?

J'ai hoché la tête et j'ai détesté voir son sourire s'effacer. — Je suis désolé. Je sais. J'ai besoin d'un jour de congé. Et c'est vraiment nul de ma part de dire ça parce que je sais que vous aussi. Aucun de nous ne peut continuer à travailler comme nous l'avons fait. Il y a beaucoup de décisions à prendre, et j'ai besoin de me mettre en retrait pendant une journée et de prendre de la distance. Pouvez-vous gérer les choses demain ?

—Bien sûr, dit-elle, sa voix et son visage tendus.

—À partir de maintenant, vous prendrez tous vos week-ends entièrement libres. Et je veux que vous programmiez un jour de semaine de congé toutes les deux semaines. Nous alternerons les semaines.

Elle a penché la tête et plissé les yeux en me regardant. — Je n'ai pas beaucoup de congés.

—Laissez-moi m'en soucier. Vous ne perdrez pas votre salaire. Toutes les heures que vous avez déjà travaillées sont suffisantes pour que vous preniez du temps libre. Et autre chose. Je veux que vous commenciez à travailler des journées de huit heures.

—Êtes-vous presque à court d'argent ?

— Non. Cela n'a rien à voir avec l'argent et tout à voir avec notre besoin de fonctionner. Je sais que je ne sers à rien pour ma fille quand je rentre à la maison. Elle ne s'adapte pas à la vie ici. J'ai besoin de passer du temps avec elle, et j'ai besoin de m'éloigner d'ici pendant un moment. Et si je ressens ça, je suppose que vous aussi. Je vais parler à Trent de vous verser un salaire pour le reste du projet et de créer une description de poste qui nous convienne à tous les deux une fois que cet endroit sera opérationnel.

— Salariée ? Cela signifie que je ne serai pas payée pour mes heures supplémentaires. Geneviève n'avait pas l'air enchantée par cette idée.

— Oui, mais je ne veux pas que vous fassiez autant d'heures supplémentaires.

— J'ai besoin de cet argent pour payer mes factures.

Teddy n'a pas d'assurance avec son travail, alors nous avons la nôtre. Ce n'est pas donné, et nous économisons pour que l'un de nous puisse arrêter de travailler quand nous commencerons à avoir des enfants.

J'ai perçu le ton paniqué de sa voix et j'ai hoché la tête. — Je comprends. Je vous promets que c'est le cas. Je ne vais pas laisser cela vous nuire. Laissez-moi parler à Trent, puisque c'est lui qui a l'argent, et nous reviendrons sur ce sujet vendredi. Si ce que nous proposons ne vous convient pas, nous garderons les choses comme elles sont. D'accord ?

Elle a hésité, puis a acquiescé. Ses yeux bruns me regardaient avec méfiance, mais elle n'a pas argumenté.

— Avez-vous besoin d'autre chose ce soir ?

— Non, c'est tout bon. Passez une bonne soirée. Et faites-moi savoir si vous avez besoin de moi demain. Je resterai disponible, si nécessaire.

— Je n'y manquerai pas. Merci, patron. Bonne nuit.

Geneviève s'est éloignée avec une raideur dans les épaules qui n'était pas habituelle. Je comprenais vraiment ses inquiétudes. J'apprenais beaucoup sur la vie dans une petite ville avec Finley tout le temps à mes côtés. Elle avait aussi sa propre assurance santé. Elle payait toutes ses dépenses médicales de sa poche. Et elle payait ses propres impôts et tout le reste. Elle travaillait dur, mais elle m'avait clairement fait comprendre qu'elle s'était inquiétée de comment elle allait payer les soins de George avant que Trent cesse de faire l'idiot et se décide à aider.

Quand McJenna est née, j'avais un emploi avec des avantages sociaux. Ce n'était pas donné, mais ce n'était pas impossible. S'occuper d'elle était tellement plus facile sans cette préoccupation. Et si j'avais dû m'inquiéter de cela, ou m'inquiéter de mes heures ou de voir ma paie réduite, il n'aurait pas été possible de m'occuper de mon enfant.

Je ferais tout ce qui est en mon pouvoir pour m'assurer

que Trent comprenne à quel point Geneviève était indispensable au théâtre, et à moi. Je voulais l'embaucher comme employée permanente à temps plein, salariée avec tous les avantages sociaux. J'espérais qu'il accepterait.

J'ai parcouru le théâtre une dernière fois, commençant à le voir prendre forme tout en me demandant comment cela se ferait. J'ai éteint toutes les lumières et verrouillé, rentrant chez moi pour la nuit pour voir comment s'était passée la journée de McJenna.

La maison était inhabituellement silencieuse. Après une minute, j'ai entendu le doux murmure de voix sur la terrasse. Finley adorait cet endroit. Je ne pouvais pas lui en vouloir. La vue était spectaculaire, et l'ambiance générale faisait disparaître tout le reste. C'était le seul endroit de la propriété où je me sentais à l'aise.

Les quatre étaient assis autour de la table, McJenna tenant George. Elle lui souriait, murmurant des mots doux au bébé. Putain, ça m'a frappé fort. McJenna était la raison pour laquelle je n'avais jamais cherché à retrouver Karissa. Souhaiter que mon passé avec Karissa se soit déroulé différemment, c'était comme dire que j'aurais préféré ne pas avoir ma fille. J'aimais McJenna. Elle était mon univers. Je n'échangerais notre vie contre rien au monde.

Mais je mentirais si je disais qu'il n'y avait pas des moments où j'aurais souhaité que Karissa soit sa mère plutôt que Denise. Que Karissa et moi ayons construit une vie ensemble. Une vie avec plus d'enfants, elle et moi.

Pour une raison quelconque, cela ne devait pas être. Quand j'ai rencontré Trent et découvert qui il était, je ne pouvais pas lui parler de Karissa. Je n'étais pas sûr s'ils se connaissaient, et si c'était le cas, je n'étais pas sûr de vouloir qu'il envahisse ces souvenirs d'elle. Je ne voulais pas savoir qui elle était avant notre rencontre, ni qui elle était après.

Elle était figée dans le temps pour moi, pour toujours à vingt et un ans, heureuse et mienne.

Regarder mon enfant avec son « cousin » me brisait un peu le cœur. J aurait été une super grande sœur. Elle aurait aimé tous les enfants que j'aurais eus après elle. Elle les aimerait toujours, mais elle allait bientôt partir à l'université. Elle allait trouver sa propre voie, et je ne pouvais que la regarder s'y engager, s'éloignant de moi.

Je voulais lui offrir le monde entier et être là quand elle le conquerrait, mais elle devrait trouver son propre chemin. Et ça faisait mal.

—Hé, tu es rentré, dit Finley, me remarquant dans l'embrasure de la porte.

Je suis sorti, mon regard fixé sur McJenna et George. — Ouais, longue journée.

—Elles semblent toutes être longues, dit Trent. — Comment ça avance ?

—On progresse, ai-je menti. Non, ce n'était pas un mensonge. C'est juste que ça en avait l'air parce que le plan que j'avais élaboré était déraisonnable dès le départ, mais je n'étais pas prêt à laisser la construction durer plus que nécessaire. Pas quand je n'étais qu'un poids pour le compte en banque de Trent jusqu'à ce que le théâtre commence à rapporter quelque chose.

—C'est une excellente nouvelle. Est-ce qu'on pourra ouvrir comme prévu ?

—Bien sûr. Je ne te décevrai pas. Mais il faut que je te parle d'autre chose.

Trent jeta un coup d'œil à Finley et McJenna et fit un signe de tête en direction de la maison. Finley dirigeait sa propre entreprise et McJenna avait participé à suffisamment de nos conversations sur l'argent au fil des années pour que ça ne me dérange pas de parler devant elles, mais je n'allais pas discuter.

Trent passa derrière l'îlot de la cuisine et sortit une bouteille d'eau du frigo. Il m'en proposa une, puis me fit signe de dire ce que j'avais à dire.

—Je veux embaucher Geneviève à temps plein. Je sais que ça va changer les choses, mais je vois qu'elle ressent la même chose que moi.

Trent pencha la tête. —Et qu'est-ce que tu ressens ?

Je pris une profonde inspiration et expirai lentement. Admettre que je ne pouvais pas tout faire n'était pas facile. Surtout quand je me voyais comme quelqu'un capable de tout accomplir. Mais je devais être honnête avec Trent. C'était mon patron. Et je n'allais pas tout lui cacher.

—Je suis épuisé. J'ai besoin d'une pause. Pas longue, juste une journée, mais je ne peux pas continuer à travailler comme je l'ai fait.

—Dieu merci. Pourquoi est-ce que tu te tues à la tâche ?

Je secouai la tête et passai la main dans mes cheveux. J'avais vraiment besoin de les faire couper. Un jour. —Je veux tout terminer. Je ne fais que siphonner ton argent, et ce n'est pas correct.

—C'est mon entreprise. C'est moi qui ai décidé d'acheter le vieux théâtre. Tu ne siphonnes rien du tout. Tu rends possible de gagner de l'argent avec.

—Mais mon salaire...

—N'est probablement même pas proche de ce que tu mérites pour le travail que tu assumes. Écoute, je comprends que c'est différent. Et ce sera difficile de passer de ce que tu faisais à ça. Mais j'ai toujours aimé ce théâtre. Ma mère m'y emmenait quand j'étais petit, et j'y traînais au lycée. Quand je suis revenu, je voulais y emmener Finley, mais elle m'a dit qu'il était fermé. C'est l'une de ces choses auxquelles je pensais toujours quand je pensais à L'anse MacKellar. Te pousser à prendre en charge le projet...

—Tu ne m'as pas poussé.

Trent eut un petit rire et secoua la tête. —On sait tous les deux que si. J'aurais dû mettre la main à la pâte et le gérer, mais avec George...

—J'avais besoin de quelque chose à faire. Tu as créé un travail pour moi. Et je l'apprécie, mais—

—Quoi, c'est vraiment ce que tu penses ? Que j'ai créé ce poste ? Que je n'avais pas vraiment besoin de toi ?

J'ai haussé les épaules. —Eh bien, oui. Je sais que tu me fais confiance, donc j'étais un choix facile, mais je sais aussi que je n'avais pas de revenus quand nous avons déménagé ici. J'ai mes économies, que j'ai seulement parce que tu nous as laissés vivre chez toi pendant une éternité, mais ça ne durerait pas longtemps, même si je vis toujours à tes crochets.

—Merde, a soufflé Trent. Il a secoué la tête et fermé les yeux. —Je n'ai jamais voulu te faire sentir que tu devais faire ça. Ou que tu étais autre chose que de la famille pour moi. Si j'avais un frère, je ferais la même chose pour lui. Tu es ma famille. Toi et J. Oui, j'ai Finley et George maintenant aussi, mais ça ne signifie pas que toi et J êtes moins importants pour moi.

—Mais—

—Non. Écoute, j'ai besoin de savoir si tu veux vraiment faire ce travail. Tu t'épuises à la tâche, et si tu veux que j'embauche quelqu'un d'autre, je le ferai. Je t'ai demandé de le faire parce que je savais que tu pouvais le faire et que tu le rendrais extraordinaire, mais tu ne me dois rien. Jamais.

Trent m'a fixé pendant un long moment, attendant ma réponse. Son regard n'a pas dévié, même pas quand George a gémi dehors, puis s'est mis à pleurer.

—Je ne sais pas si je peux respecter l'échéance initiale, ai-je avoué.

—Je n'ai jamais pensé qu'elle était raisonnable.

—Je voulais tout terminer au plus vite pour que ça commence à rapporter de l'argent.

—Le théâtre sera plus destiné aux habitants qu'aux touristes. Ce ne sera pas une grande attraction. Je me fiche qu'il soit terminé avant la fin de l'été. Tant qu'il est bien fait.

—Il le sera, lui ai-je assuré.

—Ça veut dire que tu veux rester et le terminer ?

J'ai lentement hoché la tête. —Oui. J'y prends plaisir. Et Geneviève est incroyable. Elle est intelligente et créative, et ses idées vont le rendre encore meilleur que je ne l'aurais jamais imaginé.

— Bien. Que faudra-t-il pour l'embaucher à temps plein ?

— De l'argent. Elle fait beaucoup d'heures supplémentaires pour gagner sa vie. Son temps est toujours bien utilisé, mais si nous allons revoir le calendrier et ralentir un peu pour pouvoir respirer, j'aimerais la passer au statut salarié pour qu'elle n'ait plus à s'inquiéter des heures supplémentaires.

— Tu as un chiffre en tête ?

J'ai acquiescé et lui ai dit combien je voulais la payer. C'était plus que ce qu'elle gagnait hebdomadairement avec ses heures supplémentaires, mais pas de beaucoup.

— Comment ça se compare à ce qu'elle gagne actuellement ?

— Une légère augmentation.

— Propose-lui cinquante pour cent de plus que sa meilleure semaine. En salaire avec tous les avantages sociaux. Quand le théâtre sera opérationnel, est-ce qu'elle va rester ?

— Je l'espère. Je veux lui créer un poste.

— Elle a l'air d'être quelqu'un que nous devrions avoir dans l'équipe. Je suis d'accord avec ça. Essaie de savoir quel horaire elle aimerait faire. Si tu veux qu'elle reste ton assistante, c'est bien, mais si tu penses qu'elle devrait faire autre chose, demande son avis et fais-moi savoir. Je veux être impliqué dans ce projet, mais je sais que je continuerai à voyager et à gérer les hôtels. Je ne pourrai pas m'occuper des affaires quotidiennes. C'est pour ça que je te voulais là-bas.

J'ai acquiescé, sentant enfin que ma place ne le détruisait pas. — J'apprécie vraiment.

— Si ça change, fais-le-moi savoir. On a toujours été honnêtes l'un envers l'autre. Du moins, la plupart du temps. Il m'a lancé un regard qui disait qu'il aurait souhaité que je lui parle de Karissa.

— Tu sais pourquoi je ne pouvais pas.

Il a hoché la tête. Il disait qu'il comprenait, mais je n'étais pas sûr qu'il comprenne vraiment. Je n'étais pas sûr de comprendre moi-même parfois.

— Ça te va si je prends congé demain ?

— Je ne suis pas ton gardien. Tu es salarié et tu gères tes propres horaires. Tu n'as pas à me rendre de comptes.

J'ai hoché la tête. —Merci.

Il m'a tapé sur l'épaule et a fait un signe de tête vers le patio. —Allons manger. On t'a attendu, et on a tous faim. Peut-être que Finley a des idées d'activités que toi et J pourriez faire demain pendant votre jour de congé. À moins que tu ne prévoies de le passer avec quelqu'un d'autre ?

J'ai secoué la tête. —Ma seule et unique fille.

Trent a souri. —Pour l'instant.

J'ai esquissé un sourire. Karissa n'allait jamais me donner une autre chance.

Finley a confié George à Trent quand nous sommes sortis. Il a blotti le bébé contre sa poitrine et a pris place à côté d'elle. Je me suis assis à côté de McJenna.

—Tu veux faire quelque chose demain ? lui ai-je demandé.

—Aller travailler avec toi ? Non merci, a grommelé McJenna.

—En fait, je prends ma journée. Pour voir un peu la ville et s'amuser.

—Est-ce qu'il y a des trucs amusants à faire par ici ?

—Il y a plein de choses à faire, a dit Finley. —Mon frère fabrique des bateaux en bois et en prête quelques-uns à la famille et aux amis si vous voulez aller sur l'eau. Mon ami est guide de bateau touristique. Il y a des restaurants et des endroits où manger. Nous avons le parc Catherine. Auberge L'anse MacKellar organise beaucoup d'événements. Et une autre de mes amies est directrice du tourisme dans la région. Je peux vérifier avec elle s'il y a quelque chose d'intéressant.

—Tout ça dans ce petit coin perdu ? a demandé McJenna, sceptique.

—Oui. Il y a aussi des jeunes de ton âge. Je sais que tu ne les connais pas, mais ils se baladent en ville pendant l'été. Habituellement, je dois les chasser de ma boutique quelques fois parce qu'ils veulent trouver les bons trucs.

—Est-ce que je peux lire les bons trucs ? a demandé McJenna.

—Non, avons dit Trent et moi ensemble.

—Tu ne sortiras pas avec qui que ce soit avant d'avoir mon âge,

—Si jamais.

McJenna soupira et leva les yeux au ciel.

—Je vous conseille d'aller petit-déjeuner à la Cove Bakery demain. Ensuite, prenez un tour guidé pour voir les attractions du coin, surtout le château, puis faites les boutiques autour de Catherine Park. Vous pourrez prendre à manger chez Cracked et déjeuner dans le parc. C'est sympa à faire. Oh, et il faut absolument faire la promenade au bord de la rivière. O'Kelley's est juste là. Ils servent à manger le midi si vous préférez y déjeuner. Mais c'est chouette de manger dehors. Remarquez, on le fait presque tous les soirs.

—Respire, ma belle, dit Trent en posant sa main sur le bras de Finley. —Ils n'ont pas à tout faire en une journée.

—Je sais, mais Xavier a tellement travaillé qu'il n'a pas

vraiment vu la ville, et McJenna n'a pas fait grand-chose non plus, et je-

—On aura d'autres jours. Je ne vais plus travailler autant d'heures que je l'ai fait. J'ai aussi besoin de temps libre. On est venus ici pour ralentir, et j'ai été un peu trop à fond. J'ai croisé le regard de McJenna, espérant qu'elle voudrait bien me faire confiance quand je disais que les choses allaient s'améliorer.

—On verra, répondit McJenna.

—J, avertit Trent.

—Elle a raison, dis-je. —On avait convenu que les choses iraient mieux, et je ne l'ai pas permis. Tu n'as rencontré personne, et je n'ai pas été présent. Mais je vais changer ça. Demain, on prendra le petit-déjeuner et on fera une visite guidée, et tout ce que tu voudras faire d'autre. Peut-être qu'on rencontrera des jeunes de ton âge.

—Oh, super, exactement ce que je veux. Rencontrer de nouveaux jeunes avec mon papa qui traîne dans les parages.

—Eh bien, tu vas devoir t'y faire parce que demain, c'est pour nous. J'inclinai la tête avec la même attitude qu'elle me montrait.

Elle essaya de retenir son sourire, mais je pinçai les lèvres et hochai la tête jusqu'à ce qu'elle perde la bataille et éclate de rire. —T'es vraiment dingue.

— Oui, je le suis. Et tu devras me supporter, gamine.

Elle secoua la tête et sourit. Le premier sourire que j'avais vu depuis bien trop longtemps. C'était vraiment le moment de prendre un jour de congé. Et de m'amuser avec ma gamine. Nous allions faire de notre nouvelle vie quelque chose de bien.

## 5

McJenna est descendue l'escalier un peu après huit heures le lendemain matin. Quand elle m'a vu assis au comptoir de la cuisine, elle s'est arrêtée.

—Tu es là.

J'ai hoché la tête, me demandant pourquoi elle semblait confuse. —On en a parlé hier soir. J'ai dit que je prenais ma journée aujourd'hui. Tu ne t'en souviens pas ?

Elle a secoué la tête. —Si, je m'en souviens. C'est juste que je ne pensais pas que tu allais réellement prendre ta journée.

—Wow, ai-je soufflé. Celle-là faisait mal.

—Je suis désolée, mais ces derniers temps tout ce que tu as fait, c'est travailler.

Je me suis levé et me suis approché d'elle, lui prenant la main pour l'amener vers le comptoir où j'avais ma tasse de café et étais prêt à préparer tout ce qu'elle voudrait pour le petit-déjeuner. —Tu n'as pas besoin de t'excuser. C'est vrai. C'est en partie pour ça que je voulais prendre ma journée aujourd'hui. Je travaille trop et je ne suis pas moi-même en ce moment.

Elle a lentement hoché la tête, comme si elle ne me

croyait pas. Je ne pouvais pas vraiment lui en vouloir. Mes actions ces derniers mois, ces dernières années en réalité, montraient que seul mon travail comptait. Il allait me falloir plus qu'une journée à être présent pour mon enfant pour prouver que je pensais ce que je disais.

—Que dirais-tu de petit-déjeuner ? Du pain perdu ? Des pancakes ? Des œufs au bacon ? Une omelette ? Qu'est-ce qui te ferait plaisir ? Ou on peut sortir manger.

—Du pain perdu ? Sa voix s'est élevée à la fin comme si elle posait une question.

—C'est parti. J'ai attrapé les ingrédients dont j'avais besoin et commencé à préparer mon célèbre pain perdu pendant qu'elle m'observait comme si j'allais m'enfuir à tout moment.

J'ai mélangé les ingrédients et mis la première tranche épaisse de pain frais dans la poêle avant que McJenna ne dise autre chose.

—Ton téléphone sonne.

Fait chier. Je voulais juste une journée de congé.

J'ai ignoré le téléphone pendant une minute, me concentrant plutôt sur la nourriture. Si c'était le travail, et j'en étais sûr, Geneviève pourrait gérer n'importe quoi. Je n'allais pas la laisser en plan longtemps, mais j'allais donner le petit-déjeuner à mon enfant avant de répondre à l'appel.

—Tu vas bien ? demanda McJenna.

—Bien sûr. Pourquoi ? Je me suis tourné vers elle et l'ai trouvée qui me souriait d'un air narquois.

—Tu viens d'ignorer un appel téléphonique. Je crois que ta tête va exploser. Elle a ricané, son visage s'illuminant d'humour.

—Ha ha, petite maligne. La dernière fois que j'ai vérifié, tu'étais aussi collée à ton téléphone que moi.

Son sourire narquois s'est transformé en grimace et elle a levé les yeux au ciel. —Plus maintenant. Je n'ai plus personne à qui parler. Tous mes amis, le peu que j'avais, m'ont laissée tomber quand nous avons déménagé. Ils ont dit que si je ne revenais pas l'année prochaine, il n'y avait aucune raison de rester en contact pendant l'été.

—Sérieusement ? ai-je lâché avant de pouvoir me retenir. Quels connards.

Elle a haussé les épaules comme si ce n'était pas grave, mais j'ai vu la douleur sur son visage. Tout le monde l'avait abandonnée. Elle était seule à L'anse MacKellar. Une réalité que j'avais ignorée pendant bien trop longtemps.

—Ce n'est pas grave.

J'ai déposé la première tranche de pain perdu sur une assiette et l'ai fait glisser sur le comptoir vers McJenna. J'ai pris le beurre et le sirop du réfrigérateur et les ai placés devant elle avec une fourchette et un couteau.

Pendant que je calmais mes émotions bouillonnantes, la plus dominante étant la culpabilité, j'ai ajouté une autre tranche dans la poêle à frire. Puis j'ai fait face à mon enfant.

—Je suis désolé pour tes amis. Et je m'excuse de ne pas avoir été très présent. Je vais commencer à prendre plus de temps libre et à adopter un meilleur horaire de travail. Je voulais que le théâtre soit opérationnel le plus rapidement possible pour qu'il rapporte de l'argent. C'est pour ça que Tonton Trent me paie.

—Et tu penses qu'on profite de lui.

J'ai secoué la tête même si je savais que c'était un mensonge. Je le ressentais comme ça, mais je ne voulais pas qu'elle le ressente ainsi. —Il a toujours dit que nous étions sa famille. Il te considère comme sa propre nièce.

—Mais je ne le suis pas. Je n'hériterai pas de cette maison, ni des hôtels, ni de quoi que ce soit d'autre.

— Rien de tout ça n'a vraiment d'importance, J.

— Non, c'est vrai. Pas vraiment, mais ça veut dire que je ne suis pas à lui. George l'est. Et je l'aime, et je ne pense pas que je devrais avoir quelque chose, mais qu'est-ce que je suis censée dire aux gens à propos de l'endroit où nous vivons ? Tu sais qu'ils vont poser la question.

— Je ne savais pas que ça te préoccupait. Tu penses que les gens vont te juger ?

Elle a haussé les épaules et mis une bouchée de pain perdu dans sa bouche pour éviter de me répondre tout de suite. Je connaissais cette astuce et j'ai attendu patiemment qu'elle reprenne la parole pendant que je finissais de cuire le deuxième morceau. Je l'ai déposé sur son assiette et j'ai commencé à préparer une tranche pour moi.

— Finley taquinait Oncle Trent à propos de comment c'était quand ils grandissaient. Sur le fait qu'il était le gosse de riche avec qui tout le monde voulait être ami.

— Et tu penses que les gens voudront être amis avec toi uniquement parce que tu vis ici ?

— Je ne suis pas une gosse de riche. Je vis ici, mais j'ai l'impression d'être une employée plutôt que d'avoir ma place ici.

Mes sourcils se sont haussés et j'ai reculé sur mes talons. Merde. — Tu n'es pas une employée. Aucun de nous ne l'est.

— Ah bon ? Tu travailles pour Oncle Trent. Ça fait de toi un employé.

— Oui, techniquement, mais c'est différent.

— Papa, ça ne l'est pas.

Je l'ai regardée avec une moue renfrognée et j'ai pris mon pain perdu dans la poêle. J'en ai ajouté un deuxième morceau même si je n'étais pas sûr de pouvoir le manger.

Oui, j'avais le sentiment que McJenna et moi devions trouver notre propre logement, mais je ne voulais pas qu'elle pense que nous le devions. Trent l'adorait, et il l'avait toujours traitée comme si elle était la sienne. Au fil des ans, plus d'une personne a pensé que nous étions en couple à cause de notre façon d'être avec McJenna. Trent n'avait peut-être pas contribué à son ADN, mais il était sa famille.

— Je pensais que tu étais enthousiaste à l'idée de vivre ici. Qu'est-ce qui a changé ? ai-je demandé.

Elle s'est concentrée sur son assiette au lieu de croiser mon regard de l'autre côté de l'îlot. — Je suppose qu'être ici plutôt qu'à l'hôtel m'a fait réaliser que ce n'est pas normal. Finley et Karissa vivent ensemble, mais elles paient chacune la moitié. Finley s'inquiète que Karissa ne puisse pas se permettre leur appartement après son déménagement. Je viens juste de réaliser que notre vie est très différente. Ce n'est pas normal.

J'ai soupiré et j'ai essayé de trouver les mots pour lui dire qu'elle avait raison sans lui faire sentir qu'elle devait se sentir mal.

— Quand ta mère est partie... j'étais en difficulté. Trent travaillait pour moi à l'époque et savait ce qui s'était passé. Il nous a invités à emménager chez lui pour que je ne t'élève pas seul. Nous étions amis, il passait déjà beaucoup de temps avec nous, et ça semblait logique à ce moment-là. Au fur et à mesure que tu grandissais, lui et moi avons discuté plus d'une fois de trouver notre propre logement, mais Trent refusait d'en entendre parler. Il répétait sans cesse que nous étions sa famille et qu'il voulait que nous restions. Je payais autant que je pouvais, autant qu'il me laissait faire, mais il refusait la plupart du temps. Trent est ridiculement riche, et les gens voulaient toujours être amis avec lui pour son argent plutôt que pour lui-même.

— C'est stupide. Il est génial.

— Je suis d'accord. Et c'est pour ça qu'il nous gardait près de lui. Parce que pour nous, c'est Trent. Ce n'est pas un type riche, c'est notre famille. C'était la première fois qu'il était plus qu'un compte en banque pour quelqu'un.

— Ça craint.

J'ai hoché la tête. — C'est vrai. Mais après toutes ces années, avec George et Finley dans sa vie, j'ai l'impression que les choses ont changé.

— Tu veux partir ?

— Seulement si tu le veux. Mais j'y réfléchis et j'ai cherché des options. Il y a quelques maisons correctes pas loin d'ici, donc on verrait toujours Trent, George et Finley très souvent, mais on aurait notre propre chez-nous.

— On peut aller les voir aujourd'hui ?

Je lui ai souri et j'ai acquiescé. — Bien sûr.

— Parfait. On va commencer par ça.

Bon sang, j'avais une enfant extraordinaire.

Après le petit-déjeuner, nous nous sommes douchés tous les deux, j'ai rappelé Geneviève, puis nous sommes sortis. Je n'avais pas de rendez-vous avec un agent immobilier, alors nous avons simplement passé en voiture devant les maisons pour les regarder depuis la rue.

McJenna n'en a aimé aucune et a dit que nous devrions continuer à chercher. Elle était maintenant aussi à la recherche, mais je n'étais pas sûr si c'était une bonne ou une mauvaise chose.

Notre premier arrêt de la journée était Catherine Park. Comme nous avions pris le petit-déjeuner à la maison, nous avons décidé de commencer par une promenade le long de la Riverwalk et de voir ensuite.

— C'est joli ici, dit McJenna après quelques minutes de marche.

J'ai acquiescé. Le soleil du matin se reflétait sur l'eau de la crique et sur la rivière, faisant scintiller tout autour de nous. C'était paisible avec le bruit des vagues qui clapotaient contre le mur sur lequel la promenade était construite. Une brise dansait autour de nous, rafraîchissant la matinée déjà chaude.

— Tu penses vraiment que les choses iront mieux ici ?

— Oui, J. D'après ce que Trent m'a dit de cet endroit, je pense que ça va te faire du bien.

— Et Karissa ?

— Quoi, Karissa ? ai-je demandé, en essayant de ne pas paraître sur la défensive.

— Qu'est-ce qu'elle disait de cet endroit ?

J'ai expiré doucement, espérant que J ne remarquerait pas que je retenais mon souffle. — Je n'étais pas disposé à entendre ce que Karissa avait à dire sur L'anse MacKellar quand on se connaissait.

— Pourquoi pas ?

— Ce n'était pas ce que je voulais pour ma vie. Je voulais les grandes villes, l'excitation et une carrière importante. Je voulais diriger un programme d'information et raconter des histoires qui comptent. Je n'ai jamais voulu jouer petit jeu.

— Mais maintenant si ?

— Depuis quand es-tu devenue si adulte ?

— Pendant que tu étais au travail.

— Merde. D'accord. Encore une fois, je le mérite. Pour répondre à ta question, j'ai réalisé que les choses que je voulais à l'époque ne sont pas celles qui me donnent une vie épanouie.

— Qu'est-ce que tu veux dire ?

J'ai regardé l'eau et j'ai fait un geste de la main vers elle. — Quand nous vivions à Niagara Falls, je ne me suis jamais arrêté pour apprécier la beauté de l'endroit où nous habitions.

—Nous allions aux Chutes chaque année.

—Oui, mais c'était quelque chose qu'on faisait. On le planifiait, on y passait la journée, on jouait les touristes, puis on rentrait à la maison et rien n'avait vraiment changé.

—Tu es en train de me dire que marcher le long de l'eau en ce moment est en train de te changer ? Sa voix dégoulinait de scepticisme et de sarcasme.

—Non, mais m'arrêter pour en profiter pourrait. Comme tu l'as dit, normalement, je serais au travail. Même toi, tu as été surprise que j'aie vraiment pris un jour de congé. Je ne veux pas que tu te fiches de ce qu'il adviendra de mes restes quand je mourrai.

—Beurk, c'est dégoûtant.

J'ai ri doucement. —Je veux juste dire que je ne veux pas être oublié. Je ne veux pas que mon seul impact dans la vie soit les émissions que j'ai produites. Je veux qu'il y ait plus.

—Et déménager ici va faire que ça arrive ? Parce que les gens vont se souvenir de toi comme le gars du cinéma ?

J'ai secoué la tête. —L'opinion qui compte le plus pour moi est la tienne, J. Je veux laisser une marque sur toi. Et être ici... nous avons déménagé ici parce que je voulais pouvoir passer les dernières années où tu es à la maison avec toi. Je ne veux pas que tu déménages le jour de tes dix-huit ans sans jamais regarder en arrière.

—Je ne le ferai pas.

J'ai haussé les épaules. —J'espère que non, mais je ne sais pas. Vu comment les choses se passaient à Niagara Falls, j'avais l'impression que ça allait arriver. Trent m'a fait croire qu'on pourrait créer une vie différente ici. Une vie plus lente et meilleure à bien des égards. C'est ce que je veux.

—Une vie qui inclut Karissa ?

Mon cœur s'est serré au son de son nom, et je ne pouvais pas me le nier, à moi-même, que je voulais ça aussi. Mais si ça n'arrivait pas, si elle ne me donnait pas une autre chance, j'ai quand même déménagé à L'anse MacKellar pour McJenna. —On verra.

Nous avons marché en silence pendant quelques minutes, dépassant toutes les boutiques jusqu'à ce que le chemin se rétrécisse et nous pousse vers un trottoir au bout. Nous avons continué à marcher, sans nous soucier d'où nous étions. Il était impossible de se perdre.

—Je l'aime bien, tu sais. Karissa. Elle a l'air géniale.

—Elle l'est, ai-je répondu instantanément. —Elle a toujours été gentille, intelligente et drôle. Tu me la rappelles beaucoup.

—Dommage qu'elle ne soit pas ma mère. McJenna a donné un coup de pied dans un caillou sur le trottoir et a serré les poings.

J'ai toujours été honnête avec elle au sujet de sa mère depuis qu'elle était petite. Je ne voulais pas que quelqu'un dise quelque chose qui la fasse douter de la vérité. Mais grandir en sachant que ta mère ne voulait pas de toi n'était pas facile. Nous avons eu plus que notre part de disputes à cause de cela. Mais c'était la première fois que J disait qu'elle aurait préféré avoir une mère différente.

—J'aimerais que les choses soient différentes. Et je déteste que ta mère ne soit pas restée. Mais c'est sa faute, pas la tienne. Tu n'es pas responsable.

—Si elle ne m'avait pas eue, elle ne serait peut-être pas partie.

—Nous n'étions pas faits l'un pour l'autre. Et elle n'était pas prête à être mère. Rien de tout cela n'est ta faute. C'est nous qui avons fait les choix qui l'ont mise enceinte. Et j'ai choisi d'être ton père parce que je t'ai aimée dès l'instant où elle est venue me voir, les larmes aux yeux, pour me dire qu'elle était enceinte.

—Savais-tu qu'elle allait partir quand elle te l'a annoncé ?

J'ai secoué la tête. —Non. Je pensais que tout irait bien. Elle n'a jamais mentionné l'avortement ou laissé entendre qu'elle n'était pas heureuse.

McJenna a hoché lentement la tête, donnant des coups de pied dans les cailloux et fixant le sol du regard.

—Tu veux qu'on retourne vers la ville ? On pourrait peut-être passer à cette boulangerie dont Finley a parlé avant de faire notre visite.

—Oh oui. J'avais oublié ça. Allons-y.

J'ai souri à son enthousiasme et nous avons fait demi-tour vers L'anse MacKellar. Notre conversation était devenue plus légère, McJenna devinant quelles options ils auraient à la Cove Bakery.

—C'est là ? a-t-elle demandé en apercevant l'auvent rose et blanc devant la boutique.

J'ai acquiescé. —On dirait bien.

Il y avait une file qui s'étendait jusqu'à l'extérieur de personnes attendant pour acheter leurs douceurs. Nous nous sommes placés derrière un jeune couple enlacé.

—Je me demande quelle est la spécialité du jour ? demanda la femme. —J'espère que c'est quelque chose avec du chocolat.

—Tu adores ton chocolat, dit l'homme.

—Il y a une spécialité ? chuchota McJenna.

La femme se retourna, la main sur son ventre très arrondi. —Oui. Valentina prépare quelque chose de différent chaque jour. Il y a toujours les produits habituels au menu, mais elle ajoute quelque chose de spécial.

—Valentina ? demanda McJenna.

—Le génie culinaire derrière cet endroit. Harriett s'occupe de la caisse maintenant puisqu'elle ne peut plus vraiment faire la pâtisserie. C'est elle qui a ouvert la Boulangerie du Cove avant même ma naissance. Valentina a commencé à travailler pour elle il y a des années, et maintenant c'est elle qui fait toute la pâtisserie. Harriett lui permet d'expérimenter et de s'amuser, en essayant de nouvelles choses et en proposant des exclusivités limitées.

—Est-ce pour ça qu'il y a une file d'attente ? ai-je demandé.

La femme hocha la tête. —Exactement. Habituellement, la spécialité du jour est épuisée avant le déjeuner, alors les gens font la queue pour pouvoir la goûter. D'où venez-vous tous les deux ?

McJenna me regarda comme un cerf pris dans les phares d'une voiture.

J'ai souri et secoué la tête. —Nous ne sommes pas de passage. Nous avons emménagé ici au début de l'été.

—Oh, eh bien, bienvenue. Où habitez-vous ? Nous sommes sur la rue Peach. Il y a beaucoup de lycéens dans notre quartier. C'est un endroit idéal pour les familles. Je m'appelle Jill, au fait.

Elle me tendit sa main, que je serrai. —Bonjour, Jill. Je suis Xavier. Et voici McJenna.

—Enchantée de vous rencontrer tous les deux. Voici mon mari, Anthony.

Anthony sourit et me serra la main, un homme de peu de mots qui laissait Jill faire toute la conversation.

—As-tu rencontré beaucoup d'enfants depuis que vous avez emménagé ici ? demanda Jill à McJenna.

—Non, pas vraiment. Mon père travaille beaucoup. Je n'ai pas eu l'occasion de vraiment sortir et voir la ville, dit McJenna.

—Vous habitez dans un quartier résidentiel ? demanda Jill.

—Ma chérie, ils ne souhaitent peut-être pas dire à de parfaits inconnus où ils habitent, dit Anthony avec douceur.

Jill eut un sursaut. —Oh mon Dieu, je suis vraiment désolée. Je n'y ai même pas pensé. Tout le monde se connaît ici, alors ça ne m'est jamais venu à l'esprit que vous trouveriez ça bizarre. Je vous présente mes excuses.

—Ce n'est pas grave. Ce n'est pas un problème. Nous habitons actuellement au domaine MacKellar.

—Le domaine MacKellar ? Comme la demeure de l'autre côté de la crique ? demanda Jill.

J'hésitai puis hochai la tête, incertain de la tournure que prendrait le reste de la conversation.

—Eh bien, pas étonnant que vous n'ayez rencontré personne. C'est isolé là-bas. Magnifique, mais j'imagine que c'est difficile pour un jeune. Tu devrais sortir et voir davantage la ville. Rencontrer des gens avant la rentrée, dit Jill.

—C'est en partie ce que nous faisons aujourd'hui.

Nous avançâmes tous alors que les personnes devant nous prenaient leurs friandises et cherchaient des tables.

—C'est bien. C'est difficile de déménager, mais s'installer dans un endroit aussi isolé n'est pas bon. Tu-

—Jill, ma chérie. Laisse-les tranquilles, dit Anthony. —Je suis sûr que Xavier et McJenna vont s'en sortir. Et la future maman qu'ils ont rencontrée par hasard en ville ne va pas tout résoudre pour eux.

Les joues de Jill rougirent, et elle me regarda avec des excuses dans les yeux. —J'ai dépassé les bornes. Je suis vraiment désolée. J'ai tendance à faire ça souvent.

Je secouai la tête. —Ce n'est rien. Je vous assure. C'est une adaptation pour nous d'être ici, et puis être au Domaine, ça a été plus difficile que ce que nous avions prévu.

—Où travaillez-vous ? demanda Jill.

— Chéri, sérieusement ? s'exclama Anthony.

— Désolée, dit Jill. —Je devrais simplement arrêter de parler.

— Vous'allez bien. Je'travaille sur le théâtre. Je le prépare pour sa réouverture, lui dis-je.

— Oh, super ! Je meurs d'envie de voir ce qui's'y passe. Je n'y'suis pas allée depuis que j'étais enfant, mais je'suis vraiment ravie qu'il'rouvre à nouveau.

— Nous'prévoyons l'automne. Je pense que ce'sera formidable. Nous'l'attendons avec impatience. J'ai souri à McJenna,

qui s'en fichait complètement, mais elle m'a quand même rendu mon sourire.

— C"est intelligent. Après que les touristes d'été soient partis et que certains endroits deviennent plus calmes. Ce'sera une belle nouvelle attraction pour les locaux, dit Jill.

— C"est bon à entendre.

— Suivant ! appela la femme derrière le comptoir.

— C"est à nous, chérie, dit Anthony en tirant sur le bras de Jill'.

— Ooh, j'ai besoin de mon chocolat. Profitez bien ! Et ravie de vous avoir rencontrés tous les deux, dit Jill en souriant et en nous faisant signe.

Nous avons attendu que Jill et Anthony reçoivent leur commande, puis nous nous sommes avancés au comptoir pour notre tour. McJenna a demandé quel était le spécial du jour et a pris un éclair au chocolat. J'ai commandé un brownie au beurre de cacahuète. Nous avons tous les deux demandé des bouteilles d'eau et avons décidé que nous'reviendrions après notre visite pour prendre quelques desserts à emporter.

J'ai payé et me suis détourné du comptoir pour trouver une place. Nous étions presque arrivés à une table quand McJenna s'est arrêtée.

— Karissa ! Salut ! Tu dois t'asseoir avec nous, dit-elle avec enthousiasme. Assez fort pour que tout le monde l'entende. Ne laissant à Karissa aucune possibilité de refuser.

Dieu, que j'aimais mon enfant.

## 6

## KARISSA

J'ai pincé mes lèvres en un sourire forcé tout en cherchant comment me défiler. Je pourrais dire que je travaillais, mais pourquoi aurais-je alors fait la queue pendant vingt minutes pour un dessert ? En fait, je n'avais aucune excuse.

J'ai hoché la tête, évitant de regarder Xavier. —Bien sûr, ai-je dit à McJenna.

Elle a souri et s'est retournée vers son père, qui avait déjà trouvé une table dans l'espace bondé. Une table avec trois chaises. Comme si tout était prévu d'avance. Merde.

McJenna m'a fait signe pour s'assurer que je les avais vus. J'ai répondu d'un geste, me maudissant d'être entrée à ce moment précis. J'aurais dû y aller plus tôt. Mais je travaillais. Ou plus tard. Mais alors j'aurais manqué la spécialité du jour. Super. J'allais passer la matinée avec mon ex et sa fille.

Achevez-moi tout de suite.

J'ai consulté mes messages pendant que j'attendais que la file avance. Quand mon tour est arrivé, j'ai commandé la spécialité du jour et j'ai hésité à prendre le croissant au chocolat dont j'avais vraiment envie.

Au diable tout ça. Xavier n'avait pas à me juger si je mangeais deux choses. Je n'étais pas une petite femme et je n'essayais de changer pour personne. S'il n'aimait pas chacune de mes courbes, tant pis pour lui.

Non. Tant pis pour lui de toute façon. Il n'avait pas besoin d'aimer mes courbes. Je les aimais, moi. Et il ne poserait plus jamais ses mains dessus.

J'ai tendu ma carte à Harriett et échangé quelques banalités pendant qu'elle disposait mon éclair et mon croissant sur une assiette. Elle m'a donné mon eau et mon assiette, puis m'a souhaité un bon appétit.

J'espérais que Xavier et McJenna auraient terminé quand j'arriverais à leur table, mais non. Aucun des deux n'avait touché à son plat. Pas une seule bouchée.

—Tu as pris la spécialité aussi ? a demandé McJenna quand je me suis assise.

—Oui. C'est pour ça que je suis venue. Valentina ne fait ça que depuis quelques mois, mais c'est un énorme succès. Tout ce qu'elle prépare est tellement bon, ai-je dit.

—C'est nouveau ? a demandé McJenna.

J'ai hoché la tête. —C'est ça. Elle n'a jamais fait d'éclairs auparavant. Hier, c'était des brownies au chocolat noir et au caramel salé. Délicieux.

—Tu viens ici tous les jours ? a demandé Xavier.

J'ai pris mon temps pour lever les yeux vers lui, renforçant ma résolution face à lui. Il était assis juste à côté de moi, trop près pour ma santé mentale. Sa voix était la même que celle que j'entendais dans mes rêves, les voix que je rejouais dans ma tête depuis toujours. Surtout quand ma mère était mourante. Il m'a aidée à traverser cette épreuve autant que mes amis l'ont fait, même s'il ne le savait pas à l'époque. Et ne le saurait jamais. Je l'imaginais là avec moi, me tenant dans ses bras les nuits où la douleur de la perte était trop lourde à porter.

Mais maintenant il était là. Assis à côté de moi dans la boulangerie de ma ville natale, agissant comme si c'était tout à fait normal qu'il soit là.

—Oui. C'est un problème ? ai-je dit d'un ton glacial. Il n'avait pas le droit de me juger.

—Absolument pas. C'est juste bon à savoir.

Je n'étais pas sûre de ce qu'il voulait dire par là, alors je l'ai ignoré à nouveau et je me suis tournée vers McJenna. —On le goûte ensemble ?

Elle a hoché la tête, ses yeux brun foncé brillant d'excitation. —Ouais. Elle a pris son éclair et s'est penchée en avant. Il flottait au-dessus de son assiette, comme le mien au-dessus de la mienne. On a ouvert la bouche ensemble et on s'est penchées, réduisant la distance entre l'éclair et nos bouches. On a mordu dedans, et j'ai fermé les yeux en gémissant.

Oh, mon Dieu, c'était meilleur que le sexe. Ou du moins, meilleur que mes souvenirs du sexe. Le vrai sexe n'était pas arrivé depuis bien trop longtemps. Mais bon sang, cet éclair compensait largement.

—C'est tellement bon, a dit McJenna la bouche pleine.

—Mm hm, ai-je approuvé en hochant la tête. J'ai posé mon éclair sur mon assiette et me suis essuyé la bouche avec ma serviette. J'ai dévissé le bouchon de ma bouteille d'eau tout en mâchant, puis j'ai pris une gorgée. —Incroyable.

—Comment Valentina décide-t-elle de ce qu'elle ajoute au menu ? a demandé McJenna. —Parce qu'elle devrait vraiment ajouter ça.

—Elle prend des suggestions. Si tu aimes vraiment ça, tu dois le faire savoir à Valentina ou à Mme Harriett. Si quelque chose obtient beaucoup de votes non officiels, elles l'ajouteront.

—Celui-ci a mon vote, a dit McJenna, en prenant une autre bouchée.

Xavier nous observait attentivement, sans dire un mot

pendant que nous dévorions nos éclairs. Quand j'ai tendu la main vers mon croissant, McJenna a levé les yeux vers le comptoir.

— Qu'est-ce que c'est ? me demanda-t-elle.

— C'est un pain au chocolat. C'est mon préféré ici. J'en prends un à chaque fois que je viens. Même si je commande autre chose. Ils sont trop bons pour s'en priver.

McJenna plissa le nez. Elle pinça les lèvres. Puis elle fronça les sourcils en regardant son père. — Pourquoi je n'en ai pas eu un, moi ?

Je toussai pour dissimuler mon rire.

— Je ne savais pas que tu en voulais un, dit Xavier. — On'reviendra. Aussi bon que soit cet endroit, j'ai le sentiment qu'on sera souvent ici.

— Karissa, tu voudras bien nous retrouver ici une autre fois pour que j'aie quelqu'un qui puisse me dire quoi prendre ?

J'ouvris et fermai la bouche, mais me retrouvai à hocher la tête. — Bien sûr. Euh, tu veux goûter mon pain au chocolat ?

— Oh, non, je ne pourrais pas. Merci, mais je ne vais pas te prendre ta nourriture, dit McJenna, me surprenant par sa gentillesse.

— Et une bouchée ? Pour que tu puisses goûter comme c'est bon ? Tu dois essayer tout ce que fait Valentina, et si tu commences par ça, tu pourras essayer autre chose la prochaine fois. Je détachai un morceau de bonne taille et l'agitai vers McJenna.

Elle regarda son père, mais il se contenta de hausser les sourcils, la laissant faire son propre choix. Elle tendit la main vers le pain au chocolat, le mit dans sa bouche, puis gémit. — Oh, wow. C'est bon. Ça fond, genre, dans la bouche.

J'acquiesçai. — C'est vrai. C'est incroyable.

— Tu es ma meilleure cliente, dit Valentina à côté de moi.

— Je crois qu'on en vend plus simplement parce que tu dis à tout le monde à quel point tout est bon.

— Ce ne sont pas des mensonges, lui dis-je. Valentina et moi ne nous connaissions pas très bien, mais après mon opération l'année dernière, Finley m'apportait des douceurs pour le petit-déjeuner tous les jours. Valentina a demandé pourquoi je ne venais plus avec Finley, et Finley lui a parlé de ma double mastectomie préventive. Valentina m'a apporté un panier garni une fois par semaine pendant les mois suivants, jusqu'à ce que je puisse sortir et visiter Cove Bakery par moi-même. Nous construisions une amitié depuis lors.

— Comment te sens-tu ? demanda Valentina. Elle le faisait toujours, mais avec Xavier et McJenna présents, la question semblait plus personnelle.

—Ça va. Merci. J'ai jeté un coup d'œil à Xavier et McJenna, puis j'ai souri à Valentina.

Elle m'a lancé un regard entendu, comprenant clairement le message. —Bien. Super. Les éclairs sont bons ?

—Vraiment délicieux, a dit McJenna. —Je les adore.

—C'est leur première fois ici. Voici Xavier et McJenna Hogan. Ils sont venus s'installer avec Trent MacKellar.

—Oh, je suis ravie de vous rencontrer tous les deux ! J'ai beaucoup entendu parler de vous. Je suis sûre que la plupart des rumeurs sont loin de la vérité, mais c'est un plaisir de faire votre connaissance. Valentina leur a serré la main. Son sourire était sincère. Elle avait quelques années de plus que moi, suffisamment pour que nous n'ayons pas été au lycée ensemble, mais j'avais entendu parler d'elle quand j'étais enfant. Elle avait épousé un homme rencontré à l'université, et ils étaient revenus s'installer à L'anse MacKellar après leurs études pour fonder une famille et se rapprocher de son père.

—J'ai l'impression qu'on devrait s'inquiéter, a dit Xavier avec hésitation.

Valentina a ri et secoué la tête. —Non, pas du tout. Cette

ville aime les commérages. Et quand les gens ne connaissent pas l'histoire de quelqu'un, ils en inventent une.

—Ça ne me rassure pas vraiment, a dit Xavier.

—Tout ira bien. Bien sûr, en voyant tous les trois ensemble, les gens vont penser que vous formez une famille heureuse, a dit Valentina.

Je me suis étranglée avec mon eau, toussant violemment pour la faire sortir de mes poumons. J'ai claqué ma bouteille sur la table et appuyé ma main contre ma poitrine, comme si ça pouvait m'aider. J'ai couvert ma bouche avec mon autre main et toussé jusqu'à ce que l'eau se dégage et que je puisse respirer à nouveau.

—Ça va ? a demandé McJenna.

J'ai hoché la tête. —Ça va. Ma respiration était encore saccadée, me faisant tousser à nouveau. J'ai pris une grande inspiration, sentant enfin mes poumons fonctionner normalement.

—Tu es sûre ? a demandé Valentina. —Je ne voulais pas te tuer.

—Tout va bien.

Tous les trois me regardaient comme si j'allais m'évanouir devant eux. C'était compréhensible, mais quand même agaçant.

—Eh bien, dit Xavier, nous devrions y aller. Nous avons un bateau-mouche à prendre.

—Oh, vous allez faire la visite d'Elise's ? demandai-je.

—Oui. Tu devrais venir avec nous, dit McJenna.

—Oh, euh, non, je ne pourrais pas, balbutiai-je, cherchant une excuse qui n'existait pas. Je ne voulais pas monter sur un bateau-mouche, ou aller n'importe où ailleurs, avec Xavier et McJenna, peu importe à quel point je la trouvais géniale.

—Tu dois venir. Ce sera tellement amusant. S'il te plaît, Karissa, supplia McJenna.

—Je vais vous laisser et retourner à l'arrière. C'était sympa de te voir, Rissa, et ravi de vous rencontrer, Xavier et McJenna. J'espère vous revoir tous bientôt, dit Valentina assez fort pour que tout le monde l'entende. Elle me sourit d'un air narquois. La chipie. Elle savait exactement quel effet cela aurait sur les commérages.

Fichu petit village.

—S'il te plaît, Karissa. Papa, dis-lui qu'elle devrait venir avec nous, dit McJenna.

—Si elle a du travail ou autre chose à faire, nous ne pouvons pas la forcer, dit Xavier. Il évitait mon regard comme s'il était tout aussi mal à l'aise que moi à cette idée.

Eh bien, c'était en quelque sorte une raison d'y aller. Si Xavier allait être mécontent de ma présence, peut-être que je devrais les accompagner.

—S'il te plaît, Karissa. Ce sera amusant. Et je veux te parler de la conception d'applications. Je pense que je voudrais peut-être aller à l'université pour étudier quelque chose comme ça, dit McJenna.

—Vraiment ? Depuis quand ? lui demanda Xavier.

McJenna haussa les épaules. Depuis que j'ai rencontré Karissa et que j'ai découvert que c'était un métier que les gens faisaient.

Xavier ferma les yeux et secoua la tête.

—Tu sais quoi ? Ça a l'air amusant, m'entendis-je dire. Ça fait longtemps que je n'ai pas fait de visite guidée. Elise va détester si c'est elle notre guide, mais je pense que ce sera sympa d'y aller avec vous.

—Super. Mon père va nous conduire. On s'est garés près du parc, dit McJenna en passant son bras sous le mien.

Nous sommes sorties ensemble, laissant Xavier nous suivre après avoir débarrassé la table. Le soleil brillait, l'air était chaud, et cela n'avait rien à voir avec l'adorable adoles-cente qui bavardait avec moi ou l'homme qui marchait derrière nous en fixant mes fesses.

Oui, j'ai vérifié. Et il n'a pas détourné le regard quand je l'ai fait.

J'étais vraiment dans le pétrin.

ELISE ÉTAIT notre guide sur le bateau, et elle n'était pas ravie quand nous nous sommes assis au premier rang où elle allait parler. Mais elle s'est adaptée et nous a intégrés dans son animation.

—Pour ceux qui se demandent ce que font les locaux par ici, vous en avez trois dans leur habitat naturel juste ici, dit-elle en nous montrant du doigt. —Les habitants sont comme vous, ils profitent de la visite et s'imprègnent de toute l'histoire de la région. Bien que, pour défendre deux d'entre eux, ils ne vivent ici que depuis peu. Mon amie ici présente a vécu à L'anse MacKellar presque toute sa vie et pourrait faire cette visite à votre place si elle n'était pas si occupée à concevoir des applications.

La foule murmura son appréciation pour mon travail, et je résistai à l'envie de faire un doigt d'honneur à Elise. Elle se contenta de me sourire d'un air narquois.

Le tour en bateau nous a fait faire le tour des Mille-Îles, nous offrant une vue depuis l'eau du pont des Mille-Îles qui mène les conducteurs au Canada. Elise nous a montré la ligne imaginaire qui séparait les États-Unis et le Canada dans l'eau. Et elle a présenté aux visiteurs les maisons, chacune plus intéressante que la précédente, lors de notre balade sur la rivière.

Lorsque nous avons accosté au château Boldt, Elise a remercié tout le monde d'avoir participé à la visite et a donné de brèves instructions pour monter au château. Elle devait sortir et parler aux gens mais nous a dit de la suivre pour que nous puissions discuter avant d'aller explorer.

—Je ne savais pas que vous seriez là, dit Elise quand nous avons eu un moment.

—McJenna m'a convaincue. On s'est croisées à la boulangerie Cove ce matin, ai-je expliqué.

—Je suis tellement jalouse. C'était quoi la spécialité aujourd'hui ? demanda Elise.

—Des éclairs, dit McJenna. —Ils étaient vraiment bons.

—Et tu ne m'en as pas apporté un ? taquina Elise.

McJenna a ri et a secoué la tête. —Je ne pense pas qu'il serait arrivé jusqu'ici.

—Cruelle ! Vous êtes cruelle, a dit Elise. —Est-ce votre première visite au Château ?

McJenna a hoché la tête. —Mon père travaille beaucoup. Il a pris son jour aujourd'hui pour qu'on puisse passer du temps ensemble. Finley a dit qu'on devrait venir ici.

—C'était une excellente recommandation. Qu'est-ce que vous prévoyez d'autre aujourd'hui ? a demandé Elise.

McJenna a regardé Xavier, et il a secoué la tête. —On n'a pas encore décidé. On va déjeuner quelque part et on improvisera.

—O'Kelleys est toujours bon, Cracked je suis sûre que vous y êtes déjà allés. Il y a aussi le Bobs Burrito Barn et le Will Work For Burgers. Le préféré de Rissa, c'est le Rolled Up, qui propose des sushis et d'autres plats asiatiques. C'est vraiment bon.

—Ça a l'air bien, a dit McJenna. —J'aime bien les sushis, moi aussi.

Je lui ai souri. Essayait-elle de me mettre en couple avec son père ? J'avais du mal à imaginer qu'une adolescente s'en soucie, mais je commençais à penser que c'était exactement ce qui se passait. Elle ne m'avait pas posé une seule question sur la conception d'applications, comme elle avait dit vouloir en parler. Juste des questions personnelles sur ma vie à L'anse MacKellar.

Cette gamine était une entremetteuse en herbe. Tout comme ma mère.

—On pourra décider en revenant sur la rive. Mais je pense qu'on devrait laisser Elise partir. On va voir le château ? a demandé Xavier.

—Ouais, allons-y, a dit McJenna. Elle a fait un signe de la main à Elise et l'a remerciée pour la visite. Xavier a fait de même. J'ai essayé de m'en tirer aussi, mais Elise a secoué la tête en me regardant.

—Tu vas tout nous raconter dimanche, a-t-elle sifflé. — Tu nous dois ces détails.

J'ai levé les yeux au ciel et secoué la tête. Super. Exactement ce que je voulais faire. Expliquer à tous mes amis pourquoi je traînais avec mon ex et sa fille alors que je ne le savais pas vraiment moi-même. Pourrais-je plaider la folie passagère ? Folle de lui ?

Non. Ça ne ferait qu'empirer les choses. Je devais trouver quelque chose. Heureusement que j'avais trois jours.

J'AI SUIVI McJenna et Xavier à travers le domaine du château jusqu'à la maison principale. McJenna s'émerveillait devant cette demeure qui n'avait jamais abrité de famille et de sa beauté.

Nous sommes retournés dehors pour visiter le reste des jardins et voir les autres bâtiments, et Xavier a ralenti son pas pour s'adapter au mien.

—Je suis désolé qu'elle t'ait embarquée à passer la journée avec nous, a-t-il dit doucement.

—Tu ne voulais pas que je me joigne à vous ? ai-je demandé, essayant de cacher mon sourire.

—Ce n'est pas ça. Je sais simplement que je suis la

dernière personne en ville avec qui tu voudrais passer du temps.

J'ai hoché la tête. —Peut-être pas la dernière.

Il a ri doucement. —Écoute, Karissa, je sais que nous avons beaucoup d'histoire et beaucoup de blessures. Et je suis désolé d'être venu ici et de t'avoir prise au dépourvu comme je l'ai fait. Je savais que j'aurais dû te prévenir, mais j'avais peur que tu sois en colère et que Trent nous désinvite, et J en avait besoin.

—Tu penses vraiment que Trent aurait fait ça ?

Il m'a regardée en haussant ses sourcils foncés. J'avais oublié à quel point il pouvait être expressif sans dire un mot. Et je devinais qu'en ce moment, il me disait que Trent aurait fait exactement ça.

—Si le choix était entre moi ou Finley, il n'y avait pas de choix. Il est comme un frère pour moi, mais elle est l'amour de sa vie. Je ne l'ai jamais vu tomber amoureux d'une femme. Il a eu des rendez-vous, mais c'était soit avec des femmes qui ne savaient pas qui il était, soit avec des femmes qui sortaient avec lui à cause de qui il était. Il n'a jamais eu quelqu'un comme elle dans sa vie, et même dès leur première rencontre, je pouvais dire qu'elle était différente pour lui.

J'ai lentement hoché la tête, regardant au loin par-dessus l'eau vers la ville d'en face. —Je peux comprendre ça. Mais je ne pense toujours pas qu'il vous aurait dit de ne pas venir.

Xavier a haussé les épaules. —Je ne sais pas. J'avais trop peur qu'il le fasse. Et j'avais trop peur de perdre mon courage une fois que j'ai découvert que Finley te connaissait. Elle a mentionné ton nom une fois, et j'ai eu le souffle coupé. Je savais que tu étais retournée chez toi après l'université, mais je ne me suis jamais permis de te chercher, donc je ne savais pas que tu étais toujours ici. Apprendre que toi et Finley étiez colocataires m'a fait sentir que déménager était définitive-ment la bonne chose à faire.

Wow. Quel culot.

—Pourquoi ? Pourquoi penserais-tu ça ? Tu croyais pouvoir simplement débarquer en ville et que je me jetterais dans tes bras ? Que je suis tellement désespérée d'avoir un homme dans ma vie que j'oublierais que tu as fait des projets avec moi avant de les abandonner complètement ?

—Non, ce n'était pas—

—Tu sais quoi, Xavier ? Je pense que tu avais raison. Tu es bien la dernière personne avec qui j'ai envie de passer la journée. Dis à McJenna que je lui ai dit au revoir.

Je n'ai pas attendu sa réponse et je suis partie. Heureusement pour moi, un bateau arrivait juste quand je me dirigeais vers les quais. Un timing parfait pour m'éloigner de Xavier.

Connard.

## 7

C'était stupide de le laisser m'atteindre, mais bon sang, il y est parvenu. J'étais en colère, blessée et je me sentais ridicule d'avoir pensé que nous pourrions être amis ou quelque chose comme ça.

J'ai ruminé pendant tout le trajet de retour en bateau jusqu'à la rive, et dès l'amarrage, j'ai quitté l'embarcation et commencé à parcourir mes matchs. Impulsif ? Oui. Mais j'avais besoin de me prouver, à moi autant qu'à Xavier, que je pouvais obtenir un rendez-vous. Un qui n'était pas avec lui.

Un des hommes avec qui j'avais échangé des messages m'avait proposé de se voir un jour, et je l'avais repoussé. Je n'aimais pas l'idée de rencontrer quelqu'un après seulement quelques conversations, mais tant pis. J'avais besoin de sortir et de me sentir bien dans ma peau. J'avais besoin de me rappeler qui j'étais. J'étais belle, intelligente, drôle et j'avais beaucoup à offrir à un homme.

Au diable Xavier pour m'avoir fait sentir autrement. Avant et maintenant.

Mon match a accepté de me retrouver pour dîner au O'Kelley's ce soir-là à dix-neuf heures. J'ai ignoré la boule dans mon estomac et me suis dit que ce serait génial. Nous avions de bonnes conversations, et il me faisait rire. Ça allait être une bonne soirée.

Au moment où je franchissais la porte du O'Kelley's, j'étais terriblement nerveuse. Cela faisait longtemps que je n'étais pas sortie en rendez-vous. J'avais créé À la Recherche du Héros Littéraire Parfait en hommage à ma mère et à sa capacité à mettre les gens en relation. Ça fonctionnait bien et avait permis à beaucoup d'habitants de rencontrer quelqu'un avec qui ils avaient vraiment une connexion. Mais pas moi. Parce que je résistais à la magie.

Oui, je croyais qu'il y avait de la magie dans mon application. Je croyais que ma mère choisissait les matchs, associant des personnes qui avaient vraiment besoin l'une de l'autre. Mais moi ? J'étais fermée. Pas disposée à trouver cette personne unique. Parce que je l'avais déjà trouvée et qu'il m'avait quittée.

Mais on ne parlait pas de lui. Pas quand j'avais rendez-vous avec un autre homme.

J'ai pris place au bout du bar et j'ai attendu. Mon rendez-vous avait dit qu'il porterait un jean et un t-shirt noir avec une rayure rouge. J'appréciais qu'il me dise ce qu'il porterait au lieu de me demander ce que je porterais. Cela signifiait que j'étais celle qui contrôlait notre rencontre.

Hudson m'a lancé un regard réprobateur quand je lui ai dit que j'attendais quelqu'un et m'a servi un soda club avec un trait de jus de cranberry et un zeste de citron vert.

— C'est ton ex ? a-t-il demandé.

— Oh, mon Dieu, j'espère bien que non. Je n'avais même pas envisagé que Xavier puisse être le gars avec qui je discutais.

— N'est-il pas censé être ici ce soir ?

— Pourquoi le serait-il ?

— Les gars viennent habituellement. Ian a commencé à

amener Trent quand il s'est installé ici, et Trent a commencé à amener Xavier. Il a l'air d'un type plutôt sympa, mais il vous a fait souffrir donc il a du pain sur la planche ici.

J'ai secoué la tête et j'ai bu une gorgée de mon verre. — C'est de l'histoire ancienne. Il n'y a plus rien entre nous, et je ne veux pas que vous ne soyez pas amis avec lui à cause de moi.

Hudson a levé un sourcil foncé et a attendu que je dise autre chose.

Je l'ai simplement regardé fixement en retour.

Il a finalement abandonné et haussé les épaules, s'éloignant pour s'occuper d'autres clients.

Ouais, d'accord, très bien. Je voulais lui dire de ne pas être ami avec Xavier, mais ce n'était pas juste. Ça aurait été puéril de ma part. Et je n'allais pas faire ça. J'allais être civile. Pour le bien de Finley.

Un homme est entré vêtu d'un jean et d'un t-shirt noir avec une bande rouge sur la poitrine et le long des manches. Il s'est arrêté juste à l'intérieur de la porte et a regardé autour de lui. Il était mignon, et familier, mais je n'arrivais pas à le situer. Je l'avais certainement vu en ville, cependant. Ses cheveux blonds étaient plutôt longs, frôlant son menton avant qu'il ne les glisse derrière ses oreilles. Il avait l'air quelques années plus âgé que moi. Athlétique sans être baraqué, et grand sans être anormal. Il était plutôt ordinaire, et c'était définitivement bien pour moi. Parce qu'il n'était pas Xavier.

J'ai attendu que son regard croise le mien et je lui ai fait signe. Il m'a souri en retour et s'est dirigé vers moi, son regard ne quittant pas le mien alors qu'il traversait la foule peu nombreuse de ce jeudi soir.

Quand il est arrivé jusqu'à moi, il a dit : — Bonjour, je suis Ringard de nature, aussi connu sous le nom de Brantley. Êtes-vous Reine ?

J'ai tendu la main et j'ai serré celle qu'il m'offrait. C'était agréable de rencontrer l'homme qui avait un marteau comme image de profil. — Je le suis. C'est un plaisir de vous rencontrer. Je m'appelle aussi Karissa.

— Karissa Thomas, c'est bien ça ?

J'ai acquiescé. — Petite ville.

Il a ri avec moi. — Je comprends. La plupart des personnes que je rencontre ont des enfants qui jouent pour moi ou qui sortent avec des jeunes qui jouent pour moi. Je suis entraîneur de cross-country et de baseball au lycée.

— Oh, c'est vrai. Brantley Pierce, c'est ça ?

Il hocha la tête. — Oui. J'espère que cette rencontre ne va pas tout gâcher, cependant. C'était agréable de discuter avec vous.

— Avec vous aussi.

Il sourit et soutint mon regard. Ses yeux verts scintillaient légèrement, captant la lumière subtile du bar. Il était vraiment séduisant. Le genre d'homme avec qui je ne verrais pas d'inconvénient à m'installer. Il aimait visiblement les enfants et avait un emploi stable. Il était gentil, amical et drôle.

Et malgré tout cela, je ne ressentais toujours pas cette étincelle instantanée que je désirais. Comme celle que j'avais ressentie lorsque j'avais rencontré Xavier il y a toutes ces années.

Mais je n'avais pas besoin d'une étincelle. J'avais trente-huit ans. Trente-neuf me fixait du regard, ce qui signifiait que la quarantaine était au coin de la rue. Je ne pouvais plus me permettre d'être difficile. Pas si je voulais partager le reste de ma vie avec quelqu'un.

— On prend une table ? demanda Brantley.

J'acquiesçai et le laissai me guider vers un box de l'autre côté du bar. Nous nous assîmes, et presque immédiatement, un serveur vint nous demander si nous voulions commander quelque chose.

— Voulez-vous manger quelque chose ? Je n'ai encore rien pris, mais sans pression, dit Brantley.

— Je pourrais manger. Je n'ai rien pris non plus.

Brantley hocha la tête et me fit signe de commander en premier.

— Sandwich au poulet grillé avec du cheddar, de la laitue, de la tomate et du ketchup. Des frites. Et de l'eau, s'il vous plaît.

Le serveur hocha la tête et se tourna vers Brantley. — Tout cela me semble parfait. La même chose pour moi.

Le serveur hocha à nouveau la tête, puis s'éloigna.

— Alors, même si je vous reconnais, je ne vous connais pas vraiment. Puis-je vous poser les questions ennuyeuses du premier rendez-vous ? demanda Brantley avec une grimace du nez et un sourire charmant.

— Bien sûr. Je ressens la même chose. Je pense que vous êtes un peu plus âgé que moi, c'est ça ?

—Je pense que oui. J'ai quarante-quatre ans.

—Trente-huit, lui dis-je. —Bientôt trente-neuf.

—Et vous redoutez la quarantaine, n'est-ce pas ?

Je ris doucement. —Comment le savez-vous ?

—C'était pareil pour moi. Mes parents avaient quarante ans quand j'ai obtenu mon diplôme et j'ai réalisé que j'étais loin d'en être là. Ça m'a fait réfléchir à tout ce que je voulais avoir mais que je n'avais pas encore.

—Et les avez-vous maintenant ?

L'ombre d'un sourire passa sur ses lèvres avant qu'il ne secoue la tête. —Pas tous.

Je me demandais à quoi il pensait en disant cela, mais ce n'était pas le genre de question qu'on pose lors d'un premier rendez-vous, alors je n'ai pas demandé.

—J'ai perdu ma mère il y a quelques années, dis-je, —et cela m'a vraiment fait voir la vie différemment. Elle était en quelque sorte mon pilier.

—Elle est sur la fresque du côté de Cracked, n'est-ce pas ? Celle qui surplombe la place ?

J'acquiesçai. —Oui. Elle y a travaillé pendant une éternité. Beaucoup de gens la connaissaient en ville.

—Elle me donnait toujours des conseils. Elle manque vraiment à tout le monde ici. Je suis désolé pour votre perte.

—Merci, répondis-je.

Nous avons interrompu notre conversation de premier-rendez-vous-qui-n'en-était-pas-un pendant que le serveur apportait nos boissons et un apéritif que Hudson avait sans doute envoyé. Quand j'ai levé les yeux, j'ai vu qu'il nous observait. Je lui ai souri en levant mon verre, et il a répondu d'un signe de tête.

—Vous êtes amie avec Hudson ? demanda Brantley.

—Oui. Nous avions trois ans d'écart à l'école, mais j'habite dans la rue et je passe beaucoup de temps ici. Je m'arrêtai et penchai la tête. —Ce n'est probablement pas quelque chose que je devrais avouer, n'est-ce pas ? Que je passe beaucoup de temps dans un bar ?

Brantley a ricané. —Je ne vous jugerai pas. Je comprends. Surtout quand vous êtes amis. Il a l'air d'être quelqu'un de bien.

—Il l'est. Et vous ? À part l'entraînement, que faites-vous ?

—J'enseigne la physique au lycée. Je suis assez occupé pendant l'année scolaire. L'été me permet de faire une bonne pause, mais j'enseigne généralement en cours d'été et je suis bénévole pour les équipes sportives de la ville.

—Vraiment ? C'est impressionnant.

—Oui. Je n'aime pas rester inactif. Mon esprit prend le dessus quand je n'ai rien pour l'occuper.

—Je comprends parfaitement. J'ai l'impression de toujours penser à des façons d'améliorer mes applications ou à de nouvelles idées que je pourrais développer.

—Je ne savais pas que vous conceviez des applications. C'est vraiment génial, a dit Brantley.

J'ai failli avouer que j'avais conçu celle que nous avions tous les deux utilisée pour nous rencontrer, mais pour une raison quelconque, j'ai gardé cette information pour moi. — J'aime ce que je fais.

—Ça fait une grande différence. J'ai eu un travail que je n'aimais pas vraiment pendant un moment. Je ne suis pas revenu directement ici après l'université et j'ai travaillé près de Syracuse dans un district scolaire plus important. Je détestais ça. La politique du district était mauvaise. Quand le poste ici s'est libéré, Valentina me l'a envoyé pour que je postule.

—Vous connaissez Valentina ? ai-je demandé. Cela ne me surprenait pas vu la taille de la ville, mais le fait qu'elle lui ait envoyé une offre d'emploi indiquait qu'ils étaient bien plus que de simples connaissances.

Il a pris une gorgée d'eau et a hoché la tête, évitant mon regard. —Oui, nous avons été diplômés ensemble et, euh, nous nous sommes retrouvés à la même université. Nous avons tissé des liens, étant les deux seuls d'ici. En fait, c'est moi qui ai présenté Dawson à Valentina.

—Vraiment ? Est-ce que Valentina et vous êtes déjà sortis ensemble ?

Il a immédiatement secoué la tête et s'est essuyé la bouche avec sa serviette. —Non. Nous avons toujours été simplement amis.

J'ai acquiescé, me demandant si je percevais quelque chose qui n'existait pas ou si j'avais raison et que Brantley avait un faible pour Valentina.

—Mais qu'est-ce qui se passe ici ?

J'ai levé les yeux vers Xavier, qui dominait notre table de toute sa hauteur, les poings serrés et le regard furieux.

— Je peux vous aider ? demanda Brantley, attirant l'attention de Xavier.

— Xavier, qu'est-ce qui ne va pas chez vous, bon sang ? lui demandai-je.

— Vous le connaissez ? demanda Brantley.

— Oui, et je n'ai aucune idée de pourquoi il pense pouvoir interrompre notre dîner. J'ai lancé un regard noir à Xavier, attendant une explication.

— Vous étiez avec moi plus tôt aujourd'hui, et maintenant vous êtes avec ce type ?

J'ai poussé un petit rire et secoué la tête. Les deux hommes attendaient que je dise quelque chose.

— Je vous ai croisé à la boulangerie Cove ce matin, et votre *fille* m'a invitée à faire une excursion en bateau avec vous parce qu'elle voulait en savoir plus sur mon métier. Vous agissez comme si nous étions en rendez-vous, ce qui n'était pas le cas.

— Et vous êtes en rendez-vous avec lui ? cracha Xavier.

— En effet. Et vous n'avez aucun droit d'agir comme si cela vous concernait. Nous ne sortons pas ensemble, nous ne couchons pas ensemble, nous ne sommes même pas amis, Xavier. Notre histoire s'est terminée il y a de nombreuses années.

— Et j'habite ici maintenant.

— Écoutez, dit Brantley en se levant, je pense que vous devriez partir. Elle a dit qu'elle ne voulait pas que vous vous immisciez, et vous devez l'écouter.

— Vous n'avez aucun droit de me parler d'elle. Vous ne la connaissez pas du tout.

Brantley hocha la tête. Vous avez raison. Je ne la connais pas. Mais je suis ici pour apprendre à la connaître, et j'écoute ce qu'elle a à dire. Et une des choses qu'elle a dites, c'est qu'elle veut que vous partiez. Alors faites-le, s'il vous plaît.

Xavier ignora Brantley d'un geste et se précipita vers la porte, sans même un regard en arrière.

Brantley s'est rassis une minute plus tard et a tendu la main pour prendre la mienne. —Est-ce que vous allez bien ?

J'ai hoché la tête en serrant sa main. —Merci. Je suis désolée pour lui.

—Vous n'avez pas à être désolée. Il a lâché ma main et a souri. —On ne peut pas forcer les gens à nous aimer ou à tourner la page. Mais je suis désolé que vous ayez à gérer quelqu'un qui n'accepte pas que vous ne soyez pas intéressée.

Je suis restée silencieuse pendant un moment, réfléchissant à ce qu'il venait de dire.

—Ou peut-être êtes-vous encore intéressée ?

J'ai immédiatement secoué la tête. —Non. Il y a trop d'histoire entre nous pour qu'il puisse y avoir un présent ou un futur.

—Je ne crois pas vraiment que ce soit jamais vrai. Je pense qu'il peut être difficile de surmonter ce qui s'est passé dans le passé, mais si les gens sont vraiment faits pour être ensemble, ils devraient l'être. Peu importe quoi.

—Je ne pense pas que je devrais être avec lui. Surtout pas quand il se comporte comme ça. Je ne sais même pas qui c'était.

—C'était un homme jaloux parce qu'il a vu la femme qu'il aime en rendez-vous avec quelqu'un d'autre.

J'ai pouffé. —Il ne m'aime pas. La jalousie, c'est possible, mais c'est seulement parce qu'il pensait que déménager ici après dix-sept ans de séparation pourrait effacer tous les mensonges qu'il m'a racontés quand nous étions à l'université.

—Aïe. Oui, je ne vous blâme pas de ne pas lui pardonner.

J'ai laissé échapper un petit rire. —Terminons notre rendez-vous et ne nous inquiétons plus de lui.

Brantley a souri et a acquiescé. —Ça me va très bien.

—Il n'a pas fait ça, a haleté Elise dimanche soir au club de lecture.

Je venais de les mettre au courant de tout ce qui s'était passé avec Xavier jeudi. De McJenna qui m'avait invitée à m'asseoir avec eux à la Cove Bakery et à faire la visite avec eux, à Xavier qui m'avait énervée, puis mon rendez-vous avec Brantley et l'interruption de Xavier.

—Si, il l'a vraiment fait. Il s'est vraiment donné en spectacle, dis-je.

—Wow, dit Sofia. Je dois avouer que je suis un peu jalouse qu'aucun homme ne se soit jamais emporté comme ça pour moi, mais je ne pourrais pas non plus supporter toute cette attention. Qu'est-ce que tu lui as dit ?

—Je lui ai dit que nous n'étions pas ensemble, et qu'il n'avait aucun droit de me dire ce que je pouvais faire. Et Brantley lui a demandé de partir, leur expliquai-je.

—Bien joué. Et bravo au Coach Pierce, dit Goldie. Mon fils fait du cross-country avec lui. Je n'arrive pas à le voir comme « Brantley ».

—Est-ce qu'il est quelqu'un de bien ? demanda Finley à Goldie.

Goldie hocha la tête. —Absolument. Paul l'adore. Il dit qu'il est très encourageant et serviable. Paul a toujours aimé courir, mais Coach Pierce offre des conseils pour faciliter l'effort et aide les enfants qui ne sont pas des coureurs naturels.

—Je serais l'un de ces enfants, dit Blake. Je ne cours que si c'est une question de vie ou de mort. Et peut-être même pas dans ce cas-là.

Nous avons toutes ri et acquiescé.

—Brantley a dit qu'il connaît Valentina, leur dis-je. Je

pêchais clairement des informations car je savais déjà que nous étions mieux en tant qu'amis.

—De la Cove Bakery ? demanda Piper.

—Oui. Il a dit qu'ils avaient obtenu leur diplôme ensemble, et qu'il l'avait présentée à son mari, dis-je.

—Intéressant. Je ne savais pas qu'il avait le même âge qu'elle. Mais je l'ai déjà vu là-bas. Gavin et moi essayons d'y aller au moins une fois par semaine. Avez-vous goûté ses spécialités ? demanda Piper.

—Tellement bonnes.

—J'en suis accro.

— Tout ce qu'elle fait est incroyable.

— Je crois que Brantley a un faible pour Valentina, leur ai-je dit.

— Elle est mariée, a dit Melody.

— Je sais, mais c'est juste une impression que j'ai eue, ai-je dit. — C'est un homme gentil. Je serais désolée de le savoir en train de languir pour elle.

— Est-ce que tu dis ça pour qu'on ne te pousse pas à avoir un second rendez-vous avec lui ? a demandé Finley.

J'ai secoué la tête. — Non. On est vraiment mieux en tant qu'amis. Il est gentil et il est mignon, mais notre rendez-vous était juste correct.

— Tu mérites mieux que juste correct, a dit Zoey. — Je me suis contentée de correct pendant longtemps, et ça n'en valait pas la peine. Pas quand j'aurais pu avoir ce que j'ai maintenant.

— Mais tu as Cameron et Alexis, a dit Piper.

Zoey a acquiescé. — Et je n'échangerais jamais mes enfants, mais je n'étais pas heureuse.

— Je commence à en avoir marre d'être seule, ai-je avoué. — Je n'ai pas eu de relation sérieuse depuis ma rupture avec Xavier, et c'était il y a une éternité. Je veux ce que vous avez toutes. Un partenaire avec qui traverser la vie.

Les célibataires ont acquiescé avec moi, et celles en couple ont semblé gênées.

— Je ne veux pas que vous vous sentiez mal d'être heureuses. Vous m'avez inspirée à essayer. À me lancer. Et j'ai abordé mon rendez-vous avec Brantley l'esprit ouvert. Mais l'interruption de Xavier m'a fait comprendre que je ne veux pas être avec quelqu'un qui n'est pas sûr. J'ai passé trop d'années avec Xavier avant qu'il ne change d'avis sur tout et me quitte. Je ne suis pas prête à prendre ce risque à nouveau, mais je ne veux pas non plus avoir quelqu'un dans ma vie qui ne me fait pas ressentir ce qu'il me fait ressentir.

— Ce qu'il te *fait* ressentir ? a demandé Finley.

— Ce qu'il me faisait ressentir, ai-je précisé. — Maintenant, il me met juste en colère.

Le mensonge était assez facile à dire, mais aucun d'entre eux ne l'a cru. J'ai fait un faux pas. Et connaissant mes amis, ils n'allaient pas me laisser m'en tirer éternellement.

Mais pour l'instant, je pouvais faire semblant que lorsque Xavier s'approchait de notre table, mon cœur ne s'emballait pas d'excitation, mes paumes ne devenaient pas moites d'anticipation et mon bas-ventre ne se serrait pas de désir. Un jour, je devrais peut-être l'avouer, mais pour l'instant, c'était mon secret.

## 8

## XAVIER

—Qu'êtes-vous exactement en train de me dire ? J'ai retenu ma colère autant que possible, même si l'idiot à l'autre bout du fil méritait de la subir entièrement.

—Nous ne pouvons pas faire ce que vous nous avez demandé. Ce n'est tout simplement pas possible.

—Alors pourquoi diable avez-vous accepté l'acompte pour ma commande ? ai-je aboyé.

Geneviève a bondi de son siège et s'est approchée de moi. Elle a haussé les sourcils et agité sa main vers moi comme si elle voulait que je lui passe mon téléphone.

—Quoi ? ai-je sifflé.

—Donne-moi ce téléphone. Maintenant.

J'ai soupiré et le lui ai tendu. —Voyons si tu peux tirer quelque chose de ces crétins.

—Bonjour, Monsieur Alvarez ? Oui, c'est Geneviève. C'est moi qui ai passé la commande auprès de vous. Vous voyez, c'est un projet important. Un projet coûteux. Et il est inacceptable de ne pas avoir d'enseigne à l'extérieur du théâtre. Vous comprenez cela, n'est-ce pas ?

J'ai failli ricaner devant son ton condescendant. Failli. Si je n'avais pas été si en colère, je l'aurais peut-être fait.

—Oui, eh bien, voyez-vous, le problème que nous avons, c'est que vous avez gardé cette commande pendant des semaines. Retenant notre argent, gagnant des intérêts sur notre argent. Nous avons supposé que cet acompte finirait par se rentabiliser quand vous nous livreriez ce que vous aviez promis lorsque j'ai passé la commande avec vous. Puisque vous l'aviez dit. Si vous annulez maintenant, vous nous devez la totalité de notre acompte plus vingt pour cent pour nous avoir fait perdre notre temps.

J'ai entendu ses cris avant que Geneviève n'éloigne le téléphone de son oreille. Elle a levé les yeux au ciel et a attendu qu'il se calme, me lançant un regard noir quand j'ai essayé de reprendre le téléphone.

—Très franchement, Monsieur Alvarez, je me fiche complètement de ce que vous pensez. Vous nous avez volés. Vous avez pris notre argent sans avoir l'intention de livrer le produit pour lequel nous avons payé. Vous pouvez soit accepter de nous rendre chaque centime que nous vous avons versé, plus les intérêts, soit le prochain appel que vous recevrez viendra de notre équipe juridique.

Je l'ai regardée fixement, me demandant de quelle équipe juridique elle allait le menacer puisque nous n'en avions pas. Elle a souri et incliné la tête, en rajoutant une couche de douceur.

— Eh bien, merci infiniment, Monsieur Alvarez. J'apprécie votre aide. J'attendrai l'arrivée de ce chèque, et je ne manquerai pas de vous informer dès qu'il arrivera. Passez une excellente journée.

Elle raccrocha, fit un doigt d'honneur au téléphone et me le rendit.

— Il va envoyer un chèque aujourd'hui.

— Vingt pour cent ? demandai-je.

Elle haussa les épaules. — On va devoir payer quelqu'un pour accélérer tout ça. Ça va coûter plus cher. Nous n'aurions pas eu à gérer cette situation s'il n'avait pas accepté un travail qu'il n'était pas capable de réaliser. Je n'ai aucune patience pour les gens qui volent des entrepreneurs qui travaillent dur. Et je me suis dit que le grand patron avait probablement quelques avocats en numérotation rapide si on avait vraiment besoin que quelqu'un s'en mêle.

— Qu'a-t-il dit quand tu lui as annoncé ça ?

— Il s'est tu très vite. J'ai l'impression qu'il n'est pas totalement honnête. Je suis désolée de l'avoir engagé. Ça peut être prélevé de mon chèque.

Je secouai la tête. — Ce n'est pas ta faute. Nous pensions avoir quelqu'un qui allait faire le travail pour lequel on l'avait payé. Tu n'as pas à t'inquiéter. Nous devons juste trouver quelqu'un d'autre qui peut nous faire une enseigne.

— Je vais me renseigner. Peut-être que les gars de David peuvent faire quelque chose ?

— Peut-être, mais il faut que ce soit conforme aux règlements de la ville. Et résistant aux intempéries et tout ça.

— Je vais me renseigner. Au fait, tu dois aller chez Al pour chercher les fournitures.

— Oh, mince. Merci. Je vais prendre quelque chose à manger pendant que je suis dehors. Tu veux quelque chose ?

Genevieve secoua la tête. — Teddy et moi avons préparé notre déjeuner aujourd'hui pour qu'on puisse manger ensemble. Mais merci.

Je fis un signe de la main et me dirigeai vers la porte. Quand Trent et moi travaillions ensemble, nous avions besoin de notre espace et ne déjeunions jamais ensemble. C'était clairement différent quand on travaillait avec quelqu'un dont on était amoureux.

La traversée de la ville fut rapide. La circulation était dense pour L'anse MacKellar, mais ce n'était toujours rien comparé à Niagara Falls. Je m'habituais à pouvoir me rendre n'importe où en ville en moins de dix minutes. Beaucoup moins dans de nombreux cas.

Je me suis garé sur le parking à côté d'Al's Hardware et j'ai regardé l'enseigne au-dessus de la porte. Elle était simple mais efficace. Assez lumineuse pour être visible sans être criarde. Je me suis demandé qui avait fabriqué leur enseigne et s'ils étaient toujours en activité. Elle était bien défraîchie et avait manifestement été là depuis un bon moment.

J'ai mis mes clés dans ma poche et je suis sorti de la voiture. Je n'avais pas encore pris l'habitude de laisser les clés dans la voiture, mais je ne l'ai pas verrouillée. C'était ce qui se rapprochait le plus du mode de vie d'une petite ville pour moi jusqu'à présent.

Je ne savais toujours pas comment j'avais pu accepter le plan de Genevieve pour repeindre le hall et créer un panneau d'affichage pour la ville, mais j'étais chez Al's Hardware en train d'acheter la peinture que Genevieve avait commandée et de récupérer toutes les fournitures qu'elle avait demandées. Il y avait quelques personnes en ligne, alors j'ai attendu mon tour pour demander au type derrière le comptoir à propos de la commande. Quand il m'a demandé ce dont j'avais besoin, je lui ai dit que je venais chercher la commande pour Genevieve.

Il a ri. —Tu es le nouveau, hein ? Il a tendu la main.

J'ai automatiquement tendu la mienne pour la serrer. —Le nouveau ?

—Tu es celui qui rénove le théâtre. C'est super. Tu travailles pour Trent MacKellar ?

—Euh, ouais. Je m'appelle Xavier Hogan.

—Enchanté. Je suis Knox Randall. Je possède cet endroit. Si tu as besoin de quoi que ce soit, fais-le-moi savoir. Je suis ravi de pouvoir aider. Je sais que l'équipe de David a commandé pas mal de choses, mais si tu as besoin d'autre chose, je peux te le procurer, même si je ne l'ai pas en stock. Knox a contourné le comptoir et m'a indiqué l'allée à l'extrémité du magasin.

—Merci. J'apprécie. Je suis encore en train d'apprendre à me repérer et à comprendre comment tout fonctionne.

—Je comprends. Tout le monde en sait probablement plus sur toi que ce que tu n'as jamais avoué. Et la moitié n'est probablement pas vraie.

J'ai ri, me demandant si c'était le cas.

—As-tu vraiment dragué Genevieve pendant ton entretien ? a demandé Knox.

—Quoi ? Non. Bien sûr que non. C'est illégal, et elle porte une alliance. Ce n'est pas mon genre.

Knox hocha la tête et s'arrêta devant une cage. Il fit défiler un gros trousseau de clés avant de déverrouiller la porte. —Je me doutais que celle-là n'était pas vraie. Pourquoi travaillerait-elle pour toi ? Et Trent MacKellar ? Vous avez eu une histoire tous les deux ? C'est une autre rumeur. Ou alors que toi et Trent ne saviez pas qui était le père du bébé de Finley jusqu'à sa naissance où c'est devenu assez évident.

—Rien de tout ça n'est vrai, dis-je fermement. —Wow, cette ville.

—Ouais. Tous les gars qui viennent ici sont pires que des femmes chez le coiffeur. Ils veulent me raconter tout ce qu'ils croient savoir. Il y a aussi celle sur toi et Karissa. Que vous êtes sortis ensemble à l'université et que tu lui as brisé le cœur quand tu as décidé de ne pas t'installer ici.

Je me figeai, ne sachant pas comment répondre à celle-là.

Knox souleva un sac de fournitures et se tourna pour me le tendre.

J'hésitai, encore sous le choc de ce qu'il venait de dire, et il s'arrêta.

—Ouah. C'est vraiment arrivé ? Tu connaissais Karissa ?

—Je, euh... C'était il y a longtemps.

—D'après ce que j'ai entendu, tu avais prévu de t'installer ici et puis tu l'as laissée tomber. C'est vrai ?

Mes joues chauffèrent sous le regard glacial de l'autre homme. Ce qui s'était passé entre Karissa et moi il y a des années ne regardait personne. Sauf quand nous vivions tous les deux dans sa ville natale et que tout le monde voulait la protéger.

—Merde. Je ne m'attendais pas à celle-là. Tu es ici pour elle ?

Je secouai la tête. —Elle n'est pas intéressée.

—Je ne peux pas lui en vouloir.

—As-tu déjà fait une erreur ? Quelque chose que tu as remis en question presque immédiatement, mais que tu ne pouvais pas changer ?

—Bien sûr, évidemment.

—C'est un peu comme ça que c'est arrivé. On m'a offert un poste à la sortie de l'université. Un très bon poste. Le genre de poste que je pensais ne jamais obtenir. J'ai dû faire un choix.

— Et tu as choisi le travail, dit Knox.

J'ai hoché la tête. — C'est vrai. Je cherchais du travail, mais il n'y avait rien par ici. Absolument rien. J'ai postulé à d'autres emplois pour acquérir de l'expérience afin d'être prêt quand je trouverais quelque chose. Je ne pensais pas qu'ils me le proposeraient.

— Est-ce que ça en valait la peine ?

J'ai inspiré profondément. C'était la plus grande question que la vie pouvait poser. Est-ce que ça en valait la peine ? On pouvait se demander cela à propos de tout ce qu'on avait vécu. Les choses auxquelles on avait dit oui ou non. Le plus difficile, c'est qu'on ne savait jamais ce qui serait arrivé si on avait fait l'autre choix.

— Je ne sais pas.

— Tu as une fille, n'est-ce pas ? demanda Knox.

J'ai fait oui de la tête.

— Tu ne l'aurais pas si tu avais choisi différemment.

J'ai souri en pensant à McJenna. Le sourire sur son visage quand nous avions fait la visite valait tout. Et son enthousiasme à planifier une autre sortie pour la semaine prochaine était spécial. Elle avait interrogé Finley sur les choses à faire et faisait des projets pour les dernières semaines d'été.

— Je pense que c'est ta réponse, dit Knox. — Écoute, je comprends. Ce n'est pas facile, mais il faut faire des choix difficiles dans la vie. Beaucoup d'entre nous ici ne comprennent pas qu'on puisse vouloir vivre ailleurs. J'ai grandi ici. Mon père possédait cet endroit. Quand il a pris sa retraite, il était évident que je le reprendrais. Je n'ai jamais pensé à faire autre chose parce que j'aime ça. Mais ce n'est pas toujours facile de vivre au même endroit depuis toujours. Je suis célibataire parce que j'ai grandi avec toutes les femmes célibataires de la ville. Je ne me suis jamais marié et je n'ai pas d'enfants. J'aime ma ville et mon travail, mais il y a des moments où j'ai envisagé de partir pour avoir une vie privée plus riche. Mais je ne veux pas. Certains diraient que je suis coincé, mais je ne sais pas. J'aime simplement être ici. Là où je peux aller à l'arrière et avoir une conversation avec quelqu'un de nouveau en ville et où je sais que mes clients qui sont entrés pendant qu'on était ici ont laissé de l'argent ou un mot sur le comptoir pour que je sache ce qu'ils ont pris.

— Sérieusement ?

Knox a ri doucement. — Ouais. Je te le garantis. Et c'est ce que j'aime dans le fait d'être ici. Tout le monde se connaît, et c'est chez moi. Tu vois ?

J'ai lentement hoché la tête, me demandant si je ressentirais un jour cet endroit comme mon chez-moi. J'aimais l'idée, mais Karissa était la clé. Si elle me donnait une autre chance, je ne gâcherais pas tout à nouveau. Elle était mon foyer.

—Il y a autre chose dont tu as besoin ? demanda Knox,

verrouillant à nouveau la cage et rapportant certaines fournitures vers l'avant.

—En fait, nous avons besoin de quelqu'un pour fabriquer une enseigne à l'extérieur du théâtre. On pensait que c'était réglé, mais l'entreprise s'est désistée ce matin.

—Pas cool. Euh, quel genre d'enseigne cherchez-vous à faire réaliser ?

—J'aime beaucoup celle que tu as à l'extérieur. Quelque chose comme ça serait parfait. En bois ou en métal avec des lettres bien lisibles. Nous aurions probablement besoin d'un éclairage puisque le théâtre sera ouvert le soir. Mais rien de trop tape-à-l'œil. Simple et élégant, c'est ce que dit Genevieve.

Knox hocha la tête d'un air pensif et se frotta la mâchoire. —Je pourrais probablement faire ça.

—Toi ?

—Ouais, c'est moi qui ai fait cette enseigne. Quelle taille recherchez-vous ?

—Wow, vraiment ?

—Enfin, sauf si vous préférez engager un entrepreneur général ou une entreprise d'enseignes.

—Non. Je veux juste quelque chose qui ait belle allure et qui respecte toutes les réglementations municipales et exigences légales. Nous avons les spécifications de l'enseigne que nous avions déjà commandée. Genevieve peut te les envoyer et tu pourras y jeter un œil. Nous sommes ouverts aux suggestions.

Knox acquiesça. —Ça me paraît bien. Je ferme ici à dix-sept heures aujourd'hui, mais demain je ferme à quinze heures. Que dirais-tu que je passe au théâtre après ça et nous pourrons tout mettre au point ? Ça te convient ?

—Absolument. Merci. Vraiment. Et tu es très talentueux.

Les joues de Knox rougirent sous sa barbe naissante. —Merci. Passons à la caisse pour tout ça.

—Genevieve sera tellement contente de pouvoir commencer.

Knox rit de mon ton peu enthousiaste. —Je n'en doute pas.

GENEVIEVE ÉTAIT BIEN PLUS créative que je ne le pensais et, à la fin de la journée, j'ai enfin pu voir sa vision. L'exposition qu'elle voulait mettre en place serait un lieu pour célébrer L'anse MacKellar, un ajout parfait au théâtre mis en place et géré par deux hommes qui n'étaient pas vraiment des habitants de la ville.

Trent s'y intégrait progressivement, mais j'étais un étranger selon les critères de tous.

Je suis rentré à temps pour le dîner et je me suis assis pour parler avec Finley, Trent et McJenna. Notre dynamique avait changé depuis que Finley avait emménagé, mais elle s'intégrait parfaitement dans notre famille recomposée.

—Tu utilises toujours l'application pour parler aux femmes ? a demandé Finley après que McJenna ait quitté la table.

J'ai secoué la tête. —Rien n'est secret ici ?

—Non. Pas vraiment, a dit Finley sans aucune honte. —Écoute, je t'aime bien, Xavier, mais tu as fait du mal à mon amie en venant ici. Je ne veux pas que tu recommences. Elle est la reine de cette application, et elle mérite d'être bien traitée.

J'ai acquiescé. —Je sais. Quand nous étions ensemble, je l'ai bien traitée. Du moins, je pense que c'était le cas. Changer les choses comme je l'ai fait était nul, et je le sais, mais j'étais jeune et je pensais savoir ce que je faisais.

—Quelle est ton excuse pour être revenu ici ? a-t-elle demandé avec insistance.

Je l'ai fixée pendant une longue minute. Finley ne m'avait jamais interrogé aussi directement auparavant. Bien sûr, elle m'avait demandé ce qui me passait par la tête, mais c'était différent. Là, elle cherchait à comprendre.

—Je suis venu ici pour McJenna. Pour lui offrir une vie meilleure. Mais je savais que c'était possible parce que Karissa est ici. Parce qu'elle n'aurait jamais appelé cet endroit son foyer s'il n'était pas aussi spécial qu'elle.

—Donc tu l'aimes toujours. Ce n'était pas une question. C'était une affirmation. Une vérité.

Une vérité que je ne pouvais pas nier.

—Je n'ai jamais cessé. Denise était l'opposé de Karissa à tous points de vue, et je voulais que la douleur cesse. Je savais que je regretterais éternellement de ne pas être venu ici avec elle, mais Denise était un moyen d'apaiser cette douleur. Un peu. Je l'aimais d'une certaine façon, et McJenna est la meilleure chose qui me soit jamais arrivée. Je ne regrette pas Denise parce qu'elle m'a donné J, mais j'ai souhaité souvent qu'elle soit la fille de Karissa et moi.

—Qu'est-ce que tu vas faire pour reconquérir le cœur de mon amie ?

—Pardon ? ai-je lâché.

—Je pense qu'elle t'aime encore. Je ne crois pas qu'elle ait jamais cessé, d'ailleurs. Et je pense que vous seriez bien ensemble. Si elle acceptait de laisser de côté son ego meurtri et sa fierté blessée.

—Je ne peux pas la forcer à faire ça.

—Non, mais tu peux la faire retomber amoureuse de toi. Elle veut se permettre de t'aimer. Tu dois juste arrêter de l'énerver pour qu'elle y parvienne.

—Et comment je fais ça ?

Finley a haussé les épaules. —Si je le savais, je ne te demanderais pas quel est ton plan.

Elle avait raison. J'avais besoin d'un plan. Un moyen de retrouver le chemin du cœur de Karissa.

—Merci, Finley, ai-je dit en me levant de table.

Je suis monté dans ma chambre en ignorant le sentiment de malaise dans mon ventre. C'était elle que je voulais. Ce qui signifiait que m'inscrire sur une application de rencontres, même celle qu'elle avait créée, était une mauvaise idée. Je devais la supprimer.

J'ai ouvert l'application pour fermer mon compte, mais un message est apparu de l'une des femmes avec qui je discutais depuis quelques semaines.

REINE

Tu ne m'as jamais dit. Débutant, c'est parce
que tu es nouveau dans le coin ou nouveau
dans les rencontres en ligne ?

J'ai hésité. Je pouvais ignorer le message, mais...

Finley avait dit que Karissa était la reine. Serait-il possible que ce soit elle qui m'écrive ? Depuis des semaines ?

DÉBUTANT

Les deux en fait. Je ne vis pas ici depuis
longtemps, et je n'avais jamais pensé aux
rencontres en ligne avant de déménager ici.
Mais un ami a eu beaucoup de succès et je
n'ai pas pu résister.

REINE

C'est bon à entendre.

DÉBUTANT

Tu as rencontré des gens ici ?

REINE

Quelques personnes. J'aime bien qu'on soit
anonymes cependant. Super photo de profil.

DÉBUTANT

MDR ! Merci. Je suppose que je suis piquant
comme un porc-épic.

REINE

Peut-être que tu es juste incompris.

DÉBUTANT

J'aimerais le croire. Je suis un gars plutôt
simple. J'aime passer du temps avec les
personnes que j'aime et profiter de la vie.

REINE

Et le travail ? Tu aimes ton boulot ?

DÉBUTANT

C'est vrai, mais j'ai appris qu'il y a bien plus
dans la vie que le travail. Ça m'a coûté cher
par le passé, et je ne suis pas prêt à perdre
quelqu'un d'autre qui m'est cher à cause du
travail.

REINE

Moi, c'est tout le contraire. J'ai fait passer
ma famille et mes amis avant tout et ça m'a
coûté cher.

DÉBUTANT

Je ne trouve pas que ce soit une mauvaise
chose. Être présent pour les gens qui
comptent pour toi.

REINE

Peut-être. Mais j'ai peut-être raté quelque
chose qui aurait pu être formidable. Une vie
que j'aurais souhaité vivre. Je n'ai pas de
regrets, mais je me demande ce qui aurait pu
être.

DÉBUTANT

C'est normal. Je suis pareil. Peut-être qu'une
seconde chance se présentera pour toi.

REINE

Tu as peut-être raison.

## KARISSA

J'ai éteint mon téléphone et souri. Débutant était drôle. C'était agréable de discuter avec lui. Familier d'une certaine façon, mais pas tout à fait. Il me faisait rire et me donnait l'impression que je pouvais lui parler. Comme lui avouer qu'une partie de moi regrettait encore d'avoir choisi ma ville natale plutôt que Xavier toutes ces années auparavant.

J'étais anéantie quand je suis rentrée de l'université. Ma mère a essayé d'être présente pour moi, mais j'étais inconsolable. Je voulais Xavier, mais je voulais aussi la vie que j'avais planifiée. La vie que nous avions tous les deux planifiée. Mon père est mort quand j'étais au lycée, et je voulais vivre à L'anse MacKellar près de ma mère et élever ma famille auprès d'elle.

J'ai construit une vie par moi-même. Pas la vie que je pensais avoir avec Xavier, mais une bonne vie. Je suis devenue amie avec Finley, Blake, Elise et Laura au fil des ans. Tout cela facilité par ma mère. Finley et moi avons emménagé ensemble, ma mère a renoué avec Eddie, et la vie a continué.

Mais pendant toutes ces années, j'aurais voulu que Xavier soit là pour partager tout ça avec moi. J'ai fait des choses dont j'espérais qu'il aurait été fier. J'ai créé des choses dont j'aurais voulu lui parler. J'ai construit la meilleure vie possible, mais c'était une vie solitaire.

Et elle allait devenir encore plus solitaire.

Je me suis couchée dans mon appartement beaucoup trop silencieux et j'ai essayé de décider quoi faire de la chambre de Finley. Je pourrais y installer mon bureau, mais je ne travaillais pas toujours assise à un bureau. Je pourrais la transformer en autre chose, mais je n'avais pas de passe-temps.

*Ça aurait pu être une chambre d'enfant.*

Cette pensée s'évanouissait aussi vite qu'elle était apparue, mais elle faisait toujours mal. J'avais toujours voulu des enfants. Je savais qu'à trente-huit ans, c'était encore possible, mais après mon opération l'année dernière et mon manque de perspectives amoureuses, j'avais renoncé à ce rêve.

Je me suis allongée et j'ai essayé de ne pas penser à tous les projets que Xavier et moi avions faits et que je n'ai jamais pu réaliser. Des enfants. Une maison. Un partenaire dans ma vie. Des vacances, de l'amour et des rires. J'avais une partie de tout ça, mais c'était différent. Et après tout ce temps, j'étais différente aussi.

Je me suis réveillée le lendemain matin prête pour ma journée. J'avais un rendez-vous avec un client potentiel qui voulait que je conçoive une application pour son entreprise de commerce électronique. C'était une entreprise plus petite et la rémunération serait inférieure à celle du projet que j'avais perdu la semaine précédente, mais j'avais besoin d'un revenu, donc je ne pouvais pas me permettre d'être difficile.

Après le petit-déjeuner et ma douche, j'ai vérifié mes cheveux et mis un haut couleur pêche qui complimentait ma peau foncée et me faisait toujours sentir bien. Ma mère me l'avait acheté quand nous étions à Hawaï pour son mariage. C'était ma version d'un tailleur de pouvoir.

Quand l'heure de ma réunion est arrivée, je me suis assise à mon bureau pour que le propriétaire de l'entreprise voie le mur solide derrière moi plutôt que mon lit défait et mon linge sale.

J'ai souri pendant que l'ordinateur composait le numéro, les bips et les sonneries me rendant tendue à mesure que le temps s'écoulait en attendant que le propriétaire réponde.

Trois sonneries. Quatre. Et si eux aussi ne voulaient pas m'embaucher à cause des rumeurs qui circulaient ? Peut-être qu'ils allaient simplement m'ignorer au lieu de répondre à l'appel.

—Allô. Allô ! Désolé ! Un instant. L'image était floue. Un t-shirt ? Non, un pantalon. Je pouvais voir des poches. Et derrière la personne qui marchait rapidement dans un couloir, j'ai vu un chien qui essayait de la poursuivre.

Une porte s'est fermée, et l'ordinateur a été déplacé. Finalement, une personne est apparue à l'écran.

—Bonjour, Mme Thomas. Je suis vraiment désolée de ne pas avoir été prête pour votre appel. C'est un plaisir de vous rencontrer. Je m'appelle Bex.

—Enchantée. Et s'il te plaît, appelle-moi Karissa.

—Karissa. Parfait. Mon plus jeune est malade aujourd'hui et ma femme n'a pas pu prendre sa journée, alors j'essaie de travailler tout en m'occupant d'un enfant malade. Et d'un chien hyperactif qui pense que c'est l'heure de jouer puisque mon fils est là. La journée a été mouvementée.

—On peut reporter si tu as besoin. Je comprends parfaitement.

—Non, non. J'étais tellement impatiente de te rencontrer. J'adore les applications que tu as conçues. J'en ai regardé quelques-unes et je suis vraiment impressionnée par ton travail.

Je me suis adossée, me sentant beaucoup mieux à propos de cet appel. —Merci. Vraiment. J'apprécie beaucoup.

—Tu as du talent. C'est indéniable. Je suis probablement en train de tout gâcher en m'extasiant comme ça, mais je ne pouvais pas faire semblant d'être détachée. Ce n'est simplement pas moi.

J'ai ri doucement, appréciant l'honnêteté de Bex. —Je ne suis pas comme ça non plus. Je me suis renseignée sur votre entreprise. J'adore ce que vous faites.

—Merci. Je suis vraiment passionnée par la création de produits qui célèbrent la diversité des familles. Il y a tellement d'entreprises qui ont commencé avec une seule idée et qui ont grandi, et je comprends pourquoi maintenant. Je n'aurais jamais prédit le type de croissance que j'ai connu au cours des huit derniers mois.

—C'est une excellente nouvelle. Tu offres aux gens un moyen de s'exprimer. De partager qui ils sont. Ça ne me surprend pas que ça décolle.

—Merci. Ça a été vraiment amusant. Mais les clients demandent une application, pour commencer avec du e-commerce.

—Quelles autres choses envisages-tu ? ai-je demandé. Je voulais m'assurer d'intégrer une structure pour les futures extensions si c'était quelque chose que je pouvais faire.

—Peut-être une communauté, un endroit où les gens peuvent partager comment ils ont utilisé nos designs dans leur vie. Un lieu où les gens peuvent se connecter. Peut-être quelque chose où nous pouvons proposer des suggestions d'autres entreprises qui partagent la même mission de montrer au monde que toutes les familles sont normales, quelle que soit leur composition.

—J'adore, lui ai-je dit, en griffonnant des idées. —On dirait que tu as plein de projets.

—J'ai définitivement le syndrome de l'objet brillant. Bex a

ri doucement, rejetant ses longues tresses françaises jumelles derrière son dos.

—Eh bien, j'adore ce que tu fais, et j'aimerais travailler sur une proposition et te revenir dans quelques jours, si ça te convient.

—Oh, oui. Euh, d'accord, cartes sur table ?

J'ai hoché la tête pour l'encourager à continuer.

—Tu es la seule personne avec qui je veux travailler. Je n'interview pas d'autres designers. C'est toi ou personne. Ma femme a dit que je ne devrais pas te le dire, mais je veux que ce soit toi qui fasses ça. Je suis ouverte à toute interprétation créative que tu voudras faire. Je peux t'envoyer mon logo et les codes hexadécimaux pour les couleurs et tout ce dont tu as besoin, mais c'est toi que je veux.

—Wow, j'ai murmuré, en me penchant en arrière dans ma chaise. J'ai posé mon stylo sur le bloc-notes que j'utilisais pour prendre des notes. J'avais déjà eu des propriétaires d'entreprises me dire qu'ils voulaient travailler avec moi, mais ils avaient tous interviewé d'autres personnes en même temps que moi et la plupart du temps, ils choisissaient quelqu'un d'autre. C'était différent.

—Je ne sais pas ce que tu peux faire avec mon budget, donc si c'est un problème, peut-être que nous pouvons élaborer une sorte de plan étape par étape basé sur ton tarif horaire. Je ne demande pas de réduction. Je veux juste m'assurer que ce soit parfait, même si cela prend un peu plus de temps.

—Euh, d'accord. Merci. J'apprécie vraiment ça. Et si c'est le cas... Tu as dit que tu étais ouverte aux idées ?

—Oui, absolument. Je sais que ça doit vendre des choses, mais c'est tout.

—Laisse-moi réfléchir à tout ça et essayer quelques choses, et je pourrai te proposer quelques options à regarder dans une semaine. Ça te va ?

—Absolument. Oui. Ce serait merveilleux. Comment puis-je te payer pour ce travail ?

—Je vais te préparer une proposition. Généralement, mon tarif par projet est moins élevé qu'un tarif horaire, mais je vais voir ce que je peux faire. J'ai ton budget, et je m'assurerai de le respecter.

—Oh mon Dieu, merci. Je suis tellement heureuse de travailler avec toi. Merci infiniment, Karissa.

—Je t'en prie, Bex. Merci à toi pour cette opportunité.

—Tu es la meilleure. On se parle bientôt.

—À plus tard.

J'ai raccroché et j'ai fixé l'écran pendant une longue minute. J'appréhendais cette réunion, me demandant si j'allais en tirer quelque chose. Et voilà que j'avais décroché un contrat et une admiratrice. Ça allait être une bonne journée.

Tu veux déjeuner avec moi aujourd'hui ?

J'AI FIXÉ le message plus longtemps que je n'aurais dû. Une de mes meilleures amies voulait déjeuner avec moi. Pourquoi est-ce que j'hésitais ? J'adorais Finley et je voulais la voir plus, pas moins.

Finalement, j'ai répondu que j'adorerais la rejoindre et lui ai demandé si elle voulait que je passe prendre quelque chose.

Je vais commander. Italien ?

Toujours partante pour l'italien. Merci !

Merci de te joindre à moi. À tout à l'heure !

J'ai souri et je me suis avouée que j'étais heureuse pour Finley. Oui, les choses avaient changé, et je n'étais pas sûre de ce que j'allais faire avec la chambre vide dans mon appartement, ou même si j'allais y rester, mais je voulais qu'elle soit heureuse. Avec Trent et George. Elle le méritait.

J'ai terminé mon travail de la matinée et j'ai troqué mon pantalon de pyjama contre un pantalon assorti à mon haut couleur pêche. Le pantalon en lin noir était parfait pour cette journée d'été. Je me sentais vraiment bien en marchant les quelques pâtés de maisons séparant mon appartement de la boutique de Finley.

— Karissa ? ai-je entendu derrière moi en approchant de la boutique.

Je me suis retournée et j'ai aperçu McJenna à une demi-rue derrière moi. — Salut, McJenna. Comment vas-tu ?

Elle a secoué la tête. — J'ai connu mieux. Je suis venue travailler avec Finley aujourd'hui et j'essayais de rencontrer des gens, mais il n'y a personne de mon âge dehors. Et puis je me suis perdue. Et j'ai faim et j'ai chaud et—

— Whoa, calme-toi. Ça va ?

Elle a haussé les épaules, ressemblant plus à une enfant qu'à une adolescente impertinente.

— Pourquoi ne viens-tu pas avec moi ? J'allais déjeuner avec Finley.

— Non ! Je ne veux pas qu'elle me déteste parce que je reviens si vite.

— Finley s'en fichera complètement.

— C'est bon. Je vais juste aller manger quelque part. Ça ira mieux après.

J'ai passé mon bras sous le sien et je l'ai entraînée avec moi vers Petits ami du Livre Illimité. — Ce sera parfait. On a plein de nourriture qui arrive. Et ça nous donnera à toutes l'occasion de discuter.

McJenna a hésité, mais elle s'est mordu l'intérieur de la lèvre et a hoché la tête.

Finley était avec un client quand nous sommes entrées,

mais elle nous a souri et nous a fait un signe de la main. J'ai conduit McJenna aux canapés du fond où nous nous installions pour le club de lecture. — Je vais chercher des boissons.

Elle a acquiescé et s'est mise à tripoter ses ongles.

J'ai pris trois bouteilles d'eau et les ai rapportées là où McJenna parlait avec une dame plus âgée.

— Je ne vous connais pas, madame. Je ne vais pas vous dire où j'habite, a dit McJenna.

—Bonjour, Madame Zachary, dis-je, reconnaissant qui c'était et m'approchant rapidement. Voici McJenna Hogan. Son père est le meilleur ami de Trent MacKellar. Ils habitent avec lui et Finley au Domaine.

—Ne lui dis pas où j'habite, s'exclama McJenna.

—Ce n'est rien, la rassurai-je. J'ai connu Madame Zachary toute ma vie. Dans une petite ville, les gens veulent savoir qui est qui.

—Elle m'a demandé si j'habitais ici et où exactement quand je lui ai dit que oui.

—Elle ne te reconnaît pas, dis-je.

—Je suis désolée d'avoir causé des problèmes, dit Madame Zachary. J'essayais simplement d'être une bonne voisine.

—Je comprends, Madame Zachary. McJenna s'adapte encore à la vie dans une ville où tout le monde sait qui elle est, expliquai-je.

—Vous êtes bizarres, vous les gens d'ici, marmonna McJenna.

—Oui, nous le sommes, confirma Madame Zachary. Et nous aimons la vie comme ça. La prochaine fois que je te verrai, McJenna, je te dirai bonjour. Et tu devras me présenter à ton père. J'entends dire qu'il est un bon parti.

Les yeux de McJenna s'écarquillèrent tandis que la femme se retournait et s'éloignait en claudiquant, sa canne lui ouvrant le chemin.

—Est-ce qu'elle vient juste de...?

—Oui, répondis-je.

—Beurk.

Je pouffai de rire. Un autre inconvénient de la vie dans une petite ville. Même les personnes âgées avaient besoin de rendez-vous. Et de la chair fraîche restait de la chair fraîche.

—De l'eau ? lui proposai-je.

—Oui, s'il te plaît. J'ai besoin de me sortir ça de la tête. Est-ce que je peux m'en verser dessus ?

—Seulement si tu veux que Finley te mette à la porte pour toujours.

Elle hocha vivement la tête. —Bon point. C'est ma seule alliée. Je crois que j'ai besoin qu'elle m'apprécie.

—Je ne suis pas ton alliée ?

McJenna haussa les épaules. —Je ne sais pas. Tu m'as un peu laissé tomber la semaine dernière à ce château.

J'ai fermé les yeux et soupiré. Elle avait raison. C'était vraiment nul de ma part. —Je suis désolée pour ça. Ça n'avait rien à voir avec toi.

—Je sais. Mon père m'a dit qu'il t'avait mise en colère.

Mes sourcils se sont haussés. —Il a dit ça ?

—Ouais. Il croit qu'il faut me dire la vérité. Même si ce n'est pas quelque chose que j'ai vraiment envie d'entendre.

—Wow. D'accord. Je lui donne du crédit pour ça. Mais je suis quand même désolée. Et je veux être ton alliée.

Elle haussa encore les épaules mais ne répondit pas avant que Finley nous rejoigne.

—J'ai retourné la pancarte. Allons manger à l'arrière. Contente que tu te joignes à nous, J. Tu as faim ?

—Je pourrais manger, mais ce n'est pas grave si vous n'avez pas assez. J'ai croisé Karissa dehors. Elle m'a invitée.

—Et je lui ai dit qu'on a toujours assez de nourriture, ai-je dit.

—C'est vrai, confirma Finley. —Allez. Mangeons.

Finley nous conduisit à la salle de pause où la nourriture

était posée sur le comptoir. Elle prit des assiettes en carton dans l'un des placards et des couverts en plastique. Nous avons ouvert les contenants de nourriture, comprenant une douzaine de gressins, une salade pour quatre personnes et nos deux plats principaux. Lasagnes et cannellonis.

Finley découpa les lasagnes en trois parts et j'ai réparti les cannellonis. Nous avons ajouté des gressins sur chaque assiette et une grande portion de salade.

—Wouah, tu ne plaisantais pas, dit McJenna quand nous avons posé les assiettes sur la table. —C'est une tonne de nourriture.

—C'est le cas. Et il y a plus, lui dit Finley. —On adore commander chez Gino's. C'est délicieux et il y a toujours trop de nourriture.

—C'est vraiment bon, dit McJenna la bouche pleine de lasagne.

Finley et moi avons souri en hochant la tête.

Nous nous sommes toutes mises à manger. Encore une fois, j'ai raté une occasion de passer du temps avec Finley, mais je ne pouvais pas dire que j'étais contrariée que McJenna soit là avec nous. Elle avait l'air plus que perdue quand je l'ai vue dans la rue. La nourriture et la compagnie semblaient lui faire un bien fou.

Quand nous avons fini de manger et nettoyé la salle de pause, Finley a demandé à McJenna comment les choses se passaient et si elle avait rencontré quelqu'un en ville.

—Non. Personne n'est dehors. Ils se connaissent probablement tous, de toute façon. Aucun d'eux ne voudra traîner avec moi.

—Faux. Allons prendre un dessert. Finley doit retourner travailler, mais nous pouvons sortir manger des cupcakes. En plus, j'ai décroché un nouveau job aujourd'hui et je veux fêter ça parce que j'aime vraiment l'entreprise avec laquelle je vais travailler, ai-je dit.

—Je suis jalouse. Dis bonjour à Valentina de ma part, a dit Finley.

J'ai acquiescé. Nous avons fait un signe d'adieu et nous sommes dirigées vers la Cove Bakery tandis que Finley accueillait un client.

C'était beaucoup plus calme que la dernière fois où j'avais vu McJenna là-bas avec Xavier. Nous sommes allées directement au comptoir et avons salué Harriett.

—Comment allez-vous aujourd'hui, mesdames ? a demandé Harriett joyeusement.

—Nous allons bien. Et toi ? ai-je demandé.

—Oh, je tiens le coup. Qu'est-ce que je vous sers à toutes les deux ?

—Un cupcake à la pâte à cookie pour moi, ai-je dit. —Et toi ?

—Est-ce que tu as encore de ces éclairs ? a demandé McJenna.

Harriett et moi avons éclaté de rire.

—Ceux-là se sont vendus rapidement. Ils étaient bons, n'est-ce pas ?

—Tellement bons.

—Laisse-moi voir ce que Valentina a en réserve. Elle pourrait avoir quelque chose de spécial pour toi. Harriett se leva pour aller à l'arrière, mais elle n'alla pas bien loin avant que Valentina ne franchisse les portes avec un plateau dans les mains.

—Je t'ai dit de m'appeler si tu as besoin de quelque chose, réprimanda Valentina à sa patronne. Tu dois ménager ton genou.

—Ça va. Il devient raide si je reste assise trop longtemps.

—Le médecin a dit de ne pas forcer dessus. Maintenant, pourquoi allais-tu à l'arrière ? Valentina nous regarda et sourit. Salut, Karissa. Comment ça va ?

—Bien, Valentina. Tu te souviens de McJenna ? dis-je.

—C'est sympa de te revoir, McJenna. On n'a pas eu l'occasion de beaucoup discuter avant. Est-ce que tu vas au lycée de L'anse MacKellar à la rentrée ?

—Oui. Je serai en seconde.

—Ma fille aînée est aussi en seconde. Elle s'appelle Bianca. Vous devriez vous rencontrer, dit Valentina.

—Je n'étais pas sûre de l'âge de Bianca et Sam. McJenna n'a rencontré personne. Elle a emménagé ici après le début de l'été, expliquai-je à Valentina.

McJenna fixait le sol, probablement en train de vouloir mourir d'embarras.

—Et évidemment, elle est vraiment ravie que je te raconte tout ça parce qu'elle se sent idiote, dis-je.

Valentina gloussa, d'un rire rauque. Je comprends. Mes filles mourraient si je parlais à quelqu'un d'autre de leur âge. Et si on faisait comme ça, McJenna ? Bianca vient travailler avec moi ici le vendredi matin. Chaque vendredi, elle est là jusqu'à onze heures. Pourquoi ne passerais-tu pas vendredi un peu avant onze heures ? On organisera une rencontre dont personne d'autre ne sera au courant pour que toi et Bianca puissiez faire connaissance. Ça te convient ?

McJenna me regarda et hocha la tête. Puis elle regarda Valentina. Tu es sûre ?

Valentina sourit. —Absolument.

—Tu ne lui diras rien ?

—Sauf si tu le souhaites. Je lui dirai peut-être que je t'ai rencontrée aujourd'hui, mais pas que tu seras là vendredi.

—D'accord, dit McJenna. —Merci.

Valentina lui serra la main. —Avec plaisir, ma belle. Alors, quelle douceur espères-tu que j'aie en réserve ? J'ai entendu Harriett dire que j'avais peut-être quelque chose de spécial là-bas.

McJenna leva les yeux vers moi.

—Elle espérait un éclair, murmurai-je.

—Oh, une fille selon mon cœur, dit Valentina. —Je crois que j'en ai un ou deux là-bas. Mais il ne faut dire à personne d'où ils viennent, sinon je vais avoir des ennuis. J'essaie quelques parfums. Fraise, chocolat ou citron ?

—J'ai déjà eu chocolat, alors fraise, dit McJenna, son sourire large et éclatant.

—Je t'apporte ça tout de suite, dit Valentina. Elle revint une minute plus tard avec un éclair sur une assiette pour McJenna. Elle le lui tendit et dit : —Je te verrai vendredi. J'aurai de nouvelles choses à te faire goûter. Si tu veux bien être ma goûteuse.

—Hé, pourquoi je n'ai pas droit à cette proposition ? demandai-je.

—Parce que tu aimes tout, me répondit Valentina.

J'ai hoché la tête. —C'est vrai.

McJenna inspira le doux parfum de l'éclair et fit un signe de tête à Valentina. —Je serai ta goûteuse.

J'ai souri. C'était une bien meilleure expression que celle avec laquelle je l'avais trouvée. Et vendredi serait encore mieux.

## 10

Je me suis plongée dans le travail pendant les deux jours suivants. J'ai terminé le projet sur lequel je travaillais et je l'ai remis à l'entreprise une semaine avant la date limite. Ils étaient tellement satisfaits qu'ils m'ont accordé une prime pour avoir réalisé tout ce qu'ils avaient demandé avant l'échéance et dans les limites du budget.

Dès que ce projet a été terminé, je me suis lancée dans ma proposition pour Bex. Les idées me venaient depuis notre conversation, mais je savais que je devais d'abord finir mon autre projet avant de pouvoir vraiment m'attaquer au sien.

Vers le milieu du vendredi matin, je mourais d'envie de faire une pause. Et c'était juste à temps pour le rendez-vous prévu entre McJenna et Bianca. J'étais son excuse pour être là-bas, ce qui signifiait que je devais me préparer.

J'étais habillée mais je ne m'étais pas encore occupée du maquillage, ni décidée si j'en voulais, quand mon téléphone a émis une alerte de À la Recherche du Héros Littéraire Parfait.

DÉBUTANT

Si tu avais un super pouvoir, quel serait-il ?

J'ai éclaté de rire face à cette question. Il me posait toutes sortes de questions bizarres, essayant d'apprendre à me connaître. C'était drôle et instructif.

REINE

J'adorerais être invisible.

DÉBUTANT

Vraiment ? Pourquoi ça ?

REINE

Pour pouvoir me cacher des gens et faire ce que je veux sans que personne ne me demande quoi que ce soit.

DÉBUTANT

MDR ! Je pensais que c'était pour pouvoir espionner les gens sans qu'ils sachent que tu étais là. C'est pour ça que j'en voudrais un.

REINE

Qui espionnerais-tu ?

DÉBUTANT

Ma fille pour commencer. Je me demande toujours ce qu'elle pense et j'ai l'impression de ne jamais le savoir.

REINE

Ça doit être difficile. J'étais super proche de ma mère en grandissant et je lui racontais tout, mais mon père était toujours dans le flou. On avait une bonne relation, mais c'était différent.

DÉBUTANT

Je suis tout ce qu'elle a, mais j'ai toujours l'impression que ce n'est pas assez.

Il me faisait penser à Xavier et McJenna. Un père et sa fille seuls contre le monde.

DÉBUTANT

Mais je fais de mon mieux.

REINE

Et je suis sûre qu'elle le sait. Quel serait ton super-pouvoir ?

DÉBUTANT

Lire dans les pensées. Sans aucun doute. Comme ça je n'aurais plus à me demander ce qui se passe avec elle. Ou avec n'importe qui d'autre.

REINE

Pas mal. Sauf si tu découvrais quelque chose de mauvais. Comme que ton patron te déteste ou que ta copine te trompe.

DÉBUTANT

Je préférerais savoir. La vie est trop courte pour être malhonnête.

J'étais tout à fait d'accord avec cette affirmation.

REINE

Désolée, mais je dois y aller. Je retrouve une amie. On se parle plus tard ?

DÉBUTANT

J'ai hâte.

J'ai rangé mon téléphone et me suis précipitée hors de mon appartement. Le maquillage n'était plus une option si je voulais vraiment arriver à l'heure. McJenna m'avait envoyé un message pour me dire qu'elle était à la boutique de Finley. Je me suis dépêchée dans la rue, en croisant les doigts pour qu'on n'arrive pas en retard à la pâtisserie Cove.

—Allons-y, ai-je dit, en lui faisant signe quand je me suis approchée.

Elle était debout devant la porte, regardant des deux côtés en m'attendant. Elle a ouvert la porte et a appelé Finley à l'intérieur, puis s'est précipitée vers moi. —Je pensais que tu ne viendrais pas.'t coming.

J'ai secoué la tête. —Je ne te ferais jamais ça. J'étais plongée dans mon travail et je n'ai pas réalisé l'heure qu'il était. Je suis désolée. Mais on est encore dans les temps. On a largement le temps.

McJenna n'avait pas l'air convaincue, mais la boulangerie Cove était presque vide quand nous y sommes arrivées.

Nous avons toutes les deux commandé des pains au chocolat et payé nos gourmandises. Nous avons réclamé une table pendant qu'Harriett allait chercher Valentina à l'arrière.

Nous avions mangé la moitié de nos pains au chocolat lorsque Valentina et Bianca se sont approchées. Bianca ressemblait beaucoup à sa mère avec sa peau brune et ses cheveux ondulés. Elle avait aussi le même sourire et les mêmes yeux marron.

—Salut, a dit Valentina. —Ça fait plaisir de vous revoir toutes les deux. J'ai entendu dire que mes goûteuses étaient là.

McJenna s'est immédiatement fermée comme une huître, ses lèvres s'étirant en un sourire crispé tandis que son regard allait et venait entre Valentina et Bianca.

—On est prêtes, ai-je dit. —On avait besoin d'une dose de sucre aujourd'hui. McJenna est restée chez Finley ce matin pendant que je travaillais.

—Tu connais Finley Jameson ? a demandé Bianca.

McJenna a acquiescé d'un signe de tête. —Elle va épouser mon oncle Trent.

—C'est vraiment cool. J'adore sa boutique. Je suis obsédée

par la lecture, et elle a tellement de jolies choses là-bas. Oh, je m'appelle Bianca, au fait.

—McJenna. Enchantée de te rencontrer.

—Moi aussi. Tu es en visite pour l'été ?

McJenna a secoué la tête. —Non, j'ai emménagé ici après la fin de l'année scolaire. Je serai en seconde l'année prochaine.

— Oh, super, moi aussi. On devrait vraiment traîner ensemble. Je peux avoir ton numéro ? Si c'est d'accord avec ta mère.

J'ai secoué la tête. — Pas sa mère, mais je suis sûre que son père serait d'accord. Je connais ta mère. Il est déjà venu ici. C'est impossible de résister à cet endroit.

Bianca a gémi. — Je sais, pas vrai ? Tous mes amis veulent travailler ici quand ils seront plus grands, mais ils ne savent pas à quel point c'est difficile d'être ici et de ne pas tout manger. Je crois que j'ai pris cinq kilos depuis le début de l'été.

McJenna a ri. — J'ai fait pareil, mais c'est juste parce que je reste assise tout le temps.

— Tu dois sortir avec nous. Maman, est-ce que McJenna peut venir ce weekend ? Bianca a lancé un regard suppliant à sa mère.

Valentina a simplement ri. — Je n'y vois aucun problème. Je crois que ton père sera absent, mais ce n'est pas grave. Pourquoi ne pas laisser McJenna demander à son père ?

— Ouais, tu veux bien ? J'ai presque fini mon service. Tu veux traîner avec moi cet après-midi ? On peut aller déjeuner et se promener. Quelques-uns de mes amis vont se retrouver au parc plus tard. Si ça te dit.

McJenna a souri et hoché la tête. — Ouais, ce serait génial. Merci.

— Youpi, je suis trop contente.

— D'abord, tu dois finir de nettoyer, a dit Valentina,

d'une voix ferme mais pas dure. — Et ces deux-là doivent finir leurs gourmandises. Ce sont des bouchées façon s'mores. Fond de biscuit graham, guimauve et chocolat. En forme de cookie. J'ai eu de bonnes critiques jusqu'à présent, mais vous deux allez me dire si c'est assez bon pour la vente.

McJenna en a pris une et l'a portée à ses lèvres. Elle a croqué dedans et gémi. — Oh, mon dieu. Elle l'a éloignée, le chocolat et la guimauve fondante formant un fil entre sa bouche et la friandise. Elle l'a ramenée à ses lèvres pour une autre bouchée. — C'est trooop bon.

Valentina a ri doucement. — Ça fait un oui. Karissa ?

J'ai pris l'autre et j'ai mordu dedans. La douceur de la guimauve et l'amertume du chocolat s'accordaient parfaitement. Le biscuit graham offrait juste assez de résistance pour maintenir l'ensemble, mais pas au point que tout déborde comme avec un s'more ordinaire. Le centre moelleux et fondant était parfait, comme un cookie légèrement sous-cuit mais croustillant à l'extérieur.

—Wouah, dis-je. —C'est parfait.

—Vraiment ? demanda Valentina.

—Je te l'avais dit que c'était bon, maman. Papa ne sait pas de quoi il parle, dit Bianca.

Le sourire de Valentina s'est légèrement assombri. Ses yeux ont perdu leur éclat d'excitation. Elle s'est reprise, retrouvant son sourire, mais son regard trahissait que les mots de Bianca l'avaient blessée. Pas à cause de Bianca, mais à cause de son mari.

—Quiconque dit que ce n'est pas incroyable se trompe, déclara McJenna en enfournant le reste dans sa bouche. — C'est tellement bon.

—Je suis d'accord. Ces gâteaux se vendraient comme des petits pains, dis-je à Valentina.

Son sourire s'illumina davantage, ses yeux retrouvant leur

éclat. —Merci à vous deux. Je pense qu'ils vont devoir figurer au menu avec des éloges pareils.

—Absolument.

—On va vous laisser finir, ensuite vous pourrez aller vous promener un peu, les filles, dit Valentina. —Merci d'être passées.

Valentina nous fit un clin d'œil, puis poussa Bianca vers la cuisine, toutes deux souriantes.

—Elle est vraiment gentille, dit McJenna. —Tu crois qu'elle va m'apprécier ?

—Je pense qu'elle t'apprécie déjà, lui dis-je. —On dirait qu'elle aime lire autant que toi.

McJenna sourit. —C'est bien. La plupart de mes autres amis pensaient que j'étais une intello parce que je lisais.

—Être une intello n'est pas la pire chose au monde. Mais avoir quelqu'un qui t'apprécie pour ce que tu es, c'est la meilleure chose au monde.

McJenna sourit. J'avais l'impression qu'elle n'avait pas beaucoup de personnes qui croyaient en elle. J'étais certaine que Xavier le faisait, et Trent aussi, mais à part eux, j'avais le sentiment qu'on ne lui disait jamais à quel point elle était intelligente et capable. Elle pouvait accomplir tout ce qu'elle voulait. Je n'en doutais pas un instant.

Nous avons fini nos friandises, puis Bianca est ressortie sans son tablier. Elle a demandé à McJenna si elle était prête à partir, et elles s'en sont allées.

Valentina est sortie une minute plus tard et s'est assise avec moi. —Merci de l'avoir ramenée ici. Je pense qu'elles se sont bien entendues.

—Moi aussi. Merci. Elle est tellement enthousiaste.

—Bianca aussi. Elle adore se faire de nouveaux amis.

—Tant mieux. McJenna a vraiment besoin de quelqu'un pour être son amie. Elle a passé un été ennuyeux.

Valentina a ri. —Plus maintenant avec Bianca dans les

parages. Cette enfant ne peut pas rester tranquille plus de quelques minutes. Elle va faire regretter à McJenna sa tranquillité.

J'ai ri. —Je n'en suis pas si sûre. Elles pourraient être un duo parfait.

—Je l'espère. Elle a l'air d'être une bonne gamine. Et son père est plutôt beau mec.

—Oh non. Ne commence pas avec ça.

—Commencer quoi ? Elle essayait de jouer l'innocente, mais elle ne me dupait pas.

—Je vais te dire merci et partir avant de m'attirer des ennuis avec toi. Au revoir, Valentina !

—Au revoir, Karissa ! À bientôt !

J'ai ri et je suis sortie, cherchant les filles des yeux. Elles se tenaient sur le trottoir, parlant avec animation, toutes deux arborant de grands sourires. C'était bon à voir.

McJenna m'a envoyé un message plus tard ce jour-là, me remerciant de l'avoir accompagnée pour rencontrer Bianca. Je lui ai dit que c'était un plaisir. J'étais heureuse qu'elle se sente enfin un peu plus chez elle à L'anse MacKellar.

Mon père te remercie aussi.

Dis à ton père qu'il est le bienvenu aussi.

Peut-être qu'il pourrait t'inviter à dîner pour te remercier.

C'est ton père qui demande ou c'est toi, McJenna ?

Est-ce que ça importe ?

Bonne nuit McJenna. On se parle plus tard.

Je détestais admettre que l'idée de sortir avec Xavier avait un certain attrait. Je ne voulais pas être encore attirée par lui, ou encore amoureuse de lui, mais j'avais du mal à rester en colère ces derniers temps.

Finley parlait de Xavier à chaque occasion. Je ne pense pas qu'elle le faisait exprès, mais elle me racontait toujours quelque chose d'incroyable qu'il faisait. En tant que père ou personne ou ami ou au travail. Je ne voulais pas vraiment l'entendre, mais elle me le racontait quand même.

Pour être juste, elle vantait aussi les mérites de Trent et à quel point il était un père formidable, mais il semblait y avoir beaucoup plus de moments où Xavier était la vedette que Trent. Ou peut-être que j'imaginais des choses.

J'ai pensé à contacter Finley pour voir ce qu'elle faisait pendant le week-end, mais j'ai résisté à l'envie. Je devais m'habituer à être seule, et cela devait commencer maintenant.

Vendredi soir était calme pour moi, un film et au lit tôt. Samedi, je suis sortie tôt pour me promener et profiter de l'air frais. Je me suis offert un petit-déjeuner à la Cove Bakery et j'ai marché jusqu'à la maison en mangeant mon croissant et mon muffin aux myrtilles.

J'ai travaillé un peu sur la proposition pour Bex, puis je me suis installée pour le reste de la journée. J'étais contente de ne plus avoir à quitter la maison.

Je n'avais pas décidé si j'allais rester dans mon appartement ou si j'allais déménager. Les locations dans la région étaient difficiles à trouver puisqu'il s'agissait d'une petite ville, mais il y avait généralement des maisons à vendre. J'avais regardé quelques fois au cours des années, mais je n'avais jamais été vraiment sérieuse. À mesure que la quarantaine approchait, je savais que je voulais quelque chose sur lequel j'aurais le contrôle. Un endroit où je saurais qui était là et qui ne l'était pas. Mes voisins n'étaient pas terribles, mais ils n'étaient pas tous géniaux non plus. Comme le type au rez-de-chaussée qui ne pensait pas toujours qu'il avait besoin de porter des chaussures pour aller chercher son courrier. Ou de se doucher. Ou la femme au dernier étage qui aimait crier dans son téléphone, en haut-parleur, quand elle montait et descendait les escaliers.

J'ai passé environ une heure à regarder les possibilités, mais sans tomber amoureuse d'aucune d'entre elles. Ou même sans les aimer plus que là où j'étais. Les dépenses supplémentaires liées aux impôts, à l'entretien extérieur et à la prise en charge de tout étaient intimidantes. Je voulais plus, mais je n'étais pas sûre d'être vraiment prête pour ça.

J'ai mis mon ordinateur de côté et j'ai allumé Netflix. Il y avait un film que je voulais voir depuis un moment, et c'était une bonne soirée pour ça.

Le film était à mi-chemin, et pas aussi bon que je l'espérais, quand mon téléphone a sonné.

DÉBUTANT

Qu'est-ce que tu valorises le plus dans la
vie ?

REINE

L'honnêteté. Sans aucun doute.

DÉBUTANT

C'est une bonne réponse.

REINE

Et toi ?

DÉBUTANT

L'amour. Et la famille. Mais pour moi, les
deux vont ensemble. J'aime ma famille.

REINE

Es-tu proche d'eux ?

DÉBUTANT

Mes parents, non. Nous n'avons plus de
contact depuis la naissance de ma fille. Mais
j'ai un ami qui est comme un frère pour moi,
et je ferais n'importe quoi pour lui.

Sérieusement, plus Débutant parlait, plus je pensais qu'il pourrait être Xavier.

L'envie de chercher la vérité était forte. Je pourrais avoir la réponse en quelques minutes. Je saurais tout sur lui, jusqu'à son adresse IP.

Mais j'avais promis à mes amies que je ne le ferais pas. Pour elles. Mais pour moi...

Non, je ne pouvais pas. Je ne voulais pas. Pas vraiment. Si c'était Xavier, ça changerait tout. Mais si ce n'était pas lui, je violerais l'intimité d'un gars parfaitement sympa. Un gars avec qui j'aimais vraiment discuter.

DÉBUTANT

Es-tu proche de ta famille ?

REINE

Mes deux parents sont décédés. Pas de
frères et sœurs.

Pour une raison quelconque, je ne voulais pas lui parler d'Eddie. Même si Eddie était mon beau-père et que je l'adorais, j'avais l'impression que ce serait révéler des informations qui lui permettraient de découvrir qui j'étais.

DÉBUTANT

Je suis désolé. C'est nul.

REINE

Pas pire que toi qui n'as plus de contact
avec les tiens. Les miens n'ont pas eu le
choix. On dirait que les tiens sont juste des
personnes ignobles.

DÉBUTANT

MDR ! Tu dis les choses comme elles sont.
Je ne peux pas dire que je ne suis pas
d'accord.

REINE

Enrober les choses n'est bon que s'il s'agit
vraiment de sucre et que ça enrobe quelque
chose comme du chocolat.

DÉBUTANT

Donc, je suppose que tu as une dent
sucrée ?

REINE

Non. J'ai des dents sucrées. Toutes mes
dents !

DÉBUTANT

J'ai une enfant qui est pareille. J'arrive à
peine à la tirer hors d'une pâtisserie.

REINE

Une fille selon mon cœur.

DÉBUTANT

Qu'est-ce que tu as toujours voulu faire mais
que tu n'as jamais fait ?

REINE

C'est difficile sans devenir trop personnelle.
Tu es sûr de vouloir savoir ?

DÉBUTANT

Je veux savoir tout ce que tu as envie de me
dire.

J'ai souri à sa réponse. C'était tout à fait le genre de chose que Xavier dirait. Je pouvais me tromper, mais une partie de moi espérait vraiment que c'était lui à l'autre bout du téléphone, en train de m'écrire.

J'avais décidé de chercher de nouveaux matchs parce que

j'étais déterminée à l'oublier et à passer à autre chose. Je pensais que c'était le mieux pour moi. Mais chaque fois que je me retournais, il était là. Je me punissais de l'aimer en ne me permettant pas de l'aimer.

Peut-être que le gars avec qui je discutais n'était pas Xavier. Peut-être que c'était quelqu'un d'autre. Au final, ça n'avait pas d'importance parce que je voulais que ce soit lui. Ce qui me disait que je devais commencer à sérieusement envisager de lui donner une autre chance. De nous donner une autre chance.

REINE

J'ai toujours voulu fonder une famille. Un mari, des enfants, une maison avec un jardin où je pourrais recevoir amis et famille et profiter de la vie ensemble.

DÉBUTANT

Et tu penses qu'il est trop tard pour tout ça ?

REINE

En partie. Je ne suis pas sûre de vouloir avoir un bébé à mon âge. Et non, je ne te dirai pas quel âge j'ai. Le mari et la maison sont toujours des choses que j'aimerais avoir, mais j'ai aussi mes habitudes bien ancrées. Il faudrait que je trouve quelqu'un qui soit prêt à trouver comment nous intégrer dans la vie l'un de l'autre.

DÉBUTANT

Je lutte avec ça aussi. Trouver quelqu'un qui ne va pas vouloir tout changer, surtout avec mon enfant. Elle passe en premier pour moi, ce sera toujours le cas. C'est difficile d'envisager de changer ça.

REINE

Tu ne devrais pas avoir à le faire. La bonne personne saura que ton enfant est ta priorité.

DÉBUTANT

Tu serais surprise du nombre de femmes qui
ne seraient pas d'accord avec cette
affirmation.

REINE

Quel est le pire rendez-vous que tu aies
jamais eu ?

DÉBUTANT

Oh là là, es-tu prêt pour cette histoire ?

Je me suis installée confortablement et j'ai ri lorsqu'il m'a raconté l'histoire d'une femme qui voulait envoyer sa fille en pension après leur premier rendez-vous. Puis une autre qui refusait totalement de reconnaître l'existence de l'enfant. Et une troisième qui avait décidé qu'ils étaient tous les deux trop compliqués avant même que le rendez-vous ne commence.

Je commençais à comprendre ses inquiétudes.

Nous avons parlé pendant des heures, partageant des histoires de relations et de rendez-vous ratés, les rêves que nous avions abandonnés quelque part en chemin, et à quoi nous espérions que nos avenirs ressembleraient.

Quand je me suis endormie tôt le matin, mon téléphone encore à la main, je voulais vraiment savoir qui il était. Et si peut-être j'avais enfin trouvé la magie.

## 11

## XAVIER

— Tout ce que je dis, c'est qu'aucun d'entre nous ne serait ici sans Karissa, dit Trent en levant son verre.

Nous avons tous suivi son exemple, même McJenna avec son soda. Finley et Trent étaient assis d'un côté de la table carrée. Blake et Ian étaient à côté de Finley. McJenna et moi étions en face d'eux, et j'étais à côté de Trent. Karissa était assise à côté de McJenna avec Hudson du même côté qu'elle. Karissa et McJenna s'étaient définitivement rapprochées depuis que Karissa avait présenté J à Bianca la veille et que ma fille avait désormais une amie en ville. Nous étions comme une grande famille heureuse, en quelque sorte.

—À Karissa, avons-nous tous dit en chœur, ce qui nous a fait rire.

J'ai porté mon verre à mes lèvres et j'ai bu une gorgée d'eau. Du coin de l'œil, j'ai vu Karissa essayer de ne pas sourire. Elle avait toutes les raisons d'être fière du travail qu'elle avait accompli pour créer son application. C'était définitivement fait avec une sorte de magie puisque cela nous avait réunis, elle et moi.

Enfin, j'en étais presque sûr. Je n'avais pas vraiment eu de confirmation, mais il était difficile d'imaginer qu'elle n'était pas Reine.

—Merci à tous d'être ici ce soir, dit Trent, attirant à nouveau l'attention de tout le monde. —Finley et moi voulons un mariage qui nous ressemble vraiment. Nous voulons que George y participe d'une façon ou d'une autre, et nous voulons que vous en fassiez tous partie. J'espère que vous êtes tous prêts à nous aider.

—Bien sûr, dit Blake au nom du groupe. Elle tendit la main et serra celle de Finley. —Nous ferons tout pour que ce soit une journée parfaite.

—Merci, dit Finley.

Trent lui sourit, tout en lui exprimait à quel point il était heureux. Je ne l'avais jamais vu aussi détendu avec d'autres personnes que J et moi. La plupart du temps, il gardait ses distances, se demandant ce que les gens attendaient de lui, mais avec ce petit groupe de la famille et des amis de Finley, Trent était le gars que je connaissais. Elle le voyait, le voyait vraiment, et il se laissait voir.

En les observant, j'ai décidé que je voulais faire quelque chose de spécial pour eux. Certes, j'étais le témoin de Trent, ce qui signifiait que j'aurais un rôle dans le mariage, mais je voulais quelque chose qui leur montrerait à quel point ils comptaient tous les deux pour moi. Le seul problème était que je n'avais aucune idée de ce que cela pourrait être.

—Il semble que tous nos amis se marient, dit Karissa.

—Et nous devons tous te remercier, toi et À la Recherche du Héros Littéraire Parfait, pour ça, dit Finley.

—C'est la magie de Maman, dit Karissa.

—Maman ? demanda McJenna.

—Ma mère était incroyable pour connecter les gens. Elle nous a réunis. Karissa fit un geste vers Blake et Finley. Je suis plus âgée qu'elles, donc on ne se connaissait pas en grandissant, mais ma mère travaillait avec Blake, et Blake et Finley ont grandi ensemble. Elle nous a toutes présentées. Et c'est elle qui a poussé Ian à finalement avouer à Blake qu'il était amoureux d'elle.

—Vraiment ? ai-je demandé. En les regardant tous les deux, je n'arrivais pas à imaginer Blake et Ian séparés. La façon dont ils se parlaient et se répondaient, c'était comme s'ils pouvaient lire dans les pensées l'un de l'autre.

—Ouais, répondit Ian. Elle sortait avec quelqu'un d'autre depuis longtemps, et moi je ne faisais que déc... euh, m'amuser. La dernière fois que j'ai rendu visite à Georgia, elle m'a dit que je devais soit avouer mes sentiments à Blake, soit passer à autre chose.

—C'est courageux, ai-je dit.

Karissa secoua la tête. C'était ma mère. Elle voyait des choses que le reste d'entre nous ne pouvait pas voir. Après l'université, elle m'a dit-

Karissa baissa la tête, le sourire sur son visage s'effaçant. Cela me disait tout ce que j'avais besoin de savoir sur ce que sa mère avait dit à mon sujet. Que je n'en valais pas la peine et qu'elle devait trouver quelqu'un d'autre. Et elle avait raison. Karissa méritait mieux que moi. Mais les choses avaient changé. J'avais changé. Je n'étais plus le même homme. Et j'allais le lui prouver.

—Qu'est-ce qu'elle t'a dit ? demanda McJenna, inconsciente de la tension autour de la table.

—Euh, J, peut-être qu'on peut en parler plus tard, dit doucement Finley, essayant de désamorcer la situation.

—C'est bon, ai-je dit. Karissa peut le dire. Ce n'est pas un secret que je n'étais pas celui dont elle avait besoin dans sa vie à l'époque.

—Et tu l'es maintenant ? demanda Ian.

Je me tournai pour le regarder. On ne s'était rencontrés que quelques fois, mais j'avais l'impression qu'Ian était le genre de gars qui appréciait l'honnêteté. Même s'il avait été trop lâche pour en faire preuve avec Blake quand il soupirait pour elle.

—Je ne pense pas que je serai jamais assez bien pour Karissa. C'est une femme incroyable. Elle est intelligente, créative, passionnée et magnifique. Je n'ai pas grand-chose à lui offrir, ni à aucune autre femme. Mais que je sois quelqu'un dont elle a besoin dans sa vie ou non, c'est une décision qu'elle doit prendre. Pas moi, ni toi, ni personne d'autre. Je pense que Karissa n'a besoin de personne dans sa vie, mais vouloir quelque chose et avoir besoin de quelque chose, ce n'est pas la même chose. J'ai bu une gorgée d'eau tout en gardant mon regard fixé sur celui d'Ian.

Il haussa les sourcils et hocha la tête en signe d'approbation à ma réponse.

— Ma mère m'a dit que Xavier pourrait être quelqu'un qui n'était destiné à être dans ma vie que pour une courte période, ou que nous pourrions nous retrouver un jour. Elle a dit que je serais la seule à savoir s'il était juste de partir plus d'une fois, mais que je devrais toujours être ouverte à l'amour sous quelque forme qu'il se présente, dit Karissa, brisant le silence.

Tout le monde est resté silencieux tandis que nous la regardions. Karissa a forcé un sourire, évitant le regard des autres.

— Es-tu ouverte à l'idée d'aimer mon père à nouveau ? a demandé McJenna.

Karissa a écarquillé les yeux avant que je ne ramène l'attention sur moi.

— Je pense que nous l'avons assez questionnée pour ce soir. Finley, parle-nous des projets que tu as prévus pour le mariage, ai-je dit.

Finley s'est accrochée au changement de sujet et s'y est plongée. Tout le monde a suivi, posant des questions et maintenant l'attention sur le mariage plutôt que sur Karissa.

Quand nous avons fini de manger et débarrassé la table, Blake et Ian ont trouvé des excuses pour partir. Hudson n'a pas tardé à les suivre, prétextant qu'il devait vérifier le bar. McJenna est montée dans sa chambre, probablement pour envoyer des messages à Bianca, nous laissant Finley, Trent, George, Karissa et moi. Peu après, George a commencé à s'agiter.

— Ne pars pas encore, a dit Finley à Karissa en portant George à l'intérieur. Trent la suivait de près, s'occupant à tour de rôle du bébé qui pleurait.

— Je suis désolé pour ce que McJenna t'a demandé, ai-je dit à Karissa quand nous nous sommes retrouvés seuls.

— Ce n'est pas grave.

J'ai secoué la tête. — Si, ça l'est. Elle n'aurait pas dû te mettre sur la sellette. Je n'aurais pas dû le faire non plus. Tu avais tout à fait le droit de garder pour toi ce que ta mère t'a dit. J'ai juste eu l'impression que tu n'aurais pas hésité à partager cela si je n'étais pas là.

Elle s'est tournée vers moi et a étudié mon visage pendant une longue minute. — Je n'aurais pas hésité. Et il y a une partie de moi qui n'a aucun problème à ce que tu saches ce qu'elle a dit. Mais je ne suis plus la même personne qu'avant. Je suis beaucoup plus désabusée et cynique que je ne l'étais. On avait à peine l'âge légal pour boire, et on faisait des projets pour un avenir qui n'était pas destiné à être. Cette fille naïve a disparu. Elle a perdu ses parents et l'amour de sa vie, et elle a grandi.

— Est-ce que j'étais l'amour de ta vie ? ai-je demandé, le cœur battant tandis que ma respiration s'arrêtait.

Elle regardait l'eau, fixant un point au-delà de moi. J'attendais, ayant besoin de sa réponse. Finalement, elle hocha la tête. —Je pensais que tu l'étais.

—Mais plus maintenant ?

—Je ne sais pas si je peux te pardonner. Si je peux passer outre ce qui s'est passé. Ce que tu as fait n'était pas horrible, mais c'était vraiment difficile d'accepter que tu préparais un avenir sans moi alors que je pensais qu'on planifiait notre futur ensemble. Une partie de moi veut rester ouverte à l'amour comme ma mère me l'a toujours conseillé, mais j'ai perdu trop de personnes. Je ne suis pas sûre de pouvoir te faire confiance à nouveau.

—Et si on commençait par quelque chose de simple ?

—Comme quoi ?

—Je veux faire quelque chose pour Trent et Finley. Pour leur mariage. Je ne sais pas encore quoi, mais quelque chose qui leur montrera à quel point ils comptent pour moi. Tu serais prête à m'aider à trouver quoi faire ? Ou quoi acheter si je décide d'aller dans cette direction ?

Elle prit un long moment pour réfléchir à ma question. —Oui, je t'aiderai.

J'expirai un souffle dont je n'avais même pas conscience. —Merci. Et peut-être qu'on pourra travailler à reconstruire cette confiance et à réapprendre à se connaître. Qu'en dis-tu ?

—Je peux essayer.

Je souris largement, incapable de me retenir.

Elle rit, souriant avec moi. —Arrête ça.

—Je n'y peux rien. Je suis heureux que tu sois prête à essayer. Et si on dînait ensemble ? Mardi soir ?

—On vient juste de convenir d'être amis.

—Oui, et de réapprendre à nous connaître. Si tu vas m'aider, je suppose qu'on va aussi devoir se retrouver ailleurs que chez Trent et Finley pour en parler. Alors, un dîner ?

Elle laissa échapper un autre petit rire et hocha la tête. —D'accord. Un dîner.

—Parfait. Je passerai te chercher à dix-neuf heures.

Elle leva les sourcils. —Je peux me rendre au dîner toute seule.

Je haussai les épaules. —Je sais, mais j'ai envie de venir te chercher. Voir où tu habites. Avoir un petit aperçu de qui tu es aujourd'hui.

—Tu crois que je vais te montrer ça après un seul rendez-vous ?

—Oh, donc c'est un rendez-vous maintenant ?

Elle rit à nouveau et secoua la tête. —Je vais arrêter de parler.

Je souris et me calai dans mon siège. J'avais un rendez-vous. Avec ma Reine.

J'AVAIS du mal à me retenir d'annoncer à tout le monde mon rendez-vous avec Karissa. J'ai eu l'impression qu'elle ne voulait pas que ça se sache quand Finley et Trent sont revenus et qu'elle s'est empressée de partir. Trent m'a demandé ce que je lui avais dit, mais je lui ai simplement répondu que nous avions eu une conversation agréable, sans entrer dans les détails.

Attendre notre rendez-vous était une torture, mais nos discussions en ligne ont rendu l'attente plus supportable. Surtout celle de la veille de notre rendez-vous.

REINE

Tu crois aux secondes chances ?

DÉBUTANT

Absolument.

REINE

Pourquoi ? Si quelqu'un t'a fait du mal,
pourquoi lui donnerais-tu une autre chance ?

DÉBUTANT

Les choses changent. Je ne ferais pas
aveuglément confiance, mais j'aurais du mal
à rejeter catégoriquement quelqu'un qui
m'est cher.

REINE

Y a-t-il des circonstances où tu le ferais ?

J'ai retenu mon souffle en lisant cette phrase. J'avais l'impression qu'elle voulait me rejeter mais qu'elle hésitait.

DÉBUTANT

Pas moi, non. Si quelqu'un revenait dans ma
vie et voulait se réconcilier, j'irais doucement,
mais je ne dirais pas non. J'aurais besoin
d'une raison pour dire non.

REINE

Et si quelqu'un d'autre dans ta vie ne faisait
pas confiance à cette personne ?

J'ai pensé à J et Denise. La seule raison de laisser Denise revenir dans ma vie serait de lui donner une chance d'avoir une relation avec J, mais je ne forcerais jamais mon enfant à avoir une relation avec la mère qui l'a abandonnée à la première occasion.

DÉBUTANT

Ça dépendrait. Si j'avais confiance en cette
autre personne, j'espérerais qu'elle puisse
être honnête avec moi sur ses raisons. Mais
je ne choisirais pas quelqu'un qui m'a fait du
mal plutôt que quelqu'un qui ne m'en a pas
fait.

REINE

L'amour nous fait faire des choses folles.

DÉBUTANT

Toujours.

Je ne pouvais m'empêcher de me demander si Karissa s'interrogeait sur nous. Si elle envisageait de me donner une autre chance, une vraie chance.

Chaque fois que je la voyais, elle ressemblait de plus en plus à la femme que j'avais connue. J'adorais voir cet aspect d'elle ressortir. La voir être fidèle à elle-même au lieu de cacher qui elle était.

L'honnêteté a toujours été importante pour Karissa, c'est pourquoi ma décision d'accepter le poste et de la quitter était si mauvaise. C'était le bon choix à ce moment-là, mais j'aurais dû être honnête avec elle dès le début concernant ma recherche d'emploi en dehors de la région. Le fait qu'elle m'en parle maintenant et qu'elle soit prête à essayer de repartir à zéro me faisait sentir que les choses changeaient. Mon Dieu, j'espérais que c'était le cas.

Peut-être que j'avais besoin de demander un peu d'aide magique à sa mère dans ce domaine.

Quand il fut enfin temps pour moi d'aller chercher Karissa pour notre rendez-vous, elle m'attendait sur le trottoir devant sa résidence. Elle s'est dirigée vers ma voiture et est montée avant que je puisse sortir et lui ouvrir la porte.

—J'allais faire ça.

—Oui, mais alors tout le monde en ville nous verrait ensemble et saurait qu'on sort ensemble.

—Et tu ne veux pas que quelqu'un le sache. Je n'étais pas en colère, ni blessé, pas vraiment. Elle avait ses raisons, et j'envahissais son espace de sécurité. Ça ne me dérangeait pas d'avancer avec précaution.

—Ce n'est pas ça. Pas entièrement. J'ai passé des années à souhaiter que les choses aient été différentes entre nous. Ta présence ici a été difficile d'une manière que je n'aurais jamais imaginée parce que nous sommes différents. Si tu étais venu t'installer ici après un an, ou même deux, j'aurais probablement pardonné, oublié et construit une vie avec toi. Mais tu ne l'as pas fait. Et ça fait longtemps. Et il y a toujours cette partie de moi qui veut pardonner et oublier, mais il y a une partie plus forte qui veut te faire souffrir.

Un rire m'a échappé.

Karissa a soupiré. —Je sais. C'est fou, mais—

J'ai posé ma main sur la sienne. —Non. Ce n'est pas fou. Tu étais mon monde. J'étais prêt à tout faire pour toi. Je prévoyais de venir m'installer ici, et j'allais renoncer à mon rêve de devenir producteur télé, mais ce job... Je me suis dit que je pouvais accepter le poste et t'avoir aussi. Que tu me choisirais comme j'étais prêt à te choisir. Quand tu t'es mise en colère, je n'ai pas voulu en parler. J'ai décidé que notre relation était à sens unique parce que tu n'étais pas prête à renoncer à nos projets pour moi comme j'avais toujours dit que je renoncerais à mes projets pour toi.

—Je pensais que nos projets étaient tes projets, a-t-elle dit doucement.

—Je sais. Je t'aimais trop pour te dire le contraire. Nous étions jeunes, et je n'étais pas prêt à faire des vagues. Je pensais que je pourrais tout arranger, trouver une solution, mais je n'ai rien trouvé jusqu'à ce que je regarde plus loin. Et je n'arrivais pas à voir au-delà de ce que je voulais après l'avoir mis de côté pendant si longtemps. J'ai gâché notre relation, et je suis vraiment désolé pour ça, Karissa.

Elle secoua la tête. —On dirait que nous sommes tous les deux responsables.

Ma main était toujours sur la sienne, et elle posa son autre main sur la mienne, entrelaçant nos doigts. Je souris et la tins pendant que je conduisais vers le sud, vers un restaurant en dehors de la ville pour que personne ne nous voie ensemble.

Nous avons parlé du mariage, de Finley et de Trent pendant les vingt minutes de trajet. Quand nous sommes arrivés au restaurant et que nous nous sommes assis, elle m'a regardé en mordillant sa lèvre inférieure.

—J'ai quelque chose à te dire, dit-elle.

J'essayai de ne pas paniquer, mais c'étaient des mots qu'aucun homme ne voulait jamais entendre. —D'accord.

—Je suis Reine.

—Pardon ? Je n'étais pas sûr si elle voulait dire ce que je pensais ou si elle voulait dire autre chose.

—Je crois que nous sommes associés sur mon application. Sur À la Recherche du Héros Littéraire Parfait. Mon pseudonyme est Reine. Tu es Débutant, n'est-ce pas ?

—Comment diable as-tu découvert ça ?

Elle rit doucement. —Je n'étais pas tout à fait sûre, mais tu as mentionné une fille adolescente qui avait du mal à se faire des amis. C'était mon premier indice. J'ai été certaine après notre conversation sur les secondes chances l'autre soir.

—J'essayais de ne pas me trahir, ai-je avoué.

—Tu savais qui j'étais ?

—Je pensais que c'était toi. Finley a dit un jour que tu étais la reine de l'application. Je pensais qu'elle disait ça parce que tu l'avais conçue, mais ensuite nous avons discuté et je me suis demandé si elle me le disait au cas où nous serions associés.

Karissa laissa échapper un rire. —C'est probable, la connaissant.

—Est-ce pour ça que tu as commencé à me parler davantage ? À cause de l'application ?

Karissa hésita, puis acquiesça. —L'application est bonne. Et si nous avons été mis en relation après tout ce temps, peut-être qu'il y a encore quelque chose entre nous. Je me suis dit qu'il valait mieux le découvrir. Mais j'ai besoin que tu sois honnête avec moi.

—Je le serai. Je te le promets.

—À propos de la mère de McJenna.

—Denise ? Quoi à son sujet ?

—Si elle revient, je ne veux pas me retrouver au milieu d'un triangle amoureux.

—Pourquoi t'inquiéterais-tu de ça ?

—Ton message l'autre soir. Tu as dit que tu donnerais toujours une seconde chance à quelqu'un. Si elle revenait...

—Non. Ce n'est... pas ça. Si elle revenait, je ne m'opposerais jamais à ce qu'elle ait une relation avec J, mais Denise et moi ? C'était fini depuis longtemps. Elle était... J'étais avec elle parce qu'elle n'était pas du tout comme toi. J'essayais de t'oublier. De passer à autre chose. Quand elle est tombée enceinte, je me suis dit que c'était l'Univers qui essayait de me pousser à m'engager et à ne pas revenir vers toi comme j'y pensais. Je pensais pouvoir construire une vie avec Denise. Je me disais que je l'aimais, et je sais qu'une partie de moi l'aimait, mais ce n'était pas la même chose qu'avec toi. Quand elle est partie, ça m'était égal. J'étais trop fatigué pour m'en soucier. Mais je savais que je ne pouvais pas me présenter ici et te demander pardon avec le bébé d'une autre femme. Je devais faire passer McJenna en premier.

—Et tu l'as fait. C'est une gamine incroyable. Intelligente, forte et si gentille.

—Merci. Je ferais n'importe quoi pour elle. Et n'importe quoi signifiait renoncer à la vie que je voulais. La vie à laquelle j'avais renoncé en te quittant.

—Que veux-tu dire ?

—J'ai refusé des promotions et des opportunités d'emploi qui m'auraient imposé un emploi du temps différent ou un déménagement au fil des ans. J ne le sait pas. Je voulais qu'elle ait de la stabilité. Qu'elle sache qu'elle était la chose la plus importante pour moi. Faire pour elle ce que je n'ai pas pu faire pour toi.

Karissa posa sa main sur la mienne, et je retournai la mienne pour la tenir. Elle sourit. —C'est pour elle que tu devais être présent. Moi, j'avais ma mère. Et maintenant j'ai Eddie aussi.

—Qui est Eddie ?

Elle sourit largement. —Mon beau-père. Il est génial. Et il va te faire passer un sacré interrogatoire.

—Je peux l'encaisser. Je ferais n'importe quoi pour te prouver que je ne suis plus l'homme que j'étais. Pour toi.

Karissa a ri doucement. Mon Dieu, c'était un son magnifique. J'étais heureux de l'entendre à nouveau.

## 12

## KARISSA

Savoir que Xavier avait découvert qui j'étais sur l'application était un soulagement. Je craignais qu'il soit en colère que je ne lui aie pas dit quand je l'avais compris. Et savoir qu'il n'était pas intéressé par une seconde chance avec la mère de McJenna rendait plus facile le choix de le laisser entrer dans ma vie.

Non pas que j'étais prête à l'épouser et à construire un avenir ensemble, mais j'étais ouverte à découvrir si nous étions toujours aussi compatibles qu'autrefois.

Xavier et moi avons discuté pendant le reste du dîner, rattrapant nos vies respectives au fil des années. C'était étrange d'entendre parler de lui après toutes les histoires que je m'étais racontées sur qui il était devenu. J'avais imaginé toute une vie pour lui, un avenir heureux et rempli de tout ce qu'il avait jamais espéré. Ce n'était pas la réalité, et au lieu de me sentir justifiée, j'étais triste qu'il soit dans la même situation que moi, à souhaiter que les choses aient été différentes.

—Je ne changerais jamais le fait d'avoir J, dit-il, mais j'aurais vraiment aimé avoir des enfants avec quelqu'un qui aurait été un véritable partenaire. Trent est génial, mais il y avait des limites à ce que je pouvais attendre de lui.

—Que veux-tu dire ? demandai-je.

Xavier haussa les épaules. —Le sexe.

Un rire m'échappa soudainement.

—C'est vrai. Avoir un enfant et l'élever n'a jamais été facile. Trent a rendu tous les aspects importants plus simples puisqu'il était là pour co-parentaliser et aider avec la discipline et les devoirs et ce genre de choses, mais c'était solitaire pour moi.

—Tu n'as pas eu de rendez-vous ?

Il secoua la tête. —J'étais trop occupé. J'ai choisi de mettre J en priorité dans tous les domaines, et cela signifiait pas de relations pour moi.

—Aucune. Du tout. Depuis sa mère.

Xavier hocha la tête. —J'ai eu quelques aventures d'un soir, et quelques flirts, mais rien qui soit devenu plus que ça.

—Sauf celle qui voulait envoyer ta fille en pension après votre premier rendez-vous, dis-je.

Il a ri. —Ouais, c'est elle qui m'a convaincu que je ne pouvais même pas me permettre d'essayer de sortir avec quelqu'un. Je n'étais pas prêt à risquer qu'une autre personne pense qu'elle devrait passer avant mon enfant.

—C'est admirable, lui ai-je dit. Ça l'était vraiment. Peu d'hommes sacrifieraient leur vie personnelle pour leur enfant. Peu de gens en général le feraient.

—Je ne sais pas si c'est admirable, mais c'était la bonne décision pour moi. J'ai tendance à me jeter à l'eau sans réfléchir. Si j'avais fait ça et que J en avait souffert, je ne me le serais jamais pardonné. C'était mieux que je ne me lance pas du tout.

—Ça a du sens.

J'ai posé mes couverts sur mon assiette et l'ai repoussée. Le dîner était délicieux. Et la compagnie encore meilleure.

—Et toi ? Des relations ces dix-sept dernières années à peu près ? a demandé Xavier.

J'ai secoué la tête.

—Aucune ? Sa voix et ses sourcils levés disaient qu'il pensait que je mentais.

—Rien de sérieux. J'ai eu quelques rendez-vous, mais chaque fois qu'on approchait de quelque chose de sérieux, je ne me sentais jamais prête à faire le grand saut.

—Tu as toujours aimé bien réfléchir aux choses. Et les faire à ta façon.

J'ai ri doucement. Il avait raison. Je n'avais pas changé.

—Je crois que c'est pour ça que je suis tombé si amoureux de toi. Tu me faisais voir les choses différemment. Moi, je plongeais et je comprenais de l'intérieur, mais toi, tu prenais du recul et tu voulais comprendre avant de commencer.

—Tu me faisais accélérer.

—Et toi, tu me ralentissais.

Nous nous sommes souri. Mon esprit est revenu à la première nuit que nous avons passée ensemble. Nous sortions ensemble depuis quelques mois. Toutes mes amies couchaient avec leurs copains sans se poser de questions, mais je n'étais pas sûre que c'était ce qu'il me fallait. C'était la seule et unique fois où Xavier n'était pas pressé. Il n'en a jamais parlé. Il m'a laissé prendre la décision, et quand je lui ai dit que j'étais prête, il a quand même pris son temps. C'est une nuit que je n'ai jamais oubliée.

— À quoi penses-tu ? demanda-t-il. Sa voix devint plus grave, le grondement vibrant à travers tout mon corps. Même de l'autre côté de la table, je le sentais.

— À notre première fois, avouai-je.

— C'était une nuit spéciale.

J'acquiesçai.

— J'ai su que je t'aimais cette nuit-là.

— Après qu'on a fait l'amour ?

Il sourit et secoua la tête. — Non. Avant. Tu avais tellement peur. Tu t'agitais toute la soirée, et je savais que quelque chose se passait. Je pensais que tu allais rompre avec moi, et tout ce à quoi je pouvais penser pendant la soirée, c'était comment je te convaincrais de me donner une autre chance. De continuer à sortir avec moi. Je n'avais jamais ressenti ça auparavant, ni depuis, et j'ai compris que c'était ça l'amour pour moi. Ne pas vouloir vivre sans toi dans ma vie.

— Mais tu l'as fait, dis-je. Les mots sortirent sans réfléchir, brisant le charme de la conversation. — Je suis désolée. Je n'aurais pas dû dire ça.

— C'est la vérité. On ne va pas se cacher. On ne l'a jamais fait, et si on essaie maintenant, ça va mettre fin à tout ce que ça pourrait être avant même qu'on commence.

Je pris une inspiration et la retins. Il avait raison. Je ne voulais pas non plus continuer à lui jeter ça au visage. Ça n'arrangerait rien non plus.

— Ce n'est pas juste pour toi. On a tous les deux fait des choix à l'époque qui nous ont séparés. On a tous les deux caché des choses et dit des choses. On est différents maintenant. Et je veux vraiment qu'on recommence à zéro, autant que possible.

Il hocha lentement la tête. — J'aimerais beaucoup ça.

Nous avons quitté le restaurant et décidé de nous promener en ville. C'était une belle soirée, et je ne voulais pas que la nuit se termine tout de suite. J'avais l'impression qu'il pensait la même chose.

Xavier me prit la main, puis me demanda si c'était correct.

— Oui, dis-je en lui souriant.

Nous avons marché en silence pendant quelques minutes. Puis il a dit, —Parle-moi de ta mère. Je suis désolé de ne pas avoir été là pour toi quand elle est décédée.

—Merci. C'était difficile de la voir souffrir, mais ça n'a pas duré longtemps. Au moment où elle a réalisé qu'elle avait un cancer du sein, elle était déjà au-delà de tout traitement. Elle n'a tenu que quelques mois. Et elle a profité de ces quelques mois.

—Qu'est-ce qu'elle faisait ?

J'ai ri. —Tout. Elle a travaillé jusqu'à ce qu'elle ne puisse plus supporter les longues heures. Elle a essayé de passer à temps partiel, mais elle ne voulait jamais partir quand son service était terminé. Eddie et moi l'avons convaincue de démissionner pour qu'elle puisse se reposer, mais elle a simplement décidé de se mettre à des passe-temps.

—Quels genres de passe-temps ?

—Jouer les entremetteuses a toujours été un de ses passe-temps, mais elle s'est aussi mise à la peinture, elle a essayé d'écrire un roman d'amour, et elle est allée dans un atelier pour faire de la poterie.

—Wow. C'est impressionnant.

—Elle était horrible, ai-je dit, retenant à peine mon rire.

—Dans lequel ?

—Tous !

Xavier a éclaté de rire avec moi. —Non. Elle devait être douée pour quelque chose.

—Non. C'était vraiment affreux. Elle a essayé un de ces cours de peinture où ils t'expliquent étape par étape comment faire. Le professeur lui a demandé si elle avait suivi la moindre de leurs instructions.

—Ils n'ont pas fait ça.

—Si, ils l'ont fait. Elle n'avait aucun sens artistique. On aurait dit que c'était un tout-petit qui l'avait fait.

—Wow.

— Oui. La poterie n'était pas meilleure. Si elle était repartie avec une boule d'argile, elle aurait pu dire que c'était une pierre, mais elle voulait créer quelque chose. Elle m'a fabriqué un pot pour mon bureau. Pour y mettre des stylos ou autre chose. Ce truc est bancal. Je ne suis même pas sûr de ce que ça devait être, mais ça a un visage. Et ce sont les couleurs les plus étranges que tu aies jamais vues. Elle a dû les mélanger elle-même, mais elles ressemblent toutes à des nuances de marron.

— Sérieusement ?

— Oh, oui. C'est comme un étron évidé sur mon bureau. Elle disait que c'était une pièce qui faisait réfléchir, mais je ne suis vraiment pas sûr de ce qu'elle est censée faire penser.

Xavier secoua la tête et rit à nouveau. — Elle a toujours eu l'air d'être quelqu'un de très amusant.

— Oui, elle l'était, dis-je doucement. — Elle me manque. Ça fait quatre ans depuis son mariage. Elle et Eddie se sont mariés à Hawaï. Quand ils se sont retrouvés, ils pensaient avoir le temps d'être ensemble. Aucun d'eux n'était pressé, mais quand ils ont découvert son cancer, ils ont voulu se marier. Maman avait toujours voulu voir Hawaï, alors nous l'y avons emmenée pour son mariage. Un ami d'une amie de Laura y vit et travaille dans une entreprise d'organisation de mariages. Lui et sa femme ont renoncé à leur propre mariage pour que maman et Eddie puissent se marier. Sawyer et Kiana auront pour toujours ma reconnaissance et ma gratitude pour ça.

— C'est un souvenir vraiment spécial.

— C'est vrai. Laura, Finley, Blake, Elise et Ian m'ont accompagnée. Tous les amis de Laura étaient là aussi. Et les amis à Hawaï. C'est devenu un grand événement, et c'était parfait pour maman. Elle était dans son élément, et elle adorait Hawaï. Quand elle est morte, elle m'a dit que c'était là qu'elle passerait l'éternité. À Hawaï.

— Es-tu retournée là-bas depuis le mariage ?

Je secouai la tête. — J'aimerais y retourner, mais je n'ai pas pris le temps.

— Nous devrions y aller. Xavier s'éclaircit la gorge. — Je veux dire, j'adorerais y aller si jamais tu voulais y retourner.

Je ris doucement et souris. — Ça me plairait bien.

Nous avons continué à marcher en silence. Hawaï flottait dans mon esprit. Maman avait raison. C'était parfait là-bas. Et si elle et Eddie avaient pu se retrouver et avoir une seconde chance, peut-être que Xavier et moi le pourrions aussi.

Nous avons erré encore un peu, puis nous avons décidé de rentrer. Xavier a insisté pour me raccompagner jusqu'à mon appartement, tenant ma main tandis que nous montions les escaliers. Arrivés à la porte, je lui ai demandé s'il voulait entrer.

—Autant j'aimerais voir ce fameux porte-stylo en forme de crotte, j'essaie de ne pas précipiter les choses. Je veux que tu saches que je suis là, que je m'investis, et que je suis prêt à attendre que tu me rejoignes. Alors oui, j'adorerais entrer, mais je ne vais pas le faire. Pas ce soir.

J'étais un peu déçue, mais cela me donnait encore plus envie de lui. Une fois de plus, il pensait à moi.

—J'espère quand même pouvoir t'embrasser.

J'ai hoché la tête et l'ai regardé tandis qu'il s'approchait.

Tout s'est déroulé au ralenti, comme si le temps s'était arrêté pour faire durer ce moment. Il a pris mon visage entre ses mains, ses doigts effleurant la peau sensible derrière mon oreille. J'ai respiré son parfum, l'odeur familière de l'homme que j'avais connu autrefois, réveillant des souvenirs depuis longtemps oubliés. Il s'est penché, s'arrêtant quand nos lèvres n'étaient qu'à peine séparées, me laissant combler la distance entre nous.

Le premier contact de ses lèvres était aussi familier que son odeur, doux, ferme et parfait. Il a léché la commissure de ma bouche, demandant plus. Je me suis ouverte à lui, savourant son goût.

Mes bras ont entouré sa taille, le rapprochant de moi. Il s'est appuyé contre moi, pressant mon dos contre la porte alors qu'il couvrait mon corps. Je l'ai senti durcir entre nous, mais il gardait ses hanches éloignées des miennes. Je mourais d'envie de l'attirer à l'intérieur et de ne jamais cesser de l'embrasser.

À peine avais-je eu cette pensée qu'il s'est écarté, mettant de la distance entre nous.

—Je vais perdre tout mon sens de l'honneur si je ne m'arrête pas maintenant.

J'ai ri.—Je ressens la même chose.

—Alors c'est vraiment mieux que je te dise bonne nuit et merci d'être sortie avec moi.

—On n'a jamais parlé du cadeau pour Finley et Trent.

Il a souri et secoué la tête comme s'il avait complètement oublié la raison pour laquelle nous étions allés dîner.—Je suppose qu'on va devoir recommencer, alors.

Mes lèvres se sont relevées, et mes joues me faisaient mal à force de sourire aussi largement.—Je suppose que oui.

Il a serré ma main, puis m'a relâchée et a fait un autre pas en arrière.—Bonne nuit, Karissa.

—Bonne nuit, Xavier.

—On se parle bientôt, ma Reine.

J'ai ri tandis qu'il me faisait un signe de la main et s'éloignait.

Xavier Hogan était de retour dans ma vie. Peut-être pour de bon cette fois.

Trois jours plus tard, je souriais encore quand je suis entrée chez O'Kelley's pour mon déjeuner hebdomadaire avec Trinity. Elle était assise au bar, en train de parler avec Hudson quand je suis arrivée.

—C'est quoi cette tête ? a demandé Hudson.

—Ça s'appelle un sourire, a dit Trinity. —Elle a eu un rendez-vous. Et j'en déduis que ça s'est bien passé.

—Comment tu sais ça ?

Trinity a pouffé. —Je t'en prie. Rien n'est secret dans cette ville, surtout quand tu embrasses quelqu'un devant ta résidence et que mon mari, le flic, passe par là.

—Merde. Mais tu adores dire « mari », n'est-ce pas ?

Trinity a souri, un sourire idiot et béat qui ressemblait au mien. —Ouais, c'est vrai.

—Oh, merde. Je me casse. Je ne peux pas supporter tout ça, a dit Hudson.

—Tu sais bien que tu adores ça, l'a taquiné Trinity. —Un jour, tu auras aussi cette expression sur ton visage. Tu es un bon parti, Hudson, et n'importe quelle femme aurait de la chance d'avoir toute ton attention.

La porte d'entrée s'est ouverte, attirant le regard de Hudson. Il a fait la grimace, ce qui m'a fait ricaner quand j'ai vu Anna Charlotte entrer. Elle et Hudson avaient une trêve fragile depuis qu'elle travaillait pour Finley et que son fils travaillait pour Hudson, ce qui faisait qu'ils se voyaient régulièrement.

—Je suis venue chercher notre commande. Finley a dit qu'elle avait appelé il y a vingt minutes et que ça devrait être prêt, a dit Anna avec très peu d'émotion.

—Je pensais qu'elle allait venir le chercher, dit Hudson. Il exprimait beaucoup d'émotions, toutes négatives.

—Et elle m'a demandé de le faire. Tu vas me laisser prendre notre nourriture ? demanda Anna. Elle lui sourit gentiment, un sourire que certains auraient pu trouver aimable, mais que je savais être purement calculé.

J'aimais bien Anna, et elle semblait être la seule personne de la ville à mettre Hudson mal à l'aise régulièrement. Il était généralement d'humeur égale, mais avec Anna, il devenait tendu et frustré par défaut.

Hudson saisit le sac de nourriture et le tendit brusquement à Anna.—Tiens.

—Merci beaucoup. Je suis tellement contente d'avoir pu voir ton sourire aujourd'hui.

Hudson leva les yeux au ciel. Anna fit de même, tourna les talons et sortit, la porte claquant derrière elle.

—Cette femme me rend dingue, marmonna Hudson.

—Bon d'accord, dit Trinity.—On peut commander à manger ? Ou devrait-on s'asseoir à une table et attendre quelqu'un ?

—Non, je vais prendre votre commande. Qu'est-ce que vous voulez toutes les deux ?

Trinity commanda un burger et des cheese curds, et moi un sandwich au poulet et des frites. Nous avons toutes les deux demandé de l'eau et nous sommes installées dans un box pour pouvoir discuter pendant que notre nourriture était préparée.

—Qu'est-ce que tu penses qu'il se passe entre eux ? demanda Trinity.

—Entre Hudson et Anna ? Rien. Je pense qu'ils se rendent fous l'un l'autre.

—James et moi, c'était pareil. Je pouvais à peine supporter d'être dans la même pièce que lui avant qu'on commence à coucher ensemble. Et même après.

J'ai ricané.—Toi et James, vous êtes intéressants.

—Et toi et Xavier, vous êtes quoi ?

Je me suis arrêtée, mon verre d'eau à mi-chemin de mes lèvres. Je l'ai reposé.—Je ne sais pas exactement. C'était un seul rendez-vous, mais ça m'a fait du bien.

— Vraiment ? Elle a traîné le mot avec un ton taquin.

— Pas ce genre de bien. On s'est juste embrassés. Je

parlais du rendez-vous. De passer du temps avec lui. Je n'ai laissé tomber mes défenses avec personne depuis lui.

— Et tu es prête à le laisser revenir dans ta vie ?

J'ai secoué la tête. — Je ne sais pas. Une part de moi pense que c'est la nostalgie qui me rend un peu folle, et une autre pense que c'est simplement la connexion qu'on a. J'ai toujours senti qu'on était faits pour être ensemble.

— Peut-être que c'est le cas.

— Ouais, mais peut-être pas. Pourquoi étions-nous tous les deux seuls pendant si longtemps si nous étions censés être ensemble ?

— Je ne peux pas répondre à ça, mais as-tu besoin d'une réponse ? Est-ce assez important pour t'empêcher de découvrir où les choses peuvent aller maintenant ?

J'ai haussé les épaules. — Non, je suppose que non. J'ai l'impression qu'on a raté quelque chose. Comme si la vie aurait été différente, meilleure, si nous avions été ensemble tout ce temps.

— Peut-être, mais peut-être pas. On ne sait jamais ce qui aurait pu se passer. Tu n'aurais peut-être pas été là pour ta mère, et nous ne nous connaîtrions peut-être pas. Toi et Xavier ne seriez peut-être pas restés ensemble. Et McJenna n'existerait pas. Je sais que c'est difficile de lâcher prise sur ce qui aurait pu être, mais je ne pense pas que ça te fasse du bien de le souhaiter.

— Je sais. Tu as raison. Il était mon plus grand regret. Ne pas être partie avec lui. Je me disais que sa vie était meilleure sans moi, mais j'ai toujours regretté de ne pas avoir été assez courageuse pour le choisir.

— Tu t'es choisie toi-même, Rissa. C'est encore plus courageux. La plupart d'entre nous prenons le chemin facile et mettons quelqu'un d'autre en premier, quelqu'un qu'on aime. C'est plus difficile de s'en tenir à ce qu'on veut vraiment au fond de soi. C'est pourquoi j'ai failli partir d'ici quand je venais d'emménager. Je voulais quelque chose de différent quand j'ai rencontré Mme Georgia, mais j'ai déménagé ici à cause d'elle. Quand j'ai découvert qu'elle était partie, le choix facile était de rentrer chez moi auprès de ma mère et ma grand-mère. C'était toujours différent, mais c'était une version plus sûre de différent. Rester ici était une décision difficile, mais il y avait une partie de moi qui savait au fond que c'était là que je devais être.

— Je n'avais jamais vu les choses sous cet angle, ai-je admis.

— La vie n'est pas une ligne droite. Xavier et toi n'étiez pas prêts l'un pour l'autre quand vous aviez vingt ans. Vous n'êtes peut-être pas prêts maintenant, mais à moins d'essayer, vous ne le saurez pas. Je pense que tu devrais lui donner une chance. Et à toi-même aussi.

J'ai souri. —Merci, Trinity. Je pense que tu as peut-être raison.

—Bien sûr que j'ai raison ! Tout comme j'ai raison à propos de Hudson et Anna. Tu verras bien.

—Tu prends la relève de maman et tu joues les entremetteuses maintenant ?

—Eh bien, nous partageons le même anniversaire.

—C'est vrai. Tout à fait vrai.

## 13

Après mon déjeuner avec Trinity, je me suis assise au bar et j'ai discuté avec Hudson pendant quelques minutes. Il lançait des regards noirs à tous ceux qui passaient, et il avait l'air d'avoir besoin d'une pause.

— Qu'est-ce qui se passe avec toi ?

— Qu'est-ce que tu veux dire ?

— Je veux dire que tu as l'air prêt à arracher la tête de quelqu'un. Qu'est-ce qui te prend ?

— Ça va, a-t-il répondu sèchement.

— Ouais, et ça s'entend aussi.

— Finley sait qu'Anna me rend dingue. Pourquoi est-ce qu'elle enverrait cette femme ici chercher leur déjeuner ?

Mes sourcils se sont levés d'un coup. — Sérieusement ? Cette attitude, c'est toujours à cause d'Anna ? C'est quoi ton problème avec elle ?

— Elle me tape juste sur les nerfs. Je ne la supporte pas bien. Et Finley le sait.

— Ne t'en prends pas à Fin. C'est quand la dernière fois que tu as pris un jour de congé ?

— Je ne prends pas de jours de congé. C'est mon établissement.

— Hudson, tu as besoin de temps libre.

— Rissa, je t'aime bien, mais s'il te plaît, ne me dis pas comment gérer ma vie.

J'ai vu l'épuisement et la frustration dans son regard, mais plus que tout, la détermination. Il allait faire les choses à sa façon, peu importe ce que les autres diraient. Point final.

J'ai hoché la tête. — Compris. Désolée. Passe une bonne journée.

Il a fait un bref signe de tête et a repris son essuyage du comptoir.

Peut-être que Trinity avait raison à propos de Hudson et Anna. Mais je n'allais pas m'en mêler. J'avais déjà assez de choses à gérer dans ma vie.

J'ai passé le reste de ma journée à travailler sur l'application que je développais pour l'entreprise de Bex. J'étais incroyablement satisfaite des progrès que je faisais et j'adorais la liberté que Bex me donnait pour développer l'idée qu'elle avait choisie. Mon blocage créatif touchait définitivement à sa fin.

Je terminais ma journée quand mon téléphone a vibré avec une notification. De À la Recherche du Héros Littéraire Parfait.

DÉBUTANT

Qu'est-ce que tu fais en ce moment ?

J'ai souri. C'était très typique de Xavier de demander ça. Pas ce soir, pas la semaine prochaine. Maintenant.

REINE

Je viens de finir le travail.

DÉBUTANT

Ça veut dire que tu n'es pas occupée ?

REINE

Oui, ça veut dire que je ne suis pas occupée.
Pourquoi ?

DÉBUTANT

Je peux te montrer quelque chose ?

REINE

Bien sûr.

DÉBUTANT

Retrouve-moi devant ton immeuble dans
cinq minutes. C'est suffisant comme délai ?

REINE

Je me débrouillerai.


Heureusement, je ne m'étais pas changée après le déjeuner et je portais toujours des vêtements convenables pour sortir. J'ai attrapé mon sac, verrouillé mon appartement et descendu l'escalier. Xavier se garait juste au moment où je franchissais la porte d'entrée, et j'ai sauté dans sa voiture.

— Salut, dit-il en souriant pendant que j'attachais ma ceinture.

— Salut. Où va-t-on ?

— Eh bien, d'abord, j'espère avoir un baiser de toi. Ensuite on va au cinéma.

— Tu vas me montrer le cinéma ? ai-je haleté. Je me demandais ce que tu y faisais, mais je n'osais pas demander.

— Le baiser pour plus tard, dit-il en riant alors qu'il passait la première.

— Je suis désolée. Il s'éloignait déjà du trottoir. — Je suis vraiment excitée. Je n'ai rien entendu sur ce que tu fais là-bas.

— C'est bien. Nous voulons que ce soit une surprise, donc tu ne peux raconter à personne ce que je vais te montrer. Mais je voulais avoir ton avis.

Je rebondissais sur mon siège comme une enfant impatiente. Xavier secouait la tête en souriant, me laissant être excitée et bizarre.

Quand nous nous sommes arrêtés devant le cinéma, j'étais impressionnée. Il avait déjà beaucoup changé. Les vieilles vitres sales avaient disparu, remplacées par de nouvelles vitres encadrées de façon à ne plus donner directement sur le hall du cinéma.

— Tu vas faire quelque chose avec celles-là ? ai-je demandé en pointant les fenêtres avant d'entrer.

— Oui, a dit Xavier. — Elles vont accueillir les affiches de films et tout ce que nous déciderons d'utiliser pour attirer les gens dans le cinéma.

— Comme des vitrines ?

—Exactement. On travaille encore sur les idées, mais on va tout concentrer autour des affiches de cinéma et développer à partir de là.

—C'est cool. Bonne idée.

Xavier a ri et m'a ouvert la porte. —Je n'en prends absolument pas le crédit. C'était entièrement Geneviève. C'est elle le génie créatif sur ce projet.

—Bon à savoir. Wow. J'ai laissé échapper un souffle en regardant autour de moi. L'endroit était très différent. Tous les planchers étaient neufs, les murs avaient été repeints et tout l'espace était ouvert et accueillant. L'ancien comptoir à snacks se trouvait de l'autre côté de la pièce et semblait complètement déplacé dans cette salle modernisée.

—C'est très différent. Évidemment, je ne sais pas à quoi ça ressemblait quand c'était en activité, mais je voulais tout changer. On a déplacé le comptoir à snacks pour améliorer la circulation. Un nouveau arrivera dans quelques semaines, mais c'est là qu'il sera installé. Pour l'instant, c'est notre espace bureau. Quand les gens entrent, on veut qu'ils circulent dans la zone, donc avoir le comptoir à snacks là-bas les encouragera à continuer plutôt que de traîner près de la porte.

—Intelligent, lui ai-je dit. Le hall d'entrée paraissait beaucoup plus grand avec ce déplacement. Tout l'espace semblait deux fois plus grand qu'avant. —C'est du carrelage ?

—Des lames de vinyle. Très durables et faciles à nettoyer. On a utilisé le même revêtement dans les salles de cinéma aussi.

—D'accord, je vois. Y a-t-il toujours deux salles de cinéma ?

—Oui. Il n'a pas du tout développé, juste un seul mot.

—Pourquoi j'ai l'impression que cette réponse cache quelque chose ?

—C'est le cas. Mais d'abord, finissons de voir ici. Qu'en penses-tu ? Que changerais-tu ici ?

J'ai reculé vers la porte et regardé autour de moi. Je voulais vraiment lui donner mon opinion, alors je n'allais pas me retenir.

Dans l'ensemble, ça semblait correct. C'était ennuyeux, mais je supposais que ça changerait une fois qu'ils auraient des films à projeter et pourraient décorer en fonction des projections. Mais ça paraissait un peu vide.

—Comptez-vous mettre autre chose ici ?

—Comme quoi ?

J'ai haussé les épaules. —Des sièges ? Des jeux vidéo ? Autre chose ? Allez-vous proposer des fêtes ici et peut-être avoir une salle dédiée ?

—On a parlé de sièges, mais on a décidé de ne pas en mettre parce qu'on n'a que deux salles. Les horaires seront établis pour qu'il n'y ait pas de chevauchement entre l'arrivée des spectateurs pour un film et la sortie de ceux du film précédent. Probablement six heures et neuf heures ou cinq heures et huit heures. Quelque chose comme ça.

—C'est une bonne idée. Mais l'argent dans un cinéma est

généralement gagné grâce aux concessions. Tu es sûr que c'est ce que tu devrais faire ?

—On en parlera dans une minute.

—Et pour les fêtes ?

—On va proposer des fêtes pendant les heures creuses, comme les après-midi du week-end. Si quelqu'un veut une fête pendant un film régulier, on peut faire en sorte que ça marche.

—Comment ?

—Allons dans la première salle, dit-il de façon énigmatique.

Je l'ai suivi dans la salle et me suis arrêtée dès que nous sommes entrés. —Qu'est-ce que c'est que ça ?

Il a ri doucement. —Qu'en penses-tu ?

—Euh, ça ne ressemble à aucune salle de cinéma où je suis déjà allée. Les sols étaient du même vinyle gris que le hall, mais le reste de la pièce débordait de couleurs. Des rayures s'entrecroisaient sur les murs, les rendant vifs et vibrants. Les appliques murales étaient toutes différentes, chacune d'une couleur qui correspondait à la rayure au-dessus de laquelle elle se trouvait, et chacune unique. Il n'y avait pas de sièges, et il était clair, vu la table et les chaises funky nichées dans le coin, qu'il n'y en aurait pas.

—C'est justement le but, a dit Xavier. —Nous voulons que ce soit un lieu spécial. Cette salle est destinée aux familles. Nous allons exclusivement projeter des films classés tous publics ou avec avertissement parental. Rien qui ne conviendrait pas à des spectateurs de tous âges. La table que nous avons ici va être un type de siège, mais nous allons avoir des options de sièges flexibles pour que les gens aient l'impression de regarder un film à la maison et soient confortables.

—Tu ne crois pas que ça va faire parler les gens ? Quand je suis au cinéma, je suis silencieuse, mais quand je suis à la maison, je parle.

—Nous y avons réfléchi. Pour certains, ça pourrait poser problème, mais nous allons rendre cet espace très sombre, suffisamment pour que les gens aient l'impression d'être dans une salle de cinéma. Nous aurons un éclairage au sol qui guidera les personnes vers la sortie si elles ont besoin de quitter la salle pendant le film. Nous installerons des tables et des places plus décontractées comme des poufs et des fauteuils inclinables. Chaque famille aura sa propre section, ainsi les enfants seront encouragés à rester près de leurs parents ou tuteurs.

—C'est intéressant, dis-je. Je me promenai dans l'espace, absorbant tout ce que je voyais. C'était vaste sans le mobilier. Je n'étais pas totalement convaincue, mais je n'étais pas non plus experte en besoins des familles avec jeunes enfants. Avoir un espace où ils pourraient explorer un peu n'était peut-être pas une mauvaise idée.

—Si quelqu'un veut organiser une fête, nous proposerons une option de places groupées. Ils devront réserver à l'avance pour que nous puissions tout mettre en place, mais nous pensons que ce sera d'un côté.

Je me dirigeai vers la table qui se trouvait sur le côté et m'assis sur la chaise. C'était une chaise en plastique rouge moulée pour ressembler à une main. Une bleue était de l'autre côté de la table jaune. —Pourras-tu accueillir autant de personnes qu'une salle normale ?

Xavier secoua la tête. —Non. Mais l'ancien cinéma a fait faillite parce qu'ils devaient vendre quatre-vingts pour cent de leurs places et n'en vendaient qu'environ quarante. De la façon dont c'est organisé, nous devons aussi vendre quatre-vingts pour cent, mais le nombre total est bien inférieur. Nous allons proposer des packs familiaux de billets qui incluent les friandises, et nous allons faire en sorte que venir ici soit plus une expérience qu'un simple visionnage de film.

—C'est pour ça que tu ne veux rien dans le hall d'entrée.

—Exactement. Le hall n'est pas l'attraction. C'est la salle de cinéma. Nous voulons que les gens entrent, achètent leurs en-cas, trouvent leur place et regardent le film. Nous envisageons de mettre en place un système permettant aux clients de commander de la nourriture depuis leurs sièges et de se la faire livrer pour qu'ils n'aient pas à sortir pendant le film pour se resservir.

—Ça, c'est une excellente idée.

Xavier sourit et repoussa ses cheveux noirs de son front.

—Ce n'est pas ce à quoi je m'attendais. Tu rends cet endroit bien plus amusant qu'un cinéma ordinaire. Je pense que ça va bien marcher.

—Merci. Je l'espère. Tu veux voir la salle pour adultes ?

Je haussai un sourcil. —La salle pour adultes ?

—Pas dans ce sens-là. L'autre salle est celle où nous projetterons des films classés PG-13 et R. Pas vraiment adaptés aux familles.

J'ai fait signe à Xavier de me montrer le chemin et il se peut que j'aie fixé ses fesses en le suivant jusqu'à l'autre salle de cinéma.

—Wouah, ai-je murmuré. Celle-ci criait clairement « adulte ». Des couleurs riches sur les murs au canapé bas dans le coin.

—Nous voulions une ambiance différente ici. L'autre salle était amusante et originale, mais celle-ci est sophistiquée et élégante. Du moins, c'est ce que Geneviève me dit.

—C'est vraiment le cas. Je me suis approchée et j'ai passé ma main le long de la moquette à poils courts qui recouvrait les murs. Elle était montée en bandes horizontales qui guidaient mon regard autour de l'espace. Les lumières d'ambiance étaient suffisamment vives pour voir à quel point cette salle était immense comparée à l'autre. Les appliques assorties étaient toutes noires avec des abat-jour ambrés, donnant une lueur séduisante à chaque recoin.

—Nous allons servir de l'alcool ici, uniquement autorisé dans cette salle. Les gens devront aller au comptoir pour commander, pas de service à la place, mais ce sera une option. Les sièges ici seront décontractés mais surélevés. Pas d'options de sièges au sol. Quelques tables hautes, des canapés, tout ce qu'on pourra trouver.

—Tu n'as pas encore tout choisi ? ai-je demandé.

Xavier a secoué la tête. —Nous examinons les options. Nous ne voulons pas que tout soit identique, mais tous les canapés resteront dans ce thème de couleurs vin, gris et noir.

—Tu sais que ce sont les couleurs du lycée de L'anse MacKellar ?

Xavier a acquiescé. —Oui, je le savais. C'est pour ça que nous les avons choisies.

—Bonne idée.

—Je trouve aussi. Il s'est approché de moi. —Alors, qu'en penses-tu ?

Je me suis dirigée vers le canapé et me suis assise. J'ai passé ma main sur le coussin ferme, le tissu doux sous ma paume. J'ai regardé le mur où serait l'écran, imaginant un film projeté juste pour nous.

Xavier s'est assis sur le canapé à côté de moi. Il n'a rien dit pendant que je réfléchissais à mes mots.

—Ça me plaît de plus en plus. Je pense que ça va être un énorme succès.

—Vraiment ?

J'ai acquiescé. —Oui. C'est différent, mais d'une bonne façon. C'est spécial. Il n'y a rien de comparable dans les environs. Je pense que c'est intelligent d'avoir des salles conçues différemment et d'en faire une plus adaptée aux enfants. Ça va être un énorme succès auprès des parents. Et celle-ci va être vraiment relaxante pour les adultes.

—C'est exactement ce qu'on recherchait. Il a tendu le bras pour prendre ma main. —Merci d'être venue ce soir. Je voulais vraiment avoir un autre avis, mais je ne voulais pas en parler à Trent. C'est son argent, mais il me répète qu'il me fait confiance pour prendre les bonnes décisions.

—Tu as vraiment pris les bonnes décisions. Ce sera agréable d'avoir un endroit où aller le soir sans avoir à quitter la ville.

—Bien. Et peut-être que je pourrai t'inviter ici pour un rendez-vous un jour.

—Peut-être, ai-je dit.

Il s'est penché plus près et a relevé mon menton. Ses lèvres ont effleuré les miennes, l'ombre d'un baiser qui était tellement plus. Il a rapproché son corps et a glissé sa main sur ma hanche. Il s'est avancé pour un autre baiser, sa langue s'élançant pour goûter la mienne alors que j'ouvrais la bouche pour lui.

Mes mains ont enlacé son cou, l'attirant plus près. Il n'a pas hésité à combler la distance entre nous. Sa main a serré ma hanche.

J'étais si absorbée par notre baiser que je n'ai pas fait attention à ce qu'il faisait d'autre jusqu'à ce que ses doigts effleurent le côté extérieur de ma poitrine. J'ai reculé, stupéfaite de découvrir sa main entière qui enveloppait mon sein.

Il s'est figé. Il m'a fixée, les sourcils froncés de confusion.

J'ai bondi du canapé et j'ai marché de l'autre côté de la salle.

Merde. Merde, merde, merde.

Je n'avais pas prévu que les choses aillent aussi loin. Qu'il me touche. Qu'il les touche.

Cela faisait presque un an depuis ma double mastectomie, et à part mon médecin, j'étais la seule à les avoir touchés. Le médecin avait dit que ce serait peut-être inconfortable ou différent, que je pourrais avoir une sensibilité accrue ou aucune, mais jusqu'à ce moment, je n'y avais pas pensé.

Jusqu'à ce que Xavier prenne mon sein et que je ne le

sente pas, je me disais que la sensation reviendrait. Mais ce n'était pas le cas.

—Est-ce que ça va ? a-t-il demandé avec hésitation. Il était toujours sur le canapé, m'observant pendant que je vivais ma mini-crise de panique.

—Mes seins sont faux, ai-je lâché.

—Pardon ?

J'ai pris une profonde inspiration et l'ai relâchée lentement. —Ma mère est morte d'un cancer du sein. Le médecin a dit que si j'avais le gène, j'avais de fortes chances de subir le même sort. J'ai fait le test. J'ai le gène, alors j'ai pris la décision l'année dernière de subir une double mastectomie préventive. Il n'y avait aucun signe de cancer, mais je ne voulais pas attendre qu'il y en ait. Mais pour continuer à me sentir moi-même, j'ai choisi de me faire poser des implants.

—D'accord. Xavier s'est levé du canapé et a commencé à marcher vers moi.

—Je n'ai rien senti quand tu m'as touchée. Rien du tout.

—Oh.

—Je comprends si tu ne veux pas continuer ou si tu préfères prendre du recul. C'est bizarre et je ne me sens plus vraiment moi-même parce que je ne suis pas...entièrement, et-

—Karissa, dit-il fermement. Ses mains ont saisi mes biceps, me retenant jusqu'à ce que je lève les yeux vers lui.

—Oui ?

—Tu as pris une décision qui t'a probablement sauvé la vie. Un choix qui t'a permis d'avoir une vie. Il n'y a aucune raison d'avoir honte ou d'être contrariée par ça. Et quel genre d'homme serait contrarié que tu aies fait ça ?

J'ai haussé les épaules. —C'est juste que je n'ai pas...euh, tu sais, depuis, et je n'étais pas sûre, et puis je n'ai rien ressenti et je, je ne sais pas.

—On peut prendre notre temps. On n'est pas obligés de

faire quoi que ce soit. Et si tu ne te sens pas à l'aise avec quelque chose, on s'arrête.

—C'est juste qu'avant je...

—Je sais, a-t-il dit.

—Et maintenant...

—C'est normal. Il y a plein de façons amusantes de te taquiner et de te préparer à l'orgasme en dehors de jouer avec tes seins. Et je serai ravi de les explorer toutes. Quand tu seras prête.

Il m'a attirée dans ses bras, et j'ai ri contre sa poitrine. J'ai pris une profonde inspiration, me sentant comme si un énorme poids avait été retiré de mes épaules.

Je ne savais pas comment nous allions réagir quand nous en arriverions à ce point, mais c'était moins dramatique que ce que j'imaginais. Il ne prenait pas ses jambes à son cou, et même si c'était décevant que je ne puisse rien ressentir, j'allais bien m'amuser à découvrir de nouveaux endroits où je pourrais tout ressentir. Avec Xavier.

## XAVIER

— Qu'est-ce que tu fais ? demanda Genevieve juste derrière moi.

Je fermai brusquement l'ordinateur portable, mais évidemment pas avant qu'elle n'ait vu ce qui était sur mon écran.

— Tu achètes une maison ? Je croyais que tu vivais chez M. MacKellar. Qu'est-ce qui se passe ?

Je me tournai vers elle, riant jusqu'à ce que je voie la terreur dans ses yeux. — Hé, calme-toi.

— Me calmer ? Tu ne sais pas qu'il ne faut jamais dire à quelqu'un qui panique de se calmer ? Ça n'aide en rien. Qu'est-ce qui se passe, bordel ? Je vais perdre mon travail ?

— Genevieve, tout va bien. Je te le promets. Pourquoi tu t'affoles ?

— Parce que je suis enceinte, lâcha-t-elle avant d'éclater en sanglots.

Il me fallut un peu plus de temps que nécessaire pour que ses mots s'imprègnent et fassent leur chemin jusqu'à mon cerveau, et pour que mon cerveau réagisse vraiment. Quand ce fut enfin le cas, j'attirai mon assistante en pleurs dans mes bras et la serrai jusqu'à ce qu'elle arrête de sangloter sur nous deux.

Elle recula et renifla, puis redressa les épaules et me regarda. — Je suis désolée. Je ne voulais pas le lâcher comme ça.

— Ce n'est pas grave. Je te promets. Comment tu te sens ?

— Comme si un train m'avait percutée.

Je ris doucement, et elle réussit à esquisser un petit sourire. — Tu en es à combien de semaines ?

— Presque treize semaines. On n'est pas censés le dire à qui que ce soit pour l'instant. C'est sorti tout seul.

— Ce n'est pas grave. Je ne dirai rien à personne.

—Ouais, mais tu es mon patron. Et on approche de la fin de ce projet, et si les choses ne marchent pas, et que tu ne peux pas te permettre de me payer, et que-

—Geneviève, assieds-toi, lui dis-je, en désignant la chaise que je venais de quitter. Tu ne vas pas perdre ton emploi. Trent a approuvé que tu restes avec ton salaire actuel et des évaluations trimestrielles pour parler d'augmentations. Tu n'as pas à t'inquiéter.

—Alors pourquoi regardes-tu des maisons à vendre ? Est-ce qu'il te licencie ? Je ne pense pas pouvoir faire ça toute seule. Surtout pas quand je suis enceinte. Et j'aime travailler pour toi.

—Je ne vais nulle part, dis-je calmement, prenant soin d'éviter à nouveau sa question.

—Tu es sûr ? Vous vous êtes disputés ? Est-ce qu'il te met à la porte ? On peut faire boycotter le théâtre. Non, attends, ça voudrait dire qu'on perdrait nos emplois. Merde. Qu'est-ce que tu veux que je fasse ?

—Ton travail, Geneviève. C'est tout. Il n'y a aucun problème entre Trent et moi. Il ne me licencie pas, ne ferme pas le théâtre, rien de tout ça. Tu n'as vraiment pas à t'inquiéter.

—Alors pourquoi regardes-tu des maisons ? Tu déménages ?

—Non.

Elle arrêta son bavardage nerveux et me fixa du regard, réalisant enfin que j'avais esquivé sa question depuis le début. Elle croisa les bras sur sa poitrine et me regarda avec cette expression que tous les enfants redoutent de leur mère.

Et j'ai craqué.

—J'ai besoin de pouvoir tenir sur mes propres jambes. Je n'ai pas eu mon propre logement depuis une éternité. À l'université, j'avais des colocataires. Après l'université, j'ai vécu seul pendant un petit moment, mais c'était vraiment juste pendant un an environ. J'ai emménagé avec la mère de McJenna peu après qu'on ait commencé à sortir ensemble parce qu'elle est tombée enceinte. Et après son départ, j'ai emménagé avec Trent. Il paie tout depuis longtemps, et même s'il m'assure que ça ne le dérange pas, moi si.

Geneviève garda le silence pendant une longue minute. Je te respecte beaucoup pour ça. La plupart des gens se contenteraient de laisser quelqu'un d'autre gérer les choses.

J'ai haussé les épaules. J'ai essayé pendant des années de déménager, mais chaque fois que j'abordais le sujet, il se contrariait. Nous avons été une famille tous les trois pendant toute la vie de J. Mais maintenant...

—M. MacKellar a sa propre famille, et vous avez l'impression que la vôtre doit lui laisser de l'espace.

J'ai ouvert la bouche pour la contredire, mais il n'y avait rien à dire. Elle avait parfaitement raison. J'ai hoché la tête.

— Montre-moi la maison.

J'ai secoué la tête tandis qu'elle saisissait l'ordinateur et l'ouvrait.

— Entre ton mot de passe et laisse-moi voir. J'étais agent immobilier avant. Je peux te révéler les astuces pour savoir quelles maisons valent vraiment la peine d'être visitées.

J'ai tapé mon mot de passe pendant qu'elle parlait, et elle a fait pivoter l'ordinateur vers elle. Elle a regardé la maison que j'étais en train d'examiner, celle avec les hauts plafonds et le grand jardin.

— Celle-ci est pas mal. Elle est ancienne, mais beaucoup de maisons le sont par ici. Elle semble être en bon état. Mais c'est un peu loin du centre-ville. Ce ne serait pas vraiment accessible à pied pour McJenna. Je suppose que tu veux quelque chose de plus proche pour qu'elle puisse aller en ville à pied et retrouver ses amis, non ?

J'ai acquiescé. — Idéalement, oui. Mais je ne suis pas sûr de pouvoir me permettre ce genre de maison.

— Je vais te trouver quelque chose. Elle a tapé sur les touches et fait une nouvelle recherche. Elle a fait défiler des photos de maisons jusqu'à ce qu'elle en trouve une qui lui plaise et a ouvert l'annonce. — Que penses-tu de celle-ci ? Deux chambres, deux salles de bains. Une cuisine correcte. Un grand salon. Le jardin est sympa et possède déjà une terrasse et une clôture. Ces planchers sont incroyables. Elle est super mignonne. Qu'en penses-tu ?

Elle a poussé l'ordinateur vers moi, mais je savais déjà que ça n'allait pas fonctionner. Il n'y avait que deux chambres, ce qui signifiait qu'il n'y avait pas de place pour le bureau de Karissa.

Pire encore que de laisser Genevieve découvrir que je regardais des maisons à acheter, c'était qu'elle découvre que je prévoyais d'y installer Karissa avec nous sans que Karissa le sache d'abord.

— Euh, oui, elle est super. Elle a l'air bien.

— Mais elle ne te plaît pas. D'accord, je vais continuer à chercher.

J'ai essayé de lui dire qu'elle n'était pas obligée, mais elle m'a ignoré et a continué, me montrant annonce après annonce de maisons qui n'étaient tout simplement pas assez grandes.

— Qu'est-ce qui ne va pas ? Tu n'en aimes aucune. Es-tu sûr de vouloir déménager ?

— Je pensais juste qu'on pourrait avoir besoin de plus d'espace. Une troisième chambre ne serait pas une mauvaise idée.

— Ce sera plus cher, et à moins qu'il n'y ait un réel besoin, je pense que cela dépassera ton budget. McJenna termine ses études dans trois ans. Pourquoi aurais-tu besoin d'une troisième chambre ?

Merde. Je savais que ce serait difficile à expliquer, mais je ne m'attendais pas à ce qu'elle me pose directement la question. — Euh, je pensais juste que ce serait bien d'avoir un bureau à domicile ou un espace de fitness ou quelque chose comme ça. Un peu d'espace supplémentaire.

— Mais en as-tu vraiment besoin ? Cette dernière maison a un très grand salon où tu peux parfaitement installer un bureau dans un coin. Ou un équipement de gym. Tu peux aussi t'inscrire à une salle de sport ici. C'est assez abordable. Teddy est membre si tu veux y aller avec lui un jour.

— Merci.

— Alors, cette maison ?

J'ai regardé les photos à nouveau et j'ai hoché la tête. — J'y réfléchirai, ai-je menti.

Elle était douée. Elle a plissé les yeux et m'a fixé jusqu'à ce que je commence à me dandiner et à me sentir incroyablement mal à l'aise. — Il y a autre chose. Tu pars vraiment ? Tu lances une nouvelle entreprise ? Tu vas avoir un enfant ? Tu te maries ? Elle a fait une pause. Ses yeux se sont écarquillés, et elle m'a regardé. — C'est ça, n'est-ce pas ? Tu prévois que quelqu'un d'autre vive avec toi. De qui s'agit-il ?

— Il n'y a personne.

— Vraiment ? Ce n'est pas Karissa Thomas ?

Mes joues ont chauffé sous son regard attentif, et un sourire a étiré ses lèvres jusqu'à ce qu'elle puisse passer pour le Chat du Cheshire.

— Vraiment ? Je ne savais pas que c'était si sérieux entre vous deux. Ça ne fait que trois rendez-vous.

— Comment sais-tu ça ?

Genevieve a haussé les épaules comme si c'était de notoriété publique. — Petite ville, patron. Votre premier rendez-vous était à A-Bay. Intelligent. Le deuxième, c'était quand tu l'as amenée ici le week-end dernier. Et le troisième, c'était hier soir quand vous vous êtes retrouvés pour dîner chez O'Kelley.

— Tu es sérieuse ?

Genevieve haussa les épaules à nouveau. —Tout le monde est au courant. Karissa est adorée ici. Sa mère était une figure incontournable. Mme Georgia était aimable avec tout le monde et appréciée de tous. Elle avait une façon de te faire parler et de savoir exactement ce dont tu avais besoin. C'est elle qui a mis Teddy et moi ensemble. Je n'aurais jamais pensé deux fois à lui. Je ne suis pas le genre de fille qui travaille de ses mains, mais Mme Georgia m'a dit que c'était un homme bien et qu'il fallait commencer par une conversation. J'ai réalisé qu'il était drôle, gentil et intelligent, toutes les qualités que je recherchais chez quelqu'un. Après cette première conversation, c'était comme si nous avions toujours été ensemble et je ne pouvais plus imaginer ma vie sans lui.

—Elle avait l'air d'être quelqu'un de spécial. Je regrettais de n'avoir jamais connu Mme Georgia. Si j'étais revenu à L'anse MacKellar avec Karissa après l'université, je l'aurais connue, mais je n'avais pas fait ce choix.

—Elle était très spéciale. Et Karissa l'est aussi. Si tu gâches tout avec elle et que tu lui brises le cœur encore une fois, tu seras chassé de la ville. J'espère que tu en es conscient.

J'ai ri doucement, mais l'expression sur le visage de Genevieve montrait qu'elle ne plaisantait pas.

—Les gens ici protègent les leurs. Elle est l'une des nôtres, pas toi, pas encore. Je t'adore, mais tout le monde ne te connaît pas aussi bien que moi.

—Je ne veux pas que les gens me choisissent plutôt que Karissa. Mais je ne veux pas non plus tout gâcher avec elle.

—Bien, dit Genevieve. —Alors peut-être que tu devrais lui parler d'une maison avant d'en acheter une pour vous trois.

J'ai souri. —Probablement une bonne idée.

Deux jours plus tard, je cherchais encore le courage de parler à Karissa d'une maison. Nous n'en étions pas encore là. Pas du tout. Et je le savais. C'est pourquoi je n'envisageais même pas de lui en parler, même si j'envisageais d'acheter une maison.

J'étais en train de parcourir d'autres annonces quand la porte d'entrée du théâtre s'est ouverte. J'ai fermé l'ordinateur portable avant que quelqu'un d'autre ne me surprenne et j'ai levé les yeux.

Knox Randall se tenait juste à l'intérieur de la porte et regardait autour de lui le vaste espace ouvert avec un sourire. —Purée. Cet endroit a l'air incroyable.

—Merci, lui ai-je dit en m'approchant pour lui serrer la main. —Tu veux une visite guidée ?

—Bien sûr ! Vous ouvrez dans trois semaines, c'est ça ?

J'ai hoché la tête. —Nous étions censés ouvrir la semaine prochaine, avant la fête du Travail, mais c'était simplement trop.

Tout prenait forme. L'équipe de David avait travaillé dur pour terminer tous les projets que nous leur avions confiés.

Ils étaient passés à un autre chantier, ce qui était une bonne nouvelle car cela signifiait que la majorité des travaux était terminée.

—Le hall a l'air bien, dit Knox. Il s'approcha du panneau d'affichage local. —À quoi ça sert ?

—Pour tous les événements locaux. Nous allons afficher des prospectus sur les activités du coin et tout ce qui mérite d'être célébré. Le lycée qui gagne quelque chose, quelqu'un qui obtient une grande bourse, peu importe. C'était le projet dans lequel Geneviève m'a embarqué il y a quelques semaines.

Knox a acquiescé. —J'aime bien. Ça fait participer la communauté. Tu vas utiliser ça comme stand de confiseries ?

—Certainement pas. Nous avons commandé une nouvelle installation. Elle devrait être livrée dans deux semaines. L'ancien stand de confiseries que Geneviève et moi utilisions comme bureau était bancal et sale. La vitre d'une partie avait été brisée il y a longtemps. Nous avions envisagé de l'arracher dès le premier jour, mais nous avions besoin d'espace pour planifier et nous ne voulions pas apporter une table que nous jetterions éventuellement.

—Sympa. Quels aliments allez-vous vendre ?

—Nous sommes en train d'obtenir une licence pour vendre de l'alcool. Elle devrait arriver à temps. Geneviève a contacté quelques restaurants locaux pour fournir des commandes de nourriture. Nous avons parlé de vendre de la nourriture ici, mais nous avons décidé qu'il serait préférable de soutenir d'autres commerces, donc nous essayons de les convaincre d'accepter les commandes via notre site et de tout livrer en une seule fois puisque les horaires des films sont fixés. Nous allons aussi proposer des snacks, des bonbons et du popcorn, mais nous voulions offrir une expérience de dîner-spectacle pour les clients.

—C'est différent. Ce sera un bon endroit pour un rendez-vous.

—C'est ce que nous espérons. Je me suis dirigé vers la salle pour adultes. —Voici l'une de nos salles. Nous attendons encore une partie des sièges, mais c'est ici que nous projetterons les films classés PG-13 et au-dessus.

—Pas d'enfants ?

—Nous avons une autre salle qui sera adaptée aux familles.

—C'est un endroit bizarre. Ils font les choses différemment en ville.

J'ai ri doucement. —C'était en fait l'idée de Geneviève. Je trouve que c'est brillant.

—Des tables et des chaises ? demanda Knox lorsque nous entrâmes dans la salle de cinéma.

Les lumières de la salle étaient allumées, rendant le cinéma plus lumineux qu'il ne le serait pendant une séance ou avant et après. Toutes les lumières ne seraient allumées qu'à la fin de la soirée pour le nettoyage. Mais cela donnait à Knox une bonne vue d'ensemble de la salle.

—Tiens. Ce n'est pas ce à quoi je m'attendais. Donc, je commande mon dîner en ligne, dans un restaurant local, et il sera livré ici, et je pourrai m'asseoir et manger mes côtes levées ou mon steak tout en regardant un film avec ma copine. À une table ou sur un canapé ou peu importe ?

—Exactement.

—Je crois que ça me plaît. C'est unique.

—Nous aurions dû faire des rénovations majeures pour transformer le cinéma comme les grands. Nous n'avons pas l'espace vertical pour des sièges en gradins, mais cela nous a donné la possibilité d'offrir un type d'expérience différent. Nous avons des tables hautes à l'arrière pour que les gens soient un peu plus élevés et puissent toujours voir l'écran. Le milieu est composé de tables standard. À l'avant se trouvent les sièges plus bas. Cela donne l'illusion de gradins sans réellement modifier l'élévation.

—Intelligent. Une question.

—Oui ?

—Où est votre écran ?

J'ai ri. —Je savais qu'on avait oublié quelque chose.

Knox a haussé un sourcil vers moi.

—Ils sont en commande. Le délai de livraison était long, mais ils devraient être là la semaine de notre ouverture. Geneviève est en contact avec l'entreprise chaque semaine, et ils continuent de dire que tout est dans les temps, alors on croise les doigts.

—Je connais ça.

J'ai hoché la tête. —Tu veux voir l'autre ?

—Ouais, pourquoi pas ? C'est peut-être la seule fois où j'y mettrai les pieds.

—Pas d'enfants pour toi ? ai-je demandé alors que nous allions dans la salle d'à côté.

—Bah, on verra. Pour l'instant, ça ne semble pas en prendre le chemin.

—On ne sait jamais, lui ai-je dit. Je n'avais certainement pas prévu d'avoir un enfant quand c'est arrivé, mais je comprenais la déception qu'on ressent quand on veut quelque chose et que ça ne se produit pas. Trent a vécu avec ça pendant des années avant de rencontrer Finley. Moi aussi, après avoir quitté Karissa.

Knox a éclaté de rire quand nous sommes entrés dans la salle familiale. Des tables hautes étaient installées au fond avec des chaises hautes et des supports pour sièges auto destinés aux adultes qui avaient besoin d'un endroit où installer leurs enfants. Comme dans l'autre salle, venaient ensuite des tables de hauteur standard et des canapés, toujours avec des chaises hautes et des supports pour sièges auto. Des poufs, des canapés bas et des futons se trouvaient à l'avant. Tous les sièges étaient faciles à nettoyer et de couleurs vives pour plaire aux familles.

—C'est cool. J'aime bien. Je peux venir ici ?

—Bien sûr. Nous voulions que les familles soient à l'aise, mais ça ne veut pas dire que les adultes ne peuvent pas être ici aussi.

—C'est branché. Je comprends un peu mieux la vision maintenant. Et si vous faites livrer de la nourriture, c'est facile pour les parents de profiter d'une soirée. C'est plutôt génial.

—Je suis d'accord.

Knox a déambulé dans la salle pendant quelques minutes de plus, puis est retourné dans le hall d'entrée. —Vouliez-vous des panneaux pour les salles ? Quelque chose pour que les gens sachent où aller ?

—Je n'y avais jamais pensé, mais ce n'est pas une mauvaise idée. J'ai fermé les portes pour qu'il puisse voir l'extérieur. —Nous avons essayé de faire en sorte que les portes soient difficiles à confondre, mais quand elles sont ouvertes, ce n'est pas si facile de distinguer quelle salle est laquelle.

—Je pourrais créer quelque chose rapidement, si tu veux. Sans frais.

—Non, nous te paierons. J'aime bien l'idée. Tu as apporté l'enseigne pour l'extérieur ?

—Ouais, elle est dans le camion. Je voulais te la montrer, mais je reviendrai demain pour la mettre en place, si ça te va.

—Ce sera parfait. Allons voir ça.

J'ai suivi Knox dehors et j'ai été époustouflé par l'enseigne qu'il avait créée. MacKellar Theater était écrit en grosses lettres découpées dans une épaisse plaque de bois. Les lettres étaient bordées de blanc avec un écran de maille fine derrière les ouvertures.

—Ça a l'air génial, ai-je dit à Knox.

— Merci. Le treillis cache les ampoules quand c'est

allumé. Il y a une planche entre les deux côtés pour qu'on ne voie pas les deux en même temps. Comme ça, quelle que soit la direction d'où les gens arrivent en voiture, ils verront les mots.

— C'est génial. Je n'y aurais jamais pensé.

Knox hocha la tête, n'acceptant pas les éloges qu'il méritait.

— C'est incroyable. Je peux prendre une photo pour Trent ?

— Ouais, mec, bien sûr. Tout ce que tu veux. S'il veut quelque chose de différent, je peux le faire.

J'ai secoué la tête tout en tapant rapidement un message à Trent. — Non, c'est parfait. Il va adorer. J'ai remis mon téléphone dans ma poche et me suis approché pour mieux voir. L'enseigne était inclinée à l'arrière du camion de Knox et dépassait au-dessus de la cabine. À mon avis, elle mesurait au moins deux mètres de long, peut-être plus, et un mètre vingt de haut. Les lettres étaient grandes et seraient faciles à lire de loin. C'était exactement ce que j'espérais obtenir.

Mon téléphone a vibré dans ma poche. J'ai lu le message de Trent et j'ai souri.

— Trent dit que c'est génial. Il l'apprécie vraiment et veut t'offrir une bière si tu es libre ce soir. On va chez O'Kelley's avec quelques autres gars du coin si tu peux nous rejoindre.

— Je ne veux pas vraiment laisser ça dehors, a dit Knox, en pointant l'enseigne. — Je ne veux pas risquer qu'elle soit endommagée.

— Je peux te suivre jusqu'au magasin, ou n'importe où tu laisses ton camion, et tu peux venir avec moi si tu veux. Je peux te ramener après.

Knox a haussé les épaules et hoché la tête. — Ça marche. Merci, mec.

— Pas de problème. Laisse-moi fermer ici et on peut y aller.

Knox a attendu pendant que j'éteignais toutes les lumières à l'intérieur et que je fermais l'endroit. Je l'ai suivi jusqu'à la quincaillerie. Il s'est garé dans un garage à l'arrière, puis est monté avec moi. Nous avons discuté de la ville et du théâtre jusqu'à notre arrivée chez O'Kelley's. Il était clair qu'il connaissait les autres gars dès que nous sommes entrés, quand ils l'ont accueilli dans le groupe plus chaleureusement qu'ils ne m'avaient jamais accueilli. Ça ne me dérangeait pas. Knox était l'un des leurs. Un local. Je devais gagner cette place.

— Alors, est-ce que c'est le moment où je peux te demander comment ça se passe avec Karissa ? a demandé Knox une fois que nous avions des bières devant nous. — Ou est-ce que les rumeurs sur votre réconciliation sont toutes fausses ?

Je me figeai, ma bière à mi-chemin de ma bouche, et regardai les hommes assis autour de moi. Aucun d'eux n'avait l'air content. Ce qui signifiait que je devais fournir quelques explications.

## 15

—Tu sors avec Karissa ? demanda Trent. — Pourquoi tu ne me l'as pas dit ?

—On essayait de rester discrets. On ne voulait pas avoir de pression, ai-je expliqué à mon meilleur ami. Il était clairement le dernier à être au courant, vu que les autres affichaient les mêmes expressions mécontentes, mais je supposais que c'était pour une raison bien différente.

—Ça fait des semaines qu'ils ont commencé à sortir ensemble, dit Hudson.

—Non, ils ont eu leur premier rendez-vous la semaine dernière, dit James.

—Tu es sûr ? Je pensais que ça faisait plus longtemps, ajouta Ian.

—Et si on laissait parler celui qui a réellement eu ces rendez-vous ? dit Sebastian, couvrant leurs voix.

Ils se sont tous tournés vers moi.

—D'accord, bon, nous avons eu notre premier rendez-vous la semaine dernière. On est allés dîner. Puis pendant le week-end, je lui ai montré le théâtre. Et en début de semaine, on a dîné ici. J'ai essayé de faire comme si ce n'était pas important, mais ça l'était pour moi. Je ne voulais pas avoir à me justifier devant eux, mais je ne voulais pas non plus qu'ils mettent fin à ma relation avant qu'elle n'ait eu une chance de démarrer.

Et j'avais le pressentiment qu'ils le pouvaient s'ils le voulaient.

—Vous êtes de nouveau ensemble ? demanda Trent.

J'ai observé les autres en réfléchissant à ce que je pouvais révéler. Si nous n'avions été que Trent et moi, je lui aurais tout raconté, mais ce n'était pas le cas. Il y avait aussi les amis de Karissa.

—Nous apprenons à nous connaître à nouveau. Nous essayons de voir si nous pouvons construire un avenir ensemble, ai-je dit.

—Tu as intérêt à ne pas lui faire de mal, menaça Rowan. Venant d'un policier, la menace était très réelle.

—Ce n'est pas mon intention. J'ai commis beaucoup d'erreurs dans le passé, mais venir m'installer ici est l'une des rares choses que j'ai faites qui n'était pas une erreur. Je veux qu'elle revienne dans ma vie. Pour de bon, ai-je avoué.

—Tu penses qu'elle veut ça aussi ? Elle's parle avec un type sur cette application qu'elle utilise. Elle semble vraiment l'apprécier, dit Hudson.

J'ai hoché la tête. —Je sais. C'est à moi qu'elle parle. On a été mis en contact sur l'application.

La plupart des gars ont ricané et se sont adossés à leurs sièges. Les autres ont levé les yeux au ciel.

—Qu'est-ce que ça veut dire ? a demandé Knox.

—Ça veut dire que c'est plié, a répondu Ian pour le groupe. —Nous avons tous été mis en relation avec nos femmes sur cette application. L'application de Karissa a une façon de connecter les personnes qui sont faites l'une pour l'autre. Si l'appli les a mis en contact, on ne va pas contredire ça.

—Sérieusement ? Vous avez tous été mis en relation avec vos femmes et petites amies sur cette application ? a demandé Knox.

Ian a hoché la tête. —Ouais. Pas tous au début, et pas toujours comme seule option, mais finalement, oui. On ne discute pas ces matchs. Surtout quand il y avait déjà une connexion.

—Pas possible, a dit Knox.

Tous ceux qui étaient en couple ont acquiescé.

—Bon sang. Je devrais peut-être m'inscrire à cette application. Knox a sorti son téléphone.

—À la Recherche du Héros Littéraire Parfait, lui a indiqué Ian. —Tu ne le regretteras pas.

Trent m'a donné un coup de coude. —Tu n'allais pas me parler de Karissa ?

J'ai haussé les épaules. —Je ne voulais pas porter malchance. Tout le monde semble tout savoir, et je ne veux pas qu'elle soit blessée. Je ne voulais pas non plus que quelqu'un lui dise ce qu'elle devrait ressentir ou penser à propos de notre relation. Je sais que notre passé est aussi public que notre présent.

—Karissa ne laissera personne lui dire quoi faire. Elle est trop intelligente pour ça. Tu devrais le savoir. Hudson m'a fusillé du regard.

—Je sais qu'elle l'est, mais je sais aussi que ce n'est pas toujours facile quand tout le monde a une opinion sur ce que tu devrais faire ou comment tu devrais te sentir. C'est une personne réservée, et elle ne veut pas que tout le monde se mêle de sa vie. Alors, on essaie de garder ça entre nous.

—Est-ce que Finley est au courant ? demanda Trent.

J'ai haussé les épaules. —Je n'ai parlé à personne. Je ne sais pas si Karissa l'a fait ou non. C'est à elle de décider.

—Mais tu t'impliques dans cette relation, n'est-ce pas ? demanda Trent.

J'ai acquiescé. —Oui. Elle est la seule avec qui je veux passer le reste de ma vie. Si ce n'est pas elle, ce ne sera personne, autant que je sache.

—Alors j'espère que ce sera elle.

—Moi aussi.

LA SEMAINE suivante était la dernière semaine complète de l'été. Ça avait passé vite. J'étais encore un peu déçu que le théâtre n'ouvre pas cette semaine-là, mais je savais que c'était pour le mieux. Il y avait beaucoup d'autres événements en ville pour le week-end férié à venir, et les touristes affluaient toujours dans la région. C'était plus calme que pendant la majeure partie de l'été, mais c'était encore animé.

J'ai pris mon lundi pour pouvoir passer du temps avec McJenna avant la rentrée. Elle attendait enfin la rentrée avec impatience depuis qu'elle avait rencontré Bianca et que celle-ci lui avait présenté d'autres élèves qui seraient dans son école. Elles avaient toutes reçu leurs emplois du temps et comparaient leurs classes. J avait le déjeuner avec Bianca, ce qui signifiait que je n'avais plus à m'inquiéter que ma fille reste assise seule à la cafétéria toute l'année.

—Qu'est-ce qu'on fait aujourd'hui ? demanda McJenna en descendant. Elle avait finalement accepté que je serais effectivement à la maison quand je disais que je prenais ma journée. C'était un changement agréable.

—Je pensais qu'on pourrait prendre le petit-déjeuner à la boulangerie Cove pour commencer la journée, puis faire peut-être quelques courses pour l'école. Des vêtements, des fournitures et tout ce dont tu as besoin. Cet après-midi, on doit retrouver Oncle Trent pour les essayages pour le mariage.

À ma grande surprise, elle a hoché la tête. Être vue en

public avec son père n'était plus un drame comme ça l'avait été autrefois. Vivre dans une petite ville où tout le monde connaissait la famille de tout le monde signifiait qu'il n'y avait aucune raison d'avoir honte de ses parents, apparemment.

Nous nous sommes préparés à partir et nous sommes dirigés vers la ville, rejoignant la longue file de personnes qui attendaient de découvrir quelle était la spécialité du jour de Valentina. Nous avons discuté avec les gens autour de nous, tous me posant des questions sur le théâtre et sa date d'ouverture.

—Dans deux semaines, jeudi, leur ai-je dit. —Ça laisse aux enfants un peu de temps pour reprendre l'école, et à l'été pour s'achever. On s'est dit que personne n'a envie d'être à l'intérieur quand le temps est aussi magnifique.

—J'ai entendu dire qu'il y a des tables, a dit un homme.

—Moi aussi, a approuvé une femme.

—C'est vrai, leur ai-je confirmé. —Nous voulions une expérience différente. Genevieve est très créative et intelligente, et c'est elle qui a eu l'idée. J'espère que vous viendrez tous voir ce qu'elle a fait de l'endroit.

—Pourquoi es-tu là si c'est elle qui fait tout le travail ? a demandé une autre femme.

—Nous travaillons ensemble. Je disais simplement que c'est elle qui a eu l'idée, ai-je expliqué.

Quelques personnes ont grommelé, mais je savais qu'une fois qu'ils verraient l'endroit, ils l'aimeraient autant que moi. Le théâtre était incroyable. Knox a installé l'enseigne vendredi, et elle était parfaite. L'éclairage fonctionnait à l'énergie solaire, donc les lumières s'allumaient automatiquement quand il commençait à faire sombre.

Genevieve travaillait sur les vitrines pendant mon absence. Elle a dit qu'elle voulait les faire sans personne autour pour pouvoir se concentrer. Comme elle allait être seule dans le théâtre, je lui ai fait promettre de donner des nouvelles soit à moi, soit à Teddy tout au long de la journée, de préférence aux deux. Elle a accepté et m'a dit que Teddy avait exigé la même chose.

McJenna et moi avons finalement atteint le début de la file et avons salué Mme Harriett.

—Qu'est-ce que vous prenez tous les deux aujourd'hui ? En plus de la spécialité, bien sûr, a demandé Harriett.

—Un croissant au chocolat pour moi, s'il vous plaît, a dit McJenna.

—J'en prendrai un aussi, lui ai-je dit. —Et deux bouteilles d'eau.

Harriett a encaissé notre commande et nous a tendu nos assiettes et nos bouteilles d'eau. Nous l'avons remerciée et avons cherché une table.

—Qu'est-ce que c'est ? a demandé McJenna lorsque nous nous sommes assis.

J'ai haussé les épaules en prenant la pâtisserie collante. Elle sentait la cannelle. —Peut-être un roulé à la cannelle ?

—Je n'ai jamais vu un roulé à la cannelle comme celui-ci, dit J.

Nous avons tous les deux mordu dedans et gémi de plaisir. Ça avait le goût d'un roulé à la cannelle, mais avec un extérieur croustillant, comme une gaufre. Le glaçage crémeux ajoutait une douceur qui contrebalançait le piquant de la cannelle. Dans l'ensemble, c'était tout simplement délicieux.

—C'est vraiment bon, dit J. —C'est peut-être mon préféré jusqu'à présent.

Nous étions allés à la boulangerie Cove à chaque occasion, et J y allait plus souvent sans moi. Elle s'extasiait sur tout, alors pour qu'elle dise que c'était son préféré, c'était un grand compliment.

—Tu devrais le dire à Mme Valentina. Je suis sûr qu'elle appréciera le commentaire, lui ai-je dit.

McJenna a hoché la tête et a fini son espèce de gaufre à la cannelle. C'était vraiment bon. Ensuite, nous avons attaqué nos croissants au chocolat. Nous avons terminé le petit-déjeuner et sommes partis rapidement car des gens attendaient pour avoir une table.

Nous avons flâné en ville pendant un moment, nous arrêtant dans tous les magasins pour voir ce qu'ils proposaient. Au moment où nous avons fini nos achats, ma carte de crédit pleurait et mes bras étaient douloureux d'avoir porté toutes les nouvelles affaires de J.

—On a acheté beaucoup de choses aujourd'hui, dit-elle tandis que nous chargions tout à l'arrière du véhicule. —Tu es sûr qu'on peut se permettre tout ça ? Si tu vas acheter une nouvelle maison, peut-être qu'on n'aurait pas dû tout acheter.

—Tout va bien, J. Je te le promets. Tu avais besoin de fournitures scolaires, et tu avais besoin de vêtements. Je n'achèterais rien si nous ne pouvions pas nous le permettre. Et l'achat d'une maison est quelque chose que nous déciderons quand le moment sera venu.

—Tu ne cherches pas ?

—Si, je cherche. Je suis simplement indécis sur ce qui a du sens en ce moment. Et avec le travail, je n'ai pas eu beaucoup de temps pour trouver quelque chose.

Elle n'a rien dit lorsque nous sommes montés dans la voiture et avons quitté la ville. Le magasin où Trent voulait aller pour un costume se trouvait dans une autre ville au sud de L'anse MacKellar. Nous avons roulé pendant quelques minutes avant que McJenna ne dise autre chose.

—Je ne pense pas qu'on devrait déménager avant le mariage.

—Ça prendra au moins ce temps-là. Même si on trouvait

quelque chose aujourd'hui, on ne pourrait pas emménager avant un ou deux mois.

—D'accord, c'est bien.

—Pourquoi ?

Elle haussa les épaules. —Je pense juste qu'on devrait s'assurer d'être là pour Oncle Trent et Tante Finley.

—Tante Finley ? ai-je demandé.

Elle haussa les épaules. —Elle m'a dit que je pouvais l'appeler comme ça.

—Bien, alors tu devrais le faire. On sera toujours là pour eux. Qu'est-ce qui se passe ?

McJenna haussa les épaules. —Je ne sais pas. J'ai juste l'impression qu'on les abandonne. Je veux dire, on devrait déménager, mais je pense qu'on doit d'abord en parler avec eux, et je ne veux pas leur annoncer ça juste avant le mariage, tu vois ?

J'ai acquiescé. —Je suis d'accord. C'est une bonne idée. On leur parlera après le mariage et on commencera à chercher une maison pour déménager dans l'année qui vient. Ça te va ?

—Oui, ça me va. Elle a fait une pause et a entrelacé ses doigts. —Euh, tu crois qu'Oncle Trent serait d'accord si j'invitais des amis un de ces jours ?

—Il a dit que ça ne le dérangeait pas. Je n'organiserais pas de grandes fêtes, mais je suis sûr qu'il sera d'accord pour quelques amis.

—D'accord, super. Bianca et moi parlions de faire quelque chose ce week-end, et j'ai mentionné qu'Oncle Trent préparait sa fête. J'espérais pouvoir l'y inviter.

—Je suis sûr que ça lui conviendra. Demandons-lui quand on entrera.

Elle a hoché la tête et détaché sa ceinture. Le magasin de vêtements formels était plus grand que je ne l'avais imaginé.

Nous sommes entrés, regardant les options tout en nous dirigeant vers le fond, où Trent parlait avec un autre homme.

—Merci, Enrique. Je pense que c'est parfait, a dit Trent.

—Salut, Oncle Trent, dit McJenna.

—Salut ! Comment s'est passée ta matinée ?

—Bien. On a acheté une tonne de trucs. Ce costume te va bien.

Trent sourit. —Merci. C'est le mien, mais je voulais de nouveaux accessoires. Quelque chose pour le rendre un peu différent de d'habitude pour le mariage.

—Tu ne portes pas un smoking ?

—Non. Je porte un smoking pour le travail. Les événements chics. Finley et moi voulions un mariage qui nous ressemble. Plus décontracté. On va quand même s'habiller élégamment, mais je porte ce costume parce que Finley l'adore. Mais ne lui dis pas, elle ne sait pas que je vais porter celui-ci.

—Euh, d'accord, dit McJenna.

Trent et moi avons ri doucement.

—Alors, vous êtes prêts à vous équiper ? nous demanda Trent.

—Nous deux ? demanda McJenna.

Trent hocha la tête. —Tu fais partie de mes témoins. Ton père est mon témoin principal, mais toi et Ian êtes mes autres témoins. Sauf si tu ne veux pas l'être.

—Si, je veux bien. Je veux participer à un mariage. C'est trop cool !

Nous avons ri de son enthousiasme.

—Voyons ce que nous avons pour vous deux. Robe ou costume ? demanda Enrique à J.

J regarda Trent et moi. J'ai haussé les épaules et pointé Trent du doigt. —C'est son mariage.

—On veut que tu sois à l'aise. Tu peux porter ce que tu

veux. Si tu préfères être en costume comme Ian et ton père, c'est super. Si tu préfères porter une robe, c'est bien aussi.

—Je pense qu'un costume serait amusant, dit J.

—Un costume, c'est décidé, dit Trent.

Enrique nous a montré plusieurs options de costumes, tous assortis à la couleur du costume bleu de Trent. McJenna a essayé les différents modèles jusqu'à ce qu'elle en trouve un qu'elle a qualifié de parfait. Il avait une taille ajustée et une chemise d'un blanc éclatant en dessous. Le nœud papillon qu'elle a ajouté était la touche finale parfaite.

—Il te va très bien, dit Trent. —Parfait.

McJenna rayonnait sous le compliment. Je me suis surpris à observer ma fille en me demandant combien de temps encore avant que je ne doive planifier son mariage. Tout allait trop vite, et notre conversation dans la voiture prouvait qu'elle grandissait encore plus rapidement que je ne l'avais réalisé.

Pendant que McJenna se changeait pour remettre ses vêtements habituels, Ian est arrivé. Trent et moi lui avons montré le costume que McJenna avait choisi avant qu'Ian et moi devions décider ce que nous allions porter.

—Tu veux qu'on soit assortis ? a demandé Ian.

—Tu connais ta sœur. Elle veut que tout le monde soit à l'aise, a dit Trent.

Ian a hoché la tête. —C'est vrai. Ce qui arrange bien ma femme, car Blake s'inquiétait de gâcher les photos de votre mariage en étant enceinte.

—Pas le moins du monde, a dit Trent. —Quelqu'un a-t-il eu des nouvelles de Hudson ?

—Hudson ? Pourquoi ?

—Il fait partie des témoins de Finley. Mais il a refusé catégoriquement de porter une robe ou d'y aller avec elle, alors je pensais qu'il venait ici.

—Je n'ai pas parlé avec lui, a dit Ian.

Avant que l'un d'entre eux ne puisse sortir son téléphone, Hudson a fait irruption par la porte d'entrée et s'est dirigé à grands pas vers l'arrière du magasin.

—Bon sang de bonne femme. Elle me rend dingue. Désolé pour le retard, a craché Hudson. Il a levé les yeux et s'est figé quand il a vu McJenna. —Et désolé pour les gros mots.

—Rien qu'elle n'ait entendu avant. Ou probablement dit, ai-je dit.

—Tout à fait, a confirmé J.

Hudson grogna et fit rouler sa tête pour soulager la tension dans son cou.

— Dure journée ? demanda Ian.

— Ouais. Hudson n'en dit pas plus, et personne n'insista.

J'avais l'impression que Hudson était quelqu'un qui ne s'énervait pas facilement, mais quand ça arrivait, c'était grave. Lui laisser de l'espace semblait être la meilleure chose à faire.

Enrique aida Ian, Hudson et moi à trouver des costumes pour le mariage. Nous avons chacun choisi des styles différents, mais tous de la même couleur pour être assortis. Avec le costume de Trent, ça allait avoir fière allure.

— Monsieur MacKellar ? dit Enrique, en faisant un signe de tête vers l'avant du magasin.

— Oh, certainement pas. Tu ne vas pas payer pour tout ça, protestai-je.

— C'est déjà fait, dit Trent. — C'est mon mariage. Finley et moi voulions payer autant que ses parents nous le permettraient. J'ai plus d'argent que George et J ne peuvent en dépenser en une vie. On peut bien se le permettre.

— Moi ? Pourquoi je dépenserais ton argent ? demanda J.

Je me figeai, me demandant la même chose.

Trent regarda autour de lui, réalisant qu'il avait admis quelque chose qu'il n'avait pas l'intention de révéler. — Merde. Je ne voulais pas que ça sonne comme ça.

— Comme quoi ? demandai-je.

Trent fit un pas vers moi et tendit la main vers J. Elle alla vers lui sans hésiter, le laissant l'attirer contre lui. — Tu es son père, et je ne veux jamais te remplacer. Je sais que tu es capable de t'occuper d'elle et de tout le reste, mais elle est aussi à moi. Tu es mon frère, et elle est comme ma fille. Alors, J est dans mon testament. Et j'ai mis en place un fonds de placement pour elle il y a des années, qu'elle recevra quand elle aura vingt-cinq ans. Tu en es l'exécuteur testamentaire. Et il y a un fonds pour ses études universitaires. George a la même chose, et nous allons faire pareil pour l'enfant de Blake et Ian, s'ils nous le permettent. Finley y tient vraiment.

Ian avait l'air aussi abasourdi que moi. McJenna semblait sur le point de pleurer. Hudson avait finalement laissé tomber sa mauvaise humeur. Il était le seul d'entre nous qui semblait capable de former une pensée cohérente.

— Je trouve ça vraiment admirable de ta part. Avoir ce genre d'argent, c'est incroyable, mais le partager avec les personnes que tu considères comme ta famille, c'est spécial. C'est génial.

— Merci, Oncle Trent, dit McJenna. — C'est vraiment gentil de ta part.

— Tu es ma gamine. Je suis avec toi depuis le début, et je ne vais pas t'abandonner maintenant. Trent la serra fort dans ses bras.

McJenna essuya les larmes de ses yeux et lui rendit son étreinte. — Merci.

— Trent, tu n'étais pas obligé de faire ça, dis-je.

— Je sais, mais j'ai toujours dit qu'elle était comme ma fille. Vous avez été ma première famille. La seule. Si j'avais pu créer un fonds de placement pour toi, je l'aurais fait. Ce qui est à moi est à toi, mon frère. Toujours.

J'ai hoché la tête et j'ai traversé la pièce pour serrer dans mes bras mon frère et ma fille. Nous nous sommes étreints tous les trois. Je ne savais pas ce que j'avais fait pour avoir la chance de l'avoir dans ma vie, mais j'en étais reconnaissant.

— Je savais que tu avais de l'argent, mais je ne savais pas que tu étais riche à ce point-là, dit Ian. — Mais je serai heureux de laisser ma fille profiter de ces avantages. C'est vraiment généreux de ta part.

Trent sourit et serra la main d'Ian. — Tu es aussi mon frère maintenant. Et toi aussi, Hudson. Si vous avez besoin de quoi que ce soit, faites-le-moi savoir. Je ne vais pas thésauriser mon argent comme si je n'allais pas en gagner davantage. C'est mieux de pouvoir le partager.

— Eh bien, tu peux payer pour mon costume, dit Hudson. — Je ne vais pas m'y opposer.

Tout le monde rit, y compris Enrique. McJenna me serra dans ses bras quand Trent s'éloigna pour s'occuper de l'addition.

Elle chuchota : — On doit vraiment lui parler après le mariage et avant de trouver une maison. Je ne veux pas qu'il pense qu'on l'abandonne.

— Moi non plus, ma puce. On s'assurera qu'il comprenne. Je te le promets.

## 16

KARISSA

—Je n'arrive pas à croire que tu te maries dans trois semaines, dit Blake. Elle s'essuya les yeux et plissa son visage, contemplant Finley dans sa robe de mariée.

—Je sais, acquiesça Finley. —C'est fou de penser qu'il y a un an, on ne s'était jamais rencontrés.

—Vous venez juste de rencontrer votre fiancéé? demanda Heather, la conseillère.

Finley avait besoin de retouches sur sa robe de mariée. Elle avait trouvé une robe qu'elle adorait absolument en stock, et le magasin avait accepté de la modifier à temps pour le mariage.

—Nous avons grandi dans la même ville, mais il est plus âgé que moi, donc nous ne nous connaissions pas. Nous nous sommes rencontrés sur l'application que ma magnifique amie ici présente a conçue. Cette année n'a pas été facile, mais finalement, nous avons réussi à nous comprendre. Notre fils a trois mois, expliqua Finley.

—Wow, répondit Heather avec un petit rire. —Oui, ça ressemble à une année difficile. Mais félicitations. Visiblement, vous étiez faits l'un pour l'autre.

—Ils sont parfaits, dis-je à Heather. —Et leur fils est parfait. C'est comme un conte de fées.

—Maintenant c'est le cas, dit Finley en riant. —Ça a vraiment été incertain pendant un moment et j'ai vraiment cru que j'allais être une mère célibataire.

—Wow. Eh bien, je suis heureuse que ça ait marché pour vous. Je voudrais une histoire d'amour comme celle-là. Heather ébouriffa les bords de la robe et épingla l'ourlet pour que Finley ne trébuche pas sur la robe qui était quelques centimètres trop longue.

—Vous devriez vous inscrire à À la Recherche du Héros Littéraire Parfait, lui dit Blake. —J'ai aussi rencontré mon mari là-bas.

—Vraiment?

—Ouais. Beaucoup de nos amis ont rencontré des gens sur l'application. C'est incroyable.

—Je devrai faire ça ce soir. Travailler ici et être célibataire n'est pas toujours facile, dit Heather.

—J'imagine, dis-je. —Je suis célibataire aussi. Et c'est moi qui ai créé ce truc.

—Tu n'es pas vraiment célibataire, dit Finley. —Tu sors avec Xavier.

J'ai haussé les épaules. Sortir avec quelqu'un était une chose, ne plus être célibataire en était une autre. Je n'étais pas sûre que les choses avaient suffisamment progressé pour me considérer comme non célibataire.

—Les choses ne se passent pas bien ? demanda Blake.

—Si, ça va bien. Mais c'est récent. On ne sort ensemble que depuis quelques semaines. Demain, c'est genre notre cinquième rendez-vous, dis-je.

—Ouais, mais ce n'est pas comme si vous commenciez tout juste à vous connaître, dit Finley.

—J'ai l'impression que si. Nous sommes différents de ce qu'on était à l'université. Je sais que j'ai changé.

—Tu trouveras la solution. Il semble complètement investi. Finley pivota sur l'estrade pour que Heather puisse épingler l'arrière de la robe. Elle sourit à son reflet dans le miroir, avec un regard rêveur.

—Cette robe est parfaite, lui dis-je, espérant qu'on pourrait revenir à parler de Finley et Trent et me laisser tranquille.

—Elle l'est vraiment, confirma Blake. —C'est incroyable. Et quelle chance d'avoir trouvé quelque chose de prêt-à-porter.

—J'avais peur de devoir porter quelque chose que je détesterais. Je ne sais pas comment j'ai pu avoir autant de chance. Finley passa sa main sur le corsage de la robe. Le col montant se fondait dans les manches courtes, donnant à la robe un aspect modeste de face. Le simple corsage en satin était élégant et magnifique, épousant sa poitrine avant de s'évaser à la taille. Le dos de la robe plongeait bas, des rubans s'entrecroisaient sur sa colonne vertébrale exposée. C'était un mélange parfait de sexy et de subtil qui personnifiait Finley de tant de façons.

—C'est parfait pour toi. Si tu n'avais rien trouvé, Trent aurait quand même trouvé une solution. Il veut que ce soit le plus beau jour de ta vie, dit Blake.

— Je sais. Je m'inquiète qu'il n'en fasse un peu trop. Finley plissa le nez.

— De quelle façon ? demandai-je.

— Il dépense sans réfléchir à deux fois. Ce n'est pas grave, mais parfois je pense qu'on pourrait se contenter de quelque chose de plus abordable. Je n'ai tout simplement pas l'habitude de dépenser, avoua Finley.

— Je ne vois rien de mal à ça. As-tu déjà signé ton contrat de mariage ? demanda Blake.

— Tu signes un contrat de mariage ? demandai-je.

Finley hocha la tête. — J'ai insisté pour en avoir un. Son

avocat l'a recommandé, puisque nous avons tous les deux nos entreprises. Même si la mienne n'est rien comparée à la sienne, c'est quand même une idée intelligente. Trent n'en voulait pas, il disait qu'on n'en avait pas besoin, mais j'ai répondu que dans ce cas, ce n'était pas un problème.

— Je crois que je serais en colère si quelqu'un voulait que je signe un contrat de mariage, avouai-je.

— Je l'aime, et je sais qu'il m'aime. Et le signer garantit qu'il n'aura jamais à s'inquiéter que je l'ai peut-être épousé pour son argent. Tu sais comment les choses ont toujours été pour lui. Je ne veux jamais qu'il s'inquiète. C'est le moins que je puisse faire, dit Finley.

— Comment vous sentez-vous dedans ? demanda Heather, interrompant notre conversation.

Finley se tourna dans tous les sens, regardant la robe dans le miroir. — Parfait.

— Bien. Heather sourit. — Comment est le corsage et la taille ?

— Je pense que c'est bien. Ce n'est pas serré, mais je n'ai pas non plus l'impression que je risque d'en sortir. La longueur était vraiment la seule chose qui m'inquiétait.

— Parfait alors. Je crois que nous pouvons vous sortir de là et vous remettre dans vos vêtements normaux. Nous devrions avoir terminé d'ici le week-end prochain si vous souhaitez programmer votre essayage final.

— Ça me semble bien, dit Finley, suivant Heather vers la cabine d'essayage. Leurs voix s'estompèrent au fur et à mesure qu'elles s'éloignaient.

— Tu ne signerais pas de contrat prénuptial ? me demanda Blake.

Je secouai la tête. — Ce n'est pas quelque chose que j'ai déjà envisagé. Et à part Trent, je ne connais personne avec autant d'argent que lui.

— Ian et moi en avons parlé, mais on n'y voyait pas vraiment l'intérêt. Mais je comprends pourquoi Finley l'a fait. Tu connaissais un peu Trent au lycée. Ça n'a pas été facile pour lui.

— Non, ça ne l'a pas été. Une partie de moi voit ça comme planifier l'échec de leur mariage. Je n'aimais pas cette idée. Je voulais que Finley soit heureuse.

— Je pense qu'elle voit ça comme planifier sa réussite, tout en sachant que des choses peuvent arriver. Ils ne se connaissent que depuis un an. Blake haussa les épaules comme si cela avait tout son sens.

— Je suppose que c'est vrai. Et si Finley est heureuse, je ne vais pas lui dire qu'elle a tort. S'ils ne divorcent jamais, ça n'aura aucune importance.

Blake acquiesça. Avant qu'elle ne puisse ajouter quoi que ce soit, la porte de la cabine d'essayage s'ouvrit et Finley nous rejoignit.

— Vous avez du temps pour déjeuner ? demanda Finley. — Anna surveille la boutique pour moi, et j'espérais qu'on pourrait manger un morceau.

— Ça me va, dis-je.

— Moi aussi, approuva Blake.

Nous avons trouvé une petite épicerie fine pas loin de la boutique. Nous avons commandé des sandwichs au comptoir, puis nous sommes installées à une table dans le coin au fond pour attendre notre nourriture.

— Comment va Eddie ? demanda Blake. — Je ne l'ai pas vu depuis un moment.

— Je déjeune avec lui demain. Il va bien. Il reste occupé.

— Bien. Dis-lui qu'il devrait passer au Cracked de temps en temps pour voir tout le monde. Ça fait trop longtemps. Blake but une gorgée de sa boisson.

— Je lui dirai. On devrait tous se retrouver un de ces jours.

— Il vient bien au mariage, n'est-ce pas ? demanda Finley.

— Il a dit qu'il venait. Combien de personnes avez-vous invitées ? demandai-je.

— Cinquante. Je pense que tout le monde vient. Ça va faire beaucoup de monde au domaine, mais ce sera amusant. Finley soupira d'un air heureux.

— Ce sera incroyable. On doit juste croiser les doigts pour avoir un temps clément afin de pouvoir profiter de la propriété, dit Blake.

Finley gémit. — Je sais ! C'est ce que je n'arrête pas de dire aussi. Trent insiste pour installer une énorme tente, au cas où.

— Ce n'est peut-être pas une mauvaise idée, dis-je.

— Oui, mais s'il ne pleut pas, j'aurai l'impression d'avoir gaspillé de l'argent, dit Finley.

— Fin, je crois que tu dois accepter que tu disposes maintenant d'une fortune ridicule. Tu es dans un monde différent de celui d'avant. Je ne te dis pas de jeter l'argent par les fenêtres, mais tu peux faire des choses qui te facilitent la vie. Combien peut coûter une tente ? Quelques milliers d'euros ? Blake nous regarda tour à tour.

J'acquiesçai d'un signe de tête, et Finley haussa les épaules.

— Ce n'est rien pour Trent. Ne te prends pas la tête avec ça, dit Blake.

— Il y a un an, je m'inquiétais de garder ma boutique ouverte. Je pensais devoir la fermer. Et maintenant, je dépense des milliers pour une tente dont je n'aurai peut-être même pas besoin. C'est un ajustement, dit Finley.

— C'est vrai, lui dis-je. — Mais ce n'est pas un mauvais ajustement. Commence petit. Dépense de l'argent pour quelque chose de modeste que tu te refuserais normalement. Peut-être acheter un café avant le travail tous les jours au lieu de le faire à la maison. Ou sortir manger plus d'une fois par semaine. T'acheter un nouveau téléphone. Quelque chose.

Finley semblait de plus en plus mal à l'aise avec chaque suggestion, mais elle hocha la tête. — J'essaierai.

— Bien, dis-je.

Notre nourriture est arrivée, et nous avons commencé à manger, appréciant les sandwichs autant que la conversation. Après le déjeuner, nous sommes retournées à L'anse MacKellar et à notre travail.

LE LENDEMAIN, je suis arrivée un peu en avance chez Eddie pour l'aider à préparer le déjeuner. J'ai frappé à la porte et je suis entrée. Il m'avait dit que depuis qu'il habitait avec maman, je devais toujours considérer leur maison comme la mienne. Ce qui signifiait que je n'avais pas à attendre dehors que quelqu'un vienne m'ouvrir.

—Salut ma belle, a lancé Eddie depuis la cuisine. Je suis par ici.

J'ai enlevé mes chaussures du bout du pied et les ai laissées à l'entrée avec mon sac. J'ai suivi les bruits et les odeurs de quelque chose de délicieux en préparation.

Eddie était devant la cuisinière, en train de remuer quelque chose quand je suis entrée. Il a regardé par-dessus son épaule et a souri. —Comment vas-tu ?

—Bien, ai-je dit en traversant la cuisine pour lui faire un câlin. Et toi ?

—Je tiens encore debout, a-t-il dit avec un petit rire.

Je me suis appuyée contre le comptoir à côté de lui et j'ai secoué la tête. —J'étais censée t'aider à cuisiner. Qu'est-ce que tu prépares ?

—Les spaghettis de ta mère. Je voulais commencer tôt pour que tout ait le temps de mijoter.

J'ai gémi. Les spaghettis de maman étaient incroyables. Simples, mais elle préparait ses propres boulettes de viande et sa sauce, et ajoutait des saucisses, du pepperoni et du bœuf haché à la sauce. C'était épicé, plein de saveurs et délicieux. Ça prenait aussi des heures à cuire, c'est pourquoi elle n'en faisait pas souvent.

—Tu aurais vraiment dû m'attendre. Ou me prévenir pour que je puisse arriver plus tôt.

Eddie a secoué la tête. —Tu es occupée, petite. Je ne vais pas perturber ta vie.

—Tu n'es pas une perturbation.

Il m'a souri.

—Blake et Finley ont demandé de tes nouvelles.

—Comment vont-ils ? Ça fait un moment que je ne les ai pas vus. Je ne sors plus autant qu'avant.

—Ils vont bien. Finley se prépare pour le mariage. Blake se prépare pour le bébé.

—Bien, bien. J'ai hâte de les voir. Dans trois semaines, c'est ça ?

—Oui. Finley faisait ajuster sa robe. On a déjeuné ensemble hier.

—Bien. C'est sympa. Comment vont-ils ?

J'ai regardé Eddie. —Tu viens de me demander ça. Est-ce que ça va ?

—Bien sûr. Pourquoi ça n'irait pas ?

Il ne s'est pas tourné pour me regarder, ce qui n'était pas grand-chose, mais quelque chose ne semblait pas normal.

—Eddie ? ai-je demandé, en reposant le morceau de pepperoni que j'avais volé sur le comptoir. —Ça va ?

—Ouais, bien sûr. Comment vas-tu ?

—Eddie ? Qu'est-ce qui ne va pas ? Mon cœur battait fort. Quelque chose n'allait pas. Il n'agissait pas comme d'habitude.

Il m'a regardée. Ses yeux étaient vitreux. Il a penché la tête sur le côté, comme s'il ne me voyait pas. —Quand es-tu arrivée ?

J'ai pris son bras et je l'ai guidé jusqu'à la table. Il ne m'a pas du tout résisté. Il tenait toujours la cuillère qu'il utilisait pour remuer la sauce.

—Assieds-toi ici une minute.

—Mais je dois finir de préparer le déjeuner. On allait déjeuner. Je ne voulais pas te déranger puisque tu es si occupée.

—Je ne suis jamais trop occupée pour toi, lui ai-je dit. La culpabilité me déchirait. C'était le seul parent qu'il me restait, et il pensait que j'étais trop occupée pour être là pour lui.

J'ai éteint la cuisinière, en m'assurant que les brûleurs étaient bien coupés. J'ai fait de même avec le four, malgré les protestations d'Eddie. Je lui ai pris la cuillère et j'ai remué la sauce, puis je suis allée à l'avant de la maison pour récupérer mon téléphone.

J'étais déjà en train d'appeler les urgences quand je suis revenue à la cuisine.

Eddie était retourné à la cuisinière et remuait la sauce.

—Services d'urgence. Quelle est votre urgence ?

—Mon beau-père a besoin d'aide.

—D'accord, que se passe-t-il ?

—Je ne suis pas vraiment sûre. Ses yeux sont dans le vague, et il semble être en transe. Il se répète. Je ne sais pas ce qui se passe.

—Est-il cohérent ? Peut-il formuler des phrases complètes ?

—Oui, nous parlions. Il ne se souvient simplement pas de ce dont nous avons parlé.

—Y a-t-il une apparence de faiblesse ou de perte de fonction quelque part dans son corps ?

—Non, je ne pense pas. Il marche et essaie de préparer le déjeuner. Il s'est fâché contre moi quand j'ai éteint la cuisinière, mais maintenant il ne semble plus s'en souvenir.

—Tu as éteint la cuisinière ? a lancé Eddie.

—Oui, parce qu'on doit aller à l'hôpital, lui ai-je dit.

—Je n'ai pas besoin d'hôpital, a protesté Eddie.

—Madame, j'envoie quelqu'un pour faire un contrôle de son état. Si les ambulanciers pensent qu'il va bien, il pourra rester chez lui, mais nous les laisserons l'évaluer. Ils le transporteront probablement à l'hôpital St. Lawrence. Est-ce que cela vous convient ?

—Oui, c'est parfait. Merci.

—Souhaitez-vous que je reste en ligne avec vous jusqu'à leur arrivée ? Ils devraient être là dans moins de cinq minutes.

—Non, ça va. Merci. J'apprécie votre aide.

—De rien, madame. J'espère qu'il va bien.

—Merci.

J'ai raccroché et fixé le dos d'Eddie. Il remuait la sauce comme si rien d'étrange ne se passait.

J'ai vérifié que la cuisinière était éteinte, puis je suis allée à l'entrée pour ouvrir la porte et attendre les ambulanciers. Je regardais dehors quand l'ambulance est arrivée, suivie immédiatement par une voiture de police conduite par Rowan.

—Salut, Karissa, a dit Rowan en sortant. Tout va bien ?

—Mon beau-père agit bizarrement. Je ne sais pas ce qui se passe, mais il semble absent.

Rowan a hoché la tête. J'ai reculé pour le laisser entrer avec les ambulanciers. A-t-il fait des chutes récemment ?

—Pas que je sache. Je n'habite pas ici. Il vit seul.

Les ambulanciers sont passés devant moi vers la cuisine que je leur ai indiquée. Rowan est resté en retrait. Je ne le connaissais pas bien, mais Willow était devenue une personne complètement nouvelle après l'avoir rencontré et je savais qu'il était un homme bon et un bon policier.

—Pourquoi êtes-vous là ? lui ai-je demandé.

—C'est obligatoire qu'un policier se présente quand un appel est passé au neuf-un-un. J'étais le plus proche. Mais je suis content d'être là pour vous. Voulez-vous que j'appelle Willow ou quelqu'un d'autre ?

J'ai secoué la tête. Pas encore. Je veux savoir ce qui lui arrive. Je n'ai pas été présente autant que j'aurais dû l'être.

—Ne vous faites pas ça. Concentrons-nous d'abord sur son rétablissement et nous verrons ensuite.

Rowan m'a fait signe de le précéder jusqu'à la cuisine. Les ambulanciers avaient installé Eddie sur une chaise avec un masque à oxygène. Il a levé les yeux vers moi quand je suis entrée.

—Karissa, quand es-tu arrivée ? a-t-il demandé, son visage s'illuminant d'un sourire.

—À l'instant, lui ai-je répondu en forçant un sourire. Les ambulanciers m'ont regardée et j'ai secoué la tête. —Il y a vingt minutes.

L'ambulancière s'est accroupie devant Eddie et a agité une petite lampe devant lui. —Bonjour, Eddie. Je'm'appelle Danielle, et voici Rick. Pouvez-vous suivre cette lumière pour moi ?

Eddie a fixé la lumière.

—Réaction lente. Toujours altéré. Elle m'a regardée. — Savez-vous s'il'a bu ?

J'ai secoué la tête. —Non, mais j'en doute. Il n'a jamais été un grand buveur.

—Savez-vous s'il a mangé aujourd'hui ?

—Je n'en sais rien. Je n'habite pas ici. Je venais juste pour déjeuner.

—Il y a des ecchymoses sur son bras droit. On dirait des marques de perfusion. Savez-vous d'où elles viennent ? a demandé Rick.

—Quoi ? ai-je lâché. —Non. Je n'en ai aucune idée.

—Je pense que nous devrions l'emmener pour un examen. Juste pour nous assurer que tout va bien. Rick a regardé Danielle pour confirmation, et elle a acquiescé. —Connaissez-vous son médecin traitant ? m'a-t-il demandé.

—Oui, j'ai toutes les informations sur mon téléphone, lui ai-je dit.

—D'accord, parfait. Voulez-vous venir avec nous, ou préférez-vous nous retrouver là-bas ? m'a demandé Danielle tandis que Rick quittait la pièce.

—Je vous retrouverai là-bas pour avoir ma voiture, leur ai-je dit. Mes mains tremblaient en attrapant mon sac à main.

Rowan s'éloigna et sortit son téléphone.

Je fixais Eddie pendant que Danielle continuait à l'examiner. Il regardait autour de la pièce comme s'il ne savait pas où il était. Je ne pouvais pas perdre un autre parent. C'était impossible.

Rick revint et fit un signe de tête à Danielle.

— Bon, Eddie, dit Danielle. Nous allons faire un petit tour. Pensez-vous pouvoir nous accompagner jusqu'à la porte ?

Je me mis sur le côté avec Rowan pendant que Rick et Danielle aidaient Eddie à marcher jusqu'à la porte d'entrée. Rick le tenait fermement tout du long, tandis que Danielle marchait devant lui en lui tenant les mains.

Rowan et moi regardions pendant qu'ils l'aidaient à monter sur la civière juste devant la porte et le chargeaient dans l'ambulance. Ils nous firent signe et partirent.

— Vous voulez que je vous aide à nettoyer avant votre départ ? proposa Rowan.

Je secouai la tête, tout me semblait irréel. — Je ne sais pas. Ne devrais-je pas y aller maintenant ?

— Cela va leur prendre un peu de temps pour l'enregistrer. Vous pouvez prendre une minute. Ne serait-ce que pour vous asseoir et respirer un peu. Je peux vous accompagner si vous voulez. James et moi pourrons amener votre voiture à l'hôpital plus tard.

J'inspirai profondément et expirai lentement. — Je vais

bien. C'est une bonne idée de nettoyer.

Rowan me suivit à l'intérieur jusqu'à la cuisine. Nous travaillâmes silencieusement ensemble pour ranger la nourriture qu'Eddie avait sortie. J'en proposai à Rowan pour lui et Willow, mais il refusa.

— Vous aurez besoin de quelque chose à manger quand il rentrera.

— Pensez-vous qu'il va s'en sortir ? demandai-je, détestant combien ma voix tremblait.

Rowan acquiesça. — Ils n'étaient pas pressés. Ils l'ont laissé marcher. Si c'était grave, ils l'auraient fait sortir d'ici beaucoup plus rapidement et seraient partis en trombe avec les gyrophares et les sirènes.

Pour la première fois depuis que j'avais appelé l'ambulance, j'eus le sentiment que tout irait bien. — Merci, Rowan. Je n'y avais pas pensé. Merci.

— De rien. Finissons-en pour que tu puisses aller découvrir ce qui s'est passé.

J'ai hoché la tête, reconnaissant qu'il soit là pour m'aider. C'était bon de ne pas être seul.

## 17

Quand je suis arrivée aux urgences, Eddie était déjà installé dans une chambre et branché à plus de machines qu'il ne semblait raisonnable. Elles émettaient des bips, mais aucune alarme, ce que j'ai pris comme un bon signe. Eddie avait l'air de dormir, alors je me suis assise sur une chaise et je l'ai observé.

Une infirmière est entrée peu après mon arrivée et s'est présentée comme étant Bonnie.

—Comment va-t-il ? lui ai-je demandé.

—Jusqu'ici, tout va bien.

J'ai remarqué le bracelet « Risque de chute » à son poignet. —Pourquoi est-il considéré à risque de chute ?

—Il était instable à son arrivée. Les ambulanciers ont dit que sa démarche jusqu'à la porte de chez lui était irrégulière. Ça pourrait être dû à son âge, mais par précaution, nous avons mis ce bracelet. Cela signifie simplement qu'il n'est pas autorisé à se lever et à marcher sans surveillance.

—Savez-vous ce qui se passe déjà ?

Elle a secoué la tête. —Pas encore. Le médecin a prescrit des examens. Il n'y a aucun signe d'AVC, ce qui est bon signe.

Les ecchymoses sur son bras proviennent du cathétérisme cardiaque qu'il a subi lundi.

—Quoi ?

Bonnie m'a regardée avec un sourire bienveillant. —Il ne vous l'a pas dit ?

J'ai secoué la tête.

—Je suis désolée, ma belle. Les papas ne sont pas toujours doués pour admettre leur vulnérabilité. Ils sont censés être nos héros, et reconnaître qu'ils ne sont plus les mêmes que lorsque vous étiez enfant, c'est difficile.

—C'est mon beau-père. Lui et ma mère se sont mariés il y a quatre ans. Ma mère est morte d'un cancer du sein quelques mois plus tard.

—Et je ne changerais rien de tout ça, a dit doucement Eddie depuis son lit.

—Tu es réveillé, ai-je haleté en me tournant vers lui.

—Salut, petite. Qu'est-ce qui se passe ?

—Tu es à l'hôpital. Tu ne te sentais pas bien. Pourquoi tu ne m'as pas dit que quelque chose n'allait pas avec ton cœur ?

—Je ne voulais pas t'inquiéter.

—Eddie, je m'inquiéterai toujours pour toi.

—Tu es trop jeune pour devoir te soucier de moi. Je vais bien. Le médecin a dit que tout était bon. M'a donné de nouveaux médicaments.

—Quels nouveaux médicaments ? a demandé Bonnie.

—Je ne m'en souviens pas. Tout devrait être noté quelque part dans un dossier.

Bonnie m'a regardée pour demander de l'aide.

J'ai sorti mon téléphone et ouvert l'application Notes où je conservais toutes ses informations. J'ai tourné le téléphone pour que Bonnie puisse lire les informations. —Voici son médecin traitant et tous les médicaments dont j'ai connaissance. J'ai une procuration pour lui et je suis sa représentante en matière de soins de santé.

—Merci, a dit Bonnie. Elle a enregistré toutes les informations, puis est partie en promettant de revenir bientôt.

—Pourquoi suis-je ici ? a demandé Eddie une minute plus tard.

—Tu ne te sentais pas bien, lui ai-je dit. J'ai tiré la chaise près du lit et pris sa main. —Je m'inquiétais pour toi.

—Je ne veux pas que tu t'inquiètes. Tu devrais être dehors à vivre ta vie.

—Tu fais partie de cette vie, Eddie. J'ai besoin que tu sois là avec moi.

Il a souri et serré ma main. Nous nous sommes adossés et avons regardé la télévision silencieuse dans le coin en attendant des nouvelles du médecin.

Une heure est devenue deux, puis trois avant que les médecins n'aient de véritables réponses. Eddie a été emmené pour des examens, revenant chaque fois attendre dans sa chambre. Quand le médecin est finalement arrivé, nous étions plus que tendus.

—Il semble que le nouveau médicament soit le coupable, dit le médecin. Le bêtabloquant que vous prenez a trop fait baisser votre tension artérielle. J'ai parlé avec le médecin prescripteur et nous sommes d'accord sur le fait que vous avez toujours besoin de ce médicament.

—Est-ce vraiment une bonne idée ? ai-je demandé.

—Il présentait quelques épisodes d'arythmie. Le cathétérisme cardiaque et l'ECG qu'il a passés plus tôt cette semaine visaient à s'assurer qu'il n'y avait rien d'autre. Nous envisagerons peut-être un stimulateur cardiaque à un moment donné, mais pour l'instant, le Dr Carlyle pense que les médicaments restent la meilleure option.

—Pas s'il risque de s'évanouir quand il est seul chez lui, ai-je protesté. Eddie était trop important pour qu'ils ignorent ce qui se passait et ne fassent pas correctement leur travail.

—Je suis d'accord, a dit le médecin. Mais Eddie est déshydraté. Il a dit qu'il n'avait pas pris de petit-déjeuner, et d'après son état de déshydratation, il semble qu'il n'ait peut-être pas bu d'eau aujourd'hui et probablement pas suffisamment hier.

Je me suis retournée brusquement vers Eddie. —Quoi ? Pourquoi as-tu fait ça ?

Il a haussé les épaules, paraissant petit dans le lit d'hôpital. —Je n'aime pas tellement l'eau. Et je voulais préparer le déjeuner. Je n'ai pas pensé à autre chose.

—La perfusion qu'il a lui apporte des liquides, et nous voulons qu'il mange avant que nous le laissions sortir. S'il prend son médicament comme prescrit, et nous n'avons aucune raison de penser qu'il ne l'a pas fait, et s'il mange et boit normalement, le médicament ne devrait plus lui causer de problèmes.

Mes joues brûlaient de honte. J'étais prête à critiquer le médecin pour son manque d'attention, alors que le traitement consistait simplement à manger et boire au lieu de se laisser mourir de faim. Je me sentais tellement idiote. —Merci, docteur. Nous apprécions votre aide.

—Je vous en prie. Je vais demander à une infirmière de vous apporter un menu pour que vous puissiez commander ce que vous voulez. Nous voulons le garder ici encore quelques heures pour nous assurer que tout va bien, mais tant que rien ne change, nous devrions pouvoir le laisser sortir ce soir.

—Merci.

—Je vous en prie.

Le médecin quitta la chambre, et je me tournai vers Eddie. —À quoi pensais-tu ? Tu sais que tu dois prendre soin de toi.

Eddie parut honteux. —Je suis désolé. J'ai vraiment juste

oublié. J'allais manger quelque chose une fois la sauce commencée, et puis j'étais occupé à faire plein de choses. Quand j'ai repensé à manger, je savais que tu serais bientôt là et qu'on aurait des spaghettis. Mince, je déteste avoir gâché le déjeuner et cette sauce.

—La sauce ira bien, lui dis-je.

—Pas après être restée dehors toute la journée.

—Je l'ai rangée avant de partir. Je savais que tu serais fâchée si tu rentrais à la maison.

Il rit doucement. —Une petite baisse de tension ne va pas m'emporter, ma chérie. Tu vas devoir me supporter encore un bon moment.

—J'espère bien. Je ne suis pas prête à te perdre tout de suite.

—C'est bien. Je ne suis pas prêt à partir tout de suite.

Je l'ai serré dans mes bras, soulagée qu'il allait s'en sortir.

Le reste de son séjour fut sans incident. Après avoir mangé, il avait l'air plus lui-même et le médecin l'a laissé sortir en fin d'après-midi. Sur le trajet du retour, il n'a parlé que de la sauce et de pouvoir enfin manger les spaghettis.

J'ai installé Eddie dans le salon, même s'il a protesté en disant qu'il voulait aider, et j'ai sorti la sauce du réfrigérateur. Pendant qu'elle réchauffait sur la cuisinière, j'ai mis l'eau à bouillir pour les spaghettis. Quand tout fut prêt, j'ai apporté deux bols dans le salon et me suis assise avec lui devant la télé.

Eddie a gémi après sa première bouchée. —Oh là là, c'est délicieux.

J'ai ri doucement. —Oui, c'est vrai. Ça me rappelle Maman.

Eddie m'a souri. —Moi aussi. C'est difficile de croire que ça fait presque quatre ans qu'on l'a perdue.

— Ouais. Elle me manque.

— À moi aussi. Tout le temps. Mais elle est toujours là

avec nous. Nous ne sommes jamais sans elle. Elle est présente dans tout ce que nous faisons. Elle serait fière de toi et de tout ce que tu as accompli.

— Je l'espère.

Eddie et moi sommes restés silencieux pendant quelques minutes pendant que nous mangions. Je le regardais furtivement de temps en temps pour m'assurer qu'il allait bien, mais il avait l'air normal.

— Je suis surpris que tu sois libre ce soir. Je pensais que tu aurais des projets un samedi soir.

— Oh, merde, soufflai-je.

— Oh oh, dit Eddie.

Je me suis levée d'un bond du canapé et j'ai attrapé mon sac dans l'entrée. J'ai sorti mon téléphone et je l'ai ramené à ma place, parcourant les textos et les messages de Xavier. Ils allaient de *es-tu prête pour notre rendez-vous* à *est-ce que tout va bien, je m'inquiète*.

— Merde, merde, merde, marmonnai-je.

— Tu as oublié un rendez-vous galant ? me taquina Eddie.

Je l'ai ignoré, ne sachant pas comment répondre à sa question. Alors que ma mère était au courant de tous les potins de la ville, Eddie, lui, était complètement largué. Il ne savait pas que je sortais avec quelqu'un, et encore moins que Xavier avait déménagé ici.

— Tu avais un rendez-vous ? Avec qui ? Invite-le ici. On a plein de spaghettis.

J'ai levé les yeux vers Eddie, me demandant s'il avait encore perdu la tête. — L'inviter ici ? On ne sort ensemble que depuis quelques semaines.

— Et alors ? Tu dois prendre la vie à pleines mains et profiter de chaque instant. J'ai perdu du temps avec ta mère parce que nous pensions avoir toute la vie devant nous. On ne sait jamais quand notre heure arrive. N'attends pas pour aimer quelqu'un.

— Je ne sais pas.

— Tu peux y aller si tu as besoin de le voir. Je vais bien aller.

J'ai secoué la tête. — Non. Je ne veux pas te laisser maintenant.

— Alors invite-le ici. Je promets d'être sur mon meilleur comportement.

Je me suis mordu la lèvre en pesant mes options. Si je voulais voir Xavier, ce qui était le cas, je devais l'inviter ici. Chez mon beau-père. Quelques heures après sa sortie de l'hôpital.

J'ai tapé le nom de Xavier sur l'écran et porté le téléphone à mon oreille. Ça sonnait, et sonnait. Je me suis sentie nerveuse et j'ai bondi de mon siège. Eddie m'a regardée pendant que je faisais les cent pas jusqu'à l'autre bout de la pièce.

— Est-ce que ça va ? a demandé Xavier en guise de salutation.

— Je vais bien. Je suis désolée.

— Tu es désolée. Merde. D'accord. Est-ce que je peux te faire changer d'avis ?

— À propos de quoi ?

— De mettre fin à notre relation. On a dit qu'on allait essayer d'avancer, et je le veux toujours. Je veux que tu fasses partie de ma vie, Karissa. J'ai toujours voulu que tu fasses partie de ma vie. Et maintenant qu'on habite dans la même ville, je ne suis pas prêt à m'éloigner de toi. Je sais que c'est dix-sept ans trop tard, mais je t'aime. Je veux construire un avenir avec toi. S'il te plaît, donne-moi une autre chance.

Mes lèvres se sont étirées en un sourire idiot à chaque mot qu'il prononçait. Quand il eut fini, j'étais tellement sous le choc que je ne pouvais pas parler.

— Où es-tu ? Est-ce que je peux venir te voir ? On peut parler en personne.

— Je suis chez Eddie, ai-je finalement dit.

— Chez ton beau-père. D'accord. Est-ce qu'il a dit quelque chose qui t'a fait changer d'avis à propos de nous ?

— Non.

— Alors quoi ? Qu'est-ce qui s'est passé ? Je veux arranger ça. Je ne vais pas te perdre à nouveau. Pas sans avoir tout fait pour arranger les choses.

— Tu veux venir dîner ?

— Quoi ? laissa-t-il échapper.

— Dîner. On était simplement en train de dîner. Je suis venue ici pour déjeuner, et Eddie se comportait bizarrement. Il a commencé un nouveau médicament cette semaine, et sa tension a chuté très bas et il a dû aller à l'hôpital. Je l'ai accompagné et j'ai tout oublié, y compris notre rendez-vous de ce soir. On était juste en train de dîner, et Eddie s'est étonné que je sois libre, et je me suis souvenue qu'on devait sortir ce soir.

— Et c'est pour ça que tu t'excusais.

— Exactement.

— Et je me suis ridiculisé complètement. Génial.

J'ai ri doucement. — Merci.

— Je le pensais, Karissa. Je t'aime.

— Tant mieux.

Il a attendu un moment, puis a ri. — D'accord, alors ce dîner ? Je peux apporter quelque chose ?

— Non. On a déjà commencé à manger. Tu aimes les spaghettis ?

— J'adore ça.

— Parfait. Je t'envoie l'adresse par texto. À tout de suite.

— Ouais.

Nous avons raccroché, et je n'arrivais toujours pas à effacer mon sourire.

— On dirait que ça s'est bien passé, a dit Eddie, m'observant de l'autre côté de la pièce.

—Il m'a dit qu'il m'aime.

Eddie leva les sourcils. —Et tu ne lui as pas dit en retour ?

—Je veux le lui dire en face.

—Eh bien, c'est très bien, ma chérie.

Je souris. —J'aurais aimé que Maman puisse le rencontrer.

—Je lui parlerai de lui.

—Merci, Eddie.

J'allumai les lumières extérieures et préparai un autre bol de spaghettis. Quand Xavier sonna à la porte, j'étais nerveuse sans raison.

Eddie resta dans son fauteuil pendant que j'allais ouvrir la porte. Xavier portait un jean et une chemise bleu piscine qui moulait son torse. Son parfum me frappa dès que j'ouvris la porte. Mais c'était le regard dans ses yeux qui me transperça. En partie inquiétude, en partie nervosité, et tout amour.

—Salut, dit-il.

—Hey.

—Comment va Eddie ?

—Il va mieux.

—Bien. Et toi, comment vas-tu ?

Je souris. —J'étais terrifiée.

Il s'avança et m'entoura de ses bras, me serrant contre sa poitrine sans hésitation. Il pressa son nez contre mon cou et me tint ainsi un long moment.

Je respirai enfin profondément, laissant s'échapper l'anxiété que j'avais ressentie toute la journée. Eddie était rentré et allait bien. Et Xavier était là, et il m'aimait.

—Je t'aime, murmurai-je.

Il se recula, croisant mon regard avec un sourire. —Ai-je bien entendu ?

J'ai acquiescé.

—Putain, oui.

J'ai ri avec lui. Il a pressé ses lèvres contre les miennes, veillant à ne pas aller trop loin puisque nous n'étions pas seuls. —Je t'aime.

—Tant mieux.

Il a pouffé. —Présente-moi à Eddie.

J'ai fait oui de la tête et lui ai pris la main, l'entraînant vers le salon. Eddie nous a regardés avec un large sourire.

—Eddie, voici Xavier. Xavier, voici mon beau-père, Eddie.

Xavier a lâché ma main pour traverser la pièce vers Eddie. Il a serré la main d'Eddie et a dit : —Enchanté de vous rencontrer. Je suis content que vous vous sentiez mieux.

—Pas autant que moi, mon garçon. Karissa ne m'a absolument rien dit sur toi, alors prends quelque chose à manger et rejoins-nous. Tu vas pouvoir tout nous dévoiler.

J'ai ri et levé les yeux au ciel. Xavier s'est contenté d'acquiescer et d'accepter.

Nous nous sommes installés tous les trois devant la télé, Xavier entre Eddie et moi. J'ai écouté pendant qu'ils parlaient de tout, de l'enfance au lycée en passant par le sport. Quand la conversation s'est tournée vers McJenna, Eddie a posé des questions sur son déménagement ici en plein milieu du lycée.

—Elle n'était pas contente, a admis Xavier.

—Je peux l'imaginer. C'est quand même un assez bon endroit pour grandir. Elle se fera des amis la semaine prochaine quand l'école commencera.

—Grâce à Karissa, elle en a déjà rencontré une il y a quelques semaines. Elle est complètement transformée.

Eddie m'a regardée.

—Valentina a également son aîné qui a le même âge. Elle et moi avons organisé une rencontre décontractée sans que Bianca sache qu'on les mettait en contact.

—C'est une bonne idée. Ce n'est pas facile d'être le nouveau. Surtout quand tout le monde se connaît déjà.

—Le début de l'été a été difficile, a admis Xavier. Je

travaillais beaucoup d'heures, et elle s'ennuyait à mourir. J'ai commencé à avoir des horaires plus normaux et à prendre un jour de congé une semaine sur deux, puis Karissa l'a présentée à Bianca, et c'est comme si j'avais une enfant différente à la maison.

—Je suis content de l'entendre. Tu devrais nous l'amener un de ces jours pour que je puisse la rencontrer, a dit Eddie.

—Ça me plairait, a répondu Xavier.

Les deux hommes se sont tournés vers moi en souriant. J'ai regardé l'un et l'autre avant d'éclater de rire. Vous êtes déjà en train de comploter tous les deux ?

—Bien sûr que non, ont-ils dit en même temps. Nous avons tous ri.

Xavier et moi sommes restés avec Eddie jusqu'à ce qu'il déclare qu'il était fatigué et qu'il allait se coucher. J'ai vérifié que la cuisine était propre et que tout était rangé, puis nous avons souhaité bonne nuit à Eddie et sommes partis.

—Est-ce que je dois t'embrasser sur l'allée de ton beau-père, ou est-ce que je vais pouvoir continuer cette soirée avec toi ? a demandé Xavier quand nous sommes arrivés à nos voitures.

—Je pensais que tu pourrais peut-être venir chez moi. Il n'est pas encore tard. À moins que tu doives rentrer.

Il a lentement secoué la tête. McJenna passe la nuit chez Bianca ce soir.

—Vraiment ?

Il a hoché la tête.

—Ce qui veut dire que tu n'es pas pressé de rentrer.

—Pas le moins du monde.

— Hmm. Que vas-tu faire de toi-même ?

Il s'avança, pressant mon dos contre le côté de ma voiture.

— J'ai quelques idées.

Il se pencha et embrassa mon cou. L'air frais du soir ne

faisait pas le poids face à la chaleur qu'il faisait naître en moi. Je gémis en rejetant la tête en arrière.

— Je pourrais faire ça pendant un moment. Il mordilla ma clavicule. — Et ça. Sa langue remonta le long de mon cou, puis il suçota le point sensible derrière mon oreille. — Et encore ça.

— J'aime toutes ces options, murmurai-je.

— J'ai quelques autres idées aussi, mais je devrais probablement attendre qu'on soit derrière des portes closes pour celles-là.

— J'aime ta façon de penser.

Il rit contre ma peau, provoquant des frissons sur tout mon corps.

— Je t'aime, tu sais.

Il hocha la tête et se recula. — Je sais. Et je t'aime. Je n'aurais jamais cru pouvoir te dire ça à nouveau, mais maintenant je le peux. Je vais te rendre un peu folle tellement je vais le répéter.

Je souris. — Je ne pense pas.

— Tant mieux. Parce que je t'aime. Il embrassa mes lèvres. — Je t'aime. Il embrassa mon cou. — Je t'aime. Il embrassa mon oreille. — J'ai hâte de te faire l'amour.

J'acquiesçai.

— Je te suis. Je t'aime.

Je souris tandis qu'il reculait et se dirigeait vers sa voiture. — Je t'aime.

## 18

## XAVIER

Les cinq minutes de trajet jusqu'à l'appartement de Karissa m'ont semblé durer trois heures. Je voulais juste la tenir dans mes bras, mais il y avait des panneaux stop, des piétons qui traversaient et aucune place de parking. J'étais sur le point de sortir de ma peau.

Nous avons finalement réussi à arriver et à nous garer, puis nous nous sommes retrouvés devant son immeuble. J'ai pris sa main et nous nous sommes précipités dans les escaliers. C'était bon de savoir qu'elle était aussi impatiente que moi.

Karissa a tâtonné avec sa clé dans la serrure. J'ai difficilement résisté à l'envie de la prendre dans mes bras alors que nous étions encore devant sa porte, puis elle a finalement réussi à insérer la clé et nous a fait entrer.

Dès que la porte s'est refermée, elle m'a poussé contre celle-ci. Ses mains ont glissé sous mon t-shirt, le soulevant, ses ongles griffant ma peau. J'ai gémi et arraché mon t-shirt quand elle l'a abandonné autour de ma poitrine pour pouvoir me toucher.

Je n'allais certainement pas me plaindre.

Ses doigts ont effleuré mes tétons, puis ont glissé sur mes abdos. J'ai rentré le ventre, conscient que je n'avais plus le même physique qu'à vingt ans. Elle s'est penchée et a léché mon sternum, la pointe de sa langue étant le seul contact avec ma peau. Elle a continué à remonter, sur ma gorge et mon menton jusqu'à ce que ses lèvres se referment sur les miennes.

Bon sang, cette femme savait comment me rendre fou.

J'ai pris son visage entre mes mains et l'ai maintenue en place pendant que j'explorais sa bouche avec ma langue. Mon sexe pulsait dans mon jean, suppliant d'être libéré et en elle, mais c'était elle qui menait la danse. J'étais juste un participant très consentant.

Elle a fait un pas en arrière, m'entraînant avec elle puisque nos bouches étaient toujours liées. Elle n'a pas pris la peine d'allumer les lumières en nous guidant à travers son appartement. Elle a tourné et une minute plus tard, elle s'est arrêtée au bord d'un lit.

Je voulais la voir, l'observer, tout absorber. —Lumière.

Elle s'est séparée de moi et a allumé une lampe près du lit.

J'ai regardé autour de la pièce, absorbant tous les éléments d'elle que je voyais. Les rideaux colorés, la commode surdimensionnée avec quelques bijoux éparpillés dessus, le simple bureau dans le coin avec le pot à crayons en forme de crotte offert par sa mère. Si Karissa était une pièce, ce serait celle-ci, jusqu'au lit queen-size parfaitement fait avec une couette qui semblait teintée par la lumière du soleil elle-même.

—Je suis nerveuse maintenant, avoua-t-elle. —Je ne l'étais pas il y a une minute, mais maintenant je le suis.

—Nous sommes juste deux personnes qui s'aiment, dis-je. —Rien ne doit se passer si tu n'es pas prête.

—Crois-moi, je suis prête. Mais ça fait un moment.

—Dix-sept ans.

Elle gloussa. —Oui, mais je parlais en général.

—Combien de temps ? Je replaçai une mèche de cheveux derrière son oreille et attendis sa réponse. Je ne voulais pas penser à elle avec un autre homme, mais je savais aussi qu'elle n'avait pas été complètement seule non plus.

—Plus d'un an. Et puis il y a eu mon opération. Elle détourna son regard du mien, mordillant l'intérieur de sa joue.

Je relevai son menton du bout du doigt et attendis qu'elle me regarde. —Ça m'importerait peu qu'il n'y ait rien là. Savoir que tu es en sécurité, en bonne santé et que tu as les meilleures chances de survie possibles est le plus important.

Elle acquiesça. —Je suis d'accord, mais je ne suis pas complètement moi-même. Quand tu me toucheras là, tu toucheras des poches de liquide recouvertes de peau.

—Mais c'est ta peau, Karissa. C'est ce que je touche. C'est ce que je veux. Juste toi.

Elle acquiesça à nouveau. Lorsqu'elle attrapa le bord de son t-shirt, je posai ma main sur la sienne.

—Laisse-moi faire.

Elle prit une inspiration et relâcha le tissu.

Je m'agenouillai devant elle et soulevai l'ourlet. Une fine bande de peau brune était visible, juste assez pour que je puisse la voir et la goûter. Je passai ma langue sur cette peau nue, adorant comment elle gémissait doucement en réponse.

Je soulevai davantage, exposant sa peau centimètre par centimètre jusqu'à atteindre le bas de son soutien-gorge. Une bande élastique entourait son corps, sans armatures. Je trouvai une attache dans le dos et soulevai complètement son t-shirt.

Elle retint son souffle, exactement comme je l'avais fait quand mon t-shirt avait été retiré, mais tout ce que je voyais était la plus belle femme du monde. Je l'ai embrassée, serrant son corps contre le mien tandis que je nous rendais tous les deux fous de désir.

Ses mains glissaient le long de mon dos, ses ongles griffant ma peau avec impatience. J'ai détaché son soutien-gorge et j'ai reculé pour le laisser tomber au sol, puis j'ai ramené son corps contre le mien.

—Karissa, ai-je gémi.

—S'il te plaît, a-t-elle supplié.

Elle n'a pas eu à me le demander deux fois. Je la connaissais assez pour savoir qu'elle était humide, prête, et qu'elle avait besoin que les choses avancent.

Je me suis agenouillé à nouveau et j'ai fait glisser son short et sa culotte le long de ses cuisses. Elle s'en est dégagée en écartant les jambes. J'ai profité de ce mouvement pour glisser une main à l'intérieur de sa cuisse.

Elle s'est figée, ses mains sur mes épaules. Elle a écarté un peu plus les jambes, juste assez pour me faire comprendre qu'elle voulait que je continue.

J'ai levé les yeux vers elle, observant son visage tandis que ma main atteignait l'apex de ses cuisses. Elle s'est mordu la lèvre et a fermé les yeux. J'ai tracé le contour de ses lèvres, étalant son humidité sur sa peau soyeuse.

—Xavier.

J'ai doucement poussé un doigt en elle, gémissant quand son corps l'a aspiré plus profondément. J'ai fait des va-et-vient, lentement, pour sentir à quel point elle était étroite. Je n'en pouvais plus d'attendre de la remplir.

Elle a écarté davantage les cuisses. J'ai retiré mon doigt et l'ai fait remonter jusqu'à son clitoris, encerclant ce bourgeon sensible avant de plonger à nouveau dans son intimité.

—Oh, mon Dieu.

—Allonge-toi, lui ai-je dit, la poussant vers le lit tout en continuant à la caresser lentement avec mon doigt.

Elle a fait un pas en arrière et a tendu la main derrière

elle, se laissant tomber sur le lit avec les genoux pendants sur le bord. J'ai écarté ses cuisses et j'ai posé ses pieds sur mes épaules pour qu'elle soit offerte à moi.

Putain, qu'elle était belle. Sa peau luisait d'humidité, son clitoris gonflé et prêt pour moi. Son intimité ruisselait chaque fois que je retirais mon doigt.

J'ai ajouté un deuxième doigt en elle, et elle a gémi longuement et bruyamment. Ses cuisses se sont resserrées autour de mon cou, mais j'ai appuyé dessus jusqu'à ce qu'elle les relâche. Puis je me suis penché en avant et j'ai goûté sa saveur pour la première fois depuis bien trop longtemps.

Sa saveur a explosé sur ma langue, me ramenant à l'époque où elle m'appartenait. Je n'ai pas pu me retenir une fois ma langue sur elle et j'ai fouetté son clitoris avec des coups rapides et précis, déterminé à la faire monter et basculer par-dessus bord aussi vite que possible.

Elle gémissait et se débattait sur le lit, m'encourageant par ses sons incohérents. Ses hanches bougeaient avec mes doigts, me baisant en retour aussi fort que je la baisais. Ma queue pulsait, mourant d'envie de participer à l'action, mais je n'en avais pas encore fini avec son goût. Pas même proche.

—Oh, mon Dieu, Xavier. Oh, mon Dieu.

Elle gémissait et poussait contre moi. Ses mains ont saisi l'arrière de ma tête, puis se sont immédiatement retirées. J'ai pris sa main avec ma main libre et je l'ai remise sur ma tête. Je voulais qu'elle me montre exactement ce dont elle avait besoin.

Elle a attrapé ma tête et tiré fort, enfonçant mon visage dans sa chatte. Je l'ai léchée, sucée et baisée jusqu'à ce que tout son corps s'immobilise et qu'elle pousse un gémissement qui s'est rapidement transformé en cri.

Ses bras sont devenus mous, et j'ai repris mon souffle, ivre de son parfum, de son goût et de son toucher. J'avais besoin de plus d'elle, et ma femme pouvait me le donner. Elle l'avait toujours fait.

J'ai effleuré la pointe de son clitoris avec ma langue jusqu'à ce qu'elle sursaute et gémisse à nouveau. J'ai enfoncé mes doigts profondément en elle, la ramenant à moi pour pouvoir la faire s'envoler à nouveau.

—Oui, a-t-elle soufflé.

Oui, en effet. J'ai raclé son clitoris avec ma langue jusqu'à ce qu'elle halète et cherche ma tête à nouveau. Puis j'ai aspiré son clitoris fort dans ma bouche et elle s'est envolée. Des gémissements, des cris et des ongles sur mon cuir chevelu m'ont fait comprendre qu'elle n'avait pas encore fini. Ça continuait, et elle avait besoin de plus.

J'ai ajouté un troisième doigt dans son centre, et elle a détendu tout son corps.

—Baise-moi, a-t-elle soufflé.

—Oui, madame, ai-je dit contre sa chair. Tout était mouillé. La jouissance coulait d'elle, remplissant ma main alors que je la baisais fort et vite. Elle balançait ses hanches contre ma main, prenant ce dont elle avait besoin. Je suçais son clitoris, faisant de mon mieux pour suivre ses mouvements. Chaque fois que je la prenais dans ma bouche, elle haletait et bougeait ses hanches plus vite.

—S'il te plaît, a-t-elle supplié, la voix tendue.

J'ai pressé ma main contre sa cuisse et mon visage contre son corps, suçant fort son clitoris. Je me suis déplacé avec elle, ne la laissant pas s'échapper alors qu'elle se retirait pour baiser mon visage et ma main. J'ai enveloppé sa hanche de ma main libre et l'ai accompagnée à travers son orgasme quand elle a finalement lâché prise.

— Oui, oh, mon Dieu, oui. Putain ! Xavier ! Oui !

Son corps a tremblé, s'est agité et a tressauté jusqu'à ce que je n'aie d'autre choix que de bouger ou risquer de lui faire mal. Je me suis essuyé le visage sur le dos de ma main et l'ai caressée doucement à l'intérieur jusqu'à ce qu'elle baisse les yeux vers moi et sourie.

— Putain, c'était incroyable.

J'ai souri. — Carrément.

— Pourquoi es-tu encore là-bas ?

— C'est une vue incroyable.

Elle a souri. — Une meilleure serait toi à l'intérieur de moi.

J'ai retiré mes doigts de son corps, la regardant me laisser partir. Son corps a tremblé.

Je me suis levé et j'ai enlevé le reste de mes vêtements. Je me suis rapproché d'elle et me suis positionné entre ses cuisses, puis je me suis arrêté. — J'ai presque oublié un préservatif.

Quand nous étions à l'université, nous n'en utilisions jamais. Elle prenait la pilule, et nous avions fait des tests après quelques mois. Après ça, nous n'étions qu'ensemble.

— Xavier, a-t-elle dit doucement.

Je me suis arrêté et l'ai regardée. Elle mordillait sa lèvre inférieure et a haussé les épaules.

— Tu dois le dire, Karissa.

— Tu n'as pas besoin de porter de préservatif. Je prends toujours la pilule. Je suis clean.

J'ai fermé les yeux et attrapé ma bite, la caressant une fois, puis une seconde fois. — Je ne désire rien de plus que de m'enfoncer en toi sans rien entre nous, mais je sais que ça fait longtemps.

— Je te veux. Je te veux simplement toi.

— Je suis clean. Je te le promets. Je n'ai été avec personne depuis presque quatre ans. Pas du tout. J'ai fait des tests. Et j'ai toujours mis des préservatifs, sauf avec Denise après qu'elle soit tombée enceinte.

— J'ai confiance en toi, dit-elle.

Ces trois mots étaient plus importants que tout le reste.

J'ai fermé les yeux et j'ai laissé ces mots s'imprégner en moi. Je suis revenu vers elle, écartant largement ses cuisses et me plaçant entre elles.

— J'ai confiance en toi, répéta-t-elle. — Je t'aime.

— Je t'aime, lui dis-je. — Juste toi, Karissa. Toujours toi. Je t'aime. Je te fais confiance. J'ai besoin de toi.

Elle me répéta ces mots, accrochant ses jambes autour de mes hanches.

Je me suis positionné à son entrée et j'ai tenu ma queue immobile. J'ai levé les yeux vers elle, mon regard verrouillé sur le sien pendant que je plongeais profondément dans l'amour de ma vie.

— Oh, mon Dieu, souffla-t-elle.

— Oui. J'ai baissé les yeux, regardant ma queue réapparaître entre ses jambes. Puis rentrer à nouveau, disparaissant dans sa chatte parfaite. Elle s'étirait pour m'accueillir, son corps s'enroulant étroitement autour du mien.

— Putain, murmura-t-elle.

— Lâche prise pour moi, lui dis-je.

Elle hocha la tête et fit glisser sa main le long de son corps. Ses doigts s'étalèrent sur son clitoris, puis descendirent plus bas pour sentir là où je la pénétrais.

— Putain, j'ai grogné quand ses doigts m'ont touché.

J'ai écarté ses cuisses plus largement et j'ai regardé notre union. C'était brut et magnifique et tout ce qui avait manqué dans ma vie. C'était Karissa. C'était nous. Je n'allais plus jamais la perdre.

Ses doigts remontèrent le long de son corps jusqu'à son clitoris, et elle le pinça entre deux d'entre eux. Elle gémit et pressa un doigt contre le bourgeon gonflé. Son antre se resserra autour de moi, et j'ai failli exploser sur-le-champ.

—Xavier, murmura-t-elle.

Je levai les yeux vers elle, adorant l'expression de pur bonheur sur son visage alors qu'elle se faisait jouir. Ses lèvres se tordirent et sa bouche s'entrouvrit en un O avant qu'elle ne se libère, son intimité se resserrant autour de moi tandis que ses doigts volaient sur son clitoris et qu'elle jouissait avec un cri qui me poussa au bord du gouffre.

Je tenais ses chevilles et me laissai aller, baisant ma femme jusqu'à ce que ma gorge se resserre et que tout mon corps se bloque. Je fixais son entrée, la pénétrant violemment et gémissant quand ses doigts touchèrent à nouveau mon sexe et que je jouissais fort, grognant et gémissant, me demandant comment diable j'avais pu m'éloigner d'elle.

Plus jamais. Elle était mienne, et j'étais sien, et rien ne changerait plus jamais cela.

Mes cuisses me faisaient mal d'être resté debout pendant que je jouissais si fort, mais je n'étais pas encore prêt à quitter son corps. Je restai là un long moment, l'observant tandis qu'elle redescendait de son nuage. Ses yeux s'ouvrirent lentement et me regardèrent avec un sourire endormi, ivre de sexe, qui la faisait paraître dix-sept ans plus jeune.

—Mon Dieu, ça m'a manqué.

Je ricanai. —C'est la seule raison pour laquelle tu as accepté un rendez-vous ? Tu m'utilises pour le sexe ?

—Euh, non ? dit Karissa avec un sourire.

—Pas juste, protestai-je. J'ai tellement plus à offrir qu'un simple bon coup.

—Ce n'est pas du bon sexe, me taquina-t-elle. C'est un sexe putain de génial.

Mon sexe tressaillit en elle, et elle gémit.

—Oh, ouais. Tu vois ? C'est exactement ce que je dis.

Je ris avec elle. Je n'avais jamais ri pendant ou après le sexe avec qui que ce soit d'autre. Karissa était la seule qui m'ait jamais fait sentir que je pouvais être moi-même à chaque instant passé ensemble.

—J'ai besoin de faire pipi. Tu dois me laisser me lever, dit-elle, en poussant ma poitrine.

—Je ne veux pas te laisser partir.

Elle leva les yeux vers moi. —Jamais.

Je me penchai pour l'embrasser passionnément, plongeant ma langue dans sa bouche. Je voulais qu'elle sache ce que cela signifiait d'être avec elle à nouveau.

Elle sourit contre mes lèvres quand j'adoucis le baiser. Elle se leva et se dandina jusqu'à la salle de bain, laissant la porte ouverte. C'était comme si dix-sept ans ne s'étaient pas écoulés et que nous étions à nouveau de futurs diplômés universitaires planifiant une vie ensemble.

Quand elle tira la chasse d'eau et ouvrit le robinet pour se laver les mains, j'entrai dans la salle de bain pour me rafraîchir. Elle s'appuya contre le comptoir et me regarda, un sourire aux lèvres.

—Quoi ?

Elle secoua la tête. —Je n'aurais jamais cru qu'on serait à nouveau ensemble.

J'acquiesçai et la pris dans mes bras. —Moi non plus. Je ne pensais pas que tu me pardonnerais un jour. Je ne me pardonne toujours pas.

Elle s'écarta de moi. —Non. Tu ne peux pas dire ça. Les choix que tu as faits à l'époque étaient les bons pour toi à ce moment-là. Ça a fait mal, beaucoup, mais on ne peut pas commencer cette relation avec des regrets. Tu dois te pardonner.

—On a perdu beaucoup de temps.

—Et on en perdra encore plus si tu laisses tes anciennes décisions gâcher ce qu'on pourrait avoir. Je t'aime. Je t'ai toujours aimé. Je n'ai jamais laissé un autre homme entrer dans mon corps sans protection. C'est important pour moi. C'est toi et personne d'autre, Xavier. Pour toujours. Ça a toujours été toi, et c'est pour ça que je ne me suis jamais installée avec quelqu'un d'autre. Je t'attendais en espérant qu'on trouverait un moyen d'être ensemble. Mais tu ne peux pas regarder en arrière. Nous devons nous tourner vers notre avenir.

Je pris une profonde inspiration et expirai lentement. Elle avait raison. Elle avait toujours raison.

—D'accord.

—Bien, dit-elle. —Maintenant, je crois qu'il nous faut quelque chose à manger. Je commence à manquer d'énergie, et nous avons toute une nuit devant nous. J'ai l'intention de t'utiliser pour plus de sexe avant le lever du soleil.

—J'adore ta façon de penser, lui dis-je.

Je me lavai les mains et la pourchassai hors de la salle de bain jusqu'à la cuisine. J'adorais qu'elle ne se soucie pas de mettre des vêtements, qu'elle se promène complètement nue. Ouverte et prête pour moi. Cœur, corps et âme. J'étais un homme chanceux.

## 19

KARISSA

— *P*ourquoi as-tu l'air de flotter comme ça ? me demanda Blake quand j'entrai au club de lecture.

— Probablement parce que Xavier n'est pas rentré chez lui hier soir, expliqua Finley au groupe.

— Quoi ? s'exclamèrent-ils tous en chœur.

— Ce n'est pas grand-chose, dis-je, même si mes joues s'échauffaient et que tout mon corps était inondé de joie. Mon Dieu, c'était tellement bête, mais je n'arrivais pas à arrêter de sourire.

— Vous êtes officiellement de nouveau ensemble ? demanda Melody.

Je hochai la tête. — Oui, c'est le cas.

— C'est quelque chose de permanent, ou c'est juste occasionnel ? demanda Sofia.

— Pas occasionnel. Je ne peux pas dire que c'est permanent, mais j'espère que ça le sera, leur confiai-je.

— Wow. Tant mieux pour toi. Piper sourit largement.

— Merci.

— Comment était le sexe ? demanda Elise.

— Il n'y a que toi pour demander ça, dis-je en riant et en secouant la tête.

— Je me posais la question aussi, dit Willow.

Elise et Willow se tapèrent le poing.

— Peut-être qu'elle ne veut pas nous le dire, dit Finley.

— Oh, si, je comprends parfaitement, dis-je, faisant rire tout le monde. —Je n'ai pas eu une bonne histoire à partager depuis une éternité. Et même là, c'était toujours une histoire maladroite et décousue. Ce n'est pas comme ça avec Xavier.

— J'adore quand c'est comme ça, dit Goldie. —Quand on a l'impression de se connaître par cœur et de pouvoir anticiper ce que l'autre va dire ou faire.

— Pourquoi ton mariage a-t-il échoué ? demanda Trinity.

— Trinity ! m'exclamai-je.

— Quoi ? Elle eut la décence de paraître honteuse. —Désolée. C'était déplacé de demander ça. Tu avais juste l'air d'avoir une vie sexuelle vraiment épanouie. Pourquoi tout a mal tourné ?

Goldie haussa les épaules. —Nous n'étions pas faits l'un pour l'autre finalement. Je le pensais pourtant. On avait de bons rapports sexuels et de bonnes conversations, et nous avons un fils incroyable, mais... Elle s'arrêta et regarda autour de la pièce.

Aucune d'entre nous ne connaissait bien Goldie. Sa sœur travaillait avec Laura, et elles s'étaient bien entendues quand elles s'étaient rencontrées. Goldie avait aidé Finley avec certains événements il y a un an, ce qui avait assuré les finances du magasin pendant un moment. Elle était talentueuse, intelligente et drôle. Je me demandais aussi pourquoi son mariage avait échoué, mais je n'avais pas le courage de lui demander.

— Mon ex est gay. Enfin, bi, je suppose. Il n'avait pas fait son coming out quand nous nous sommes mariés, et je n'en avais aucune idée. Il était gentil et généreux, et nous étions connectés. Mais comme le monde est devenu plus tolérant, il s'est enfin senti en sécurité pour être lui-même.

— Putain, dit Elise. —Ce n'est pas ce que je m'attendais à t'entendre dire.

Goldie hocha la tête. —Je n'en parle pas parce que c'est douloureux. Pas qu'il soit bi, mais qu'il m'ait menti sur qui il était pendant si longtemps. Je l'aimais. Je l'aime toujours, mais comme un ami. Je veux qu'il soit heureux, et il l'est maintenant, mais c'est difficile parce que je suis seule maintenant. Je pensais qu'il était l'homme de ma vie.

— Je suis vraiment désolée, dit Trinity. —Je n'aurais pas dû demander.

Goldie secoua la tête. —Ce n'est pas grave. Il ne vit pas dans le coin, donc peu de gens sont au courant. Paul a mal vécu le divorce. Il adorait son père, et découvrir que Charles lui avait menti toute sa vie a été vraiment difficile à accepter pour Paul. Il ne se souciait pas que son père soit gay, mais il reste un enfant qui veut que ses parents soient ensemble pour toujours.

Ce n'est pas facile, dit Sofia. —Quand mes parents se sont séparés, j'étais tellement en colère contre mon père. Leurs vies ne s'accordaient tout simplement pas, mais je pensais qu'il devrait changer pour rester avec ma mère. Elle m'a dit une fois qu'elle ne voulait pas d'un homme différent, mais qu'elle ne pouvait pas vivre avec l'homme qu'il était. Je ne comprenais pas à l'époque. J'étais jeune et je croyais que si on aimait quelqu'un, on faisait tout pour cette personne. L'amour fonctionne dans les deux sens, pourtant, et je ne voyais que là où il n'était pas prêt à changer, pas comment elle n'était pas prête à changer puisque je lui ressemble beaucoup.

Je peux comprendre ça, dit Goldie. —Je n'étais pas prête à rester dans un mariage que je savais à sens unique, même s'il me l'avait demandé. Il ne l'a pas fait, mais s'il l'avait fait, j'aurais dit non. Je veux savoir que la personne qui m'attend à la fin de la journée est aussi heureuse de me voir que je le suis de la voir. Elle fit une pause et prit une bouchée de son gâteau. —Je devrais probablement adopter un chien et en finir avec les hommes.

Nous avons toutes ri, mais je comprenais parfaitement sa pensée.

Je suis plutôt du genre chat, ai-je avoué. —Moins d'entretien.

C'est vrai, mais maintenant tu as un homme, dit Goldie avec un sourire chaleureux. —Je suis heureuse pour toi.

Merci.

Maintenant, raconte-nous tout sur ta soirée. Parce que j'ai besoin de quelque chose de bien. Goldie balança sa tête d'un côté à l'autre et sourit largement.

C'était comme si nous avions été ensemble toutes ces années, ai-je admis. —C'était bizarre, mais ça semblait normal. Comme si nous venions juste de passer du temps ensemble.

Est-ce que ça veut dire que le sexe était bon ? demanda Blake. —Le sexe pendant la grossesse est meilleur que ce que je pensais, mais le sexe d'une nouvelle relation, quand on était engagés, tout frais et nouveaux, c'était vraiment bon.

C'était incroyable. Je lui ai dit que je ne l'utilisais que pour le sexe fantastique, ai-je confessé.

Non, tu n'as pas fait ça ! s'exclama Finley.

J'ai acquiescé. —Si, je l'ai fait. Il a ri. Il savait que je plaisantais. C'était comme avant. C'était amusant.

Wow, dit Laura. —Je suis si heureuse pour toi. Tu mérites d'être heureuse. Après ta mère, j'étais tellement inquiète que tu ne t'ouvrirais plus à personne d'autre. Comment va Eddie ?

J'ai hésité, sachant exactement ce qu'elle voulait dire. Quand ma mère est morte, j'étais anéantie. Je n'étais pas sûre de pouvoir survivre. J'ai pleuré pendant des jours. Ce fut le pire mois de ma vie. Eddie était là pour moi, mais ce n'était pas pareil pour lui. Il aimait ma mère, mais il avait déjà perdu une épouse et savait que la vie continuerait. Pour moi, c'était un coup dont je ne savais pas si je m'en remettrais.

J'avais perdu mon père, mais perdre ma mère était différent. La perte de mon père m'avait fait mal, mais j'avais toujours été plus proche de ma mère. Elle était là pour moi quand papa est mort, et à travers tout le reste de ma vie. Elle était ma constante. Ma meilleure amie d'une façon que personne d'autre n'avait jamais été. Elle était la première personne avec qui je voulais partager quelque chose. Ça avait toujours été le cas.

Quand elle est morte, j'ai eu l'impression de me perdre moi-même. Je savais que ça allait arriver, mais je n'étais toujours pas préparée. Je n'étais pas sûre qu'il soit possible d'être jamais préparée. Mais c'était pire que tout ce que j'avais imaginé.

M'ouvrir à nouveau à cette douleur... Laura avait raison. Xavier devenait rapidement ma personne la plus importante. La pensée de le perdre me coupait le souffle et me faisait mal partout.

—Rissa ? Est-ce que ça va ? Est-ce qu'il est arrivé quelque chose à Eddie ? a demandé Laura.

Je me suis ressaisie et j'ai regardé mes amies dans la pièce. Les expressions sur leurs visages passaient de l'inquiétude à la peur.

—Que s'est-il passé ? a demandé Elise. —Est-ce qu'Eddie va bien ?

J'ai finalement hoché la tête. —Oui, ça va. Désolée. Je pensais que tout le monde était au courant. Il est allé à l'hôpital hier.

—Que s'est-il passé ?

—Est-ce qu'il va bien ?

—Est-ce que tu vas bien ?

—Nous allons bien. Il va bien. Il avait des palpitations cardiaques et un léger inconfort. Il a eu un cathétérisme cardiaque lundi et a commencé des médicaments pour la tension. Sa tension a chuté, il n'a pas mangé et il est resté debout, ce qui l'a mis en situation dangereuse.

—Oh, mon Dieu, a dit Finley. —Pourquoi tu ne m'as pas appelée ?

—Il allait bien. Je me suis dit que je le dirais à tout le monde quand on serait ici. Il est resté à l'hôpital pendant quelques heures, mais une fois qu'il a mangé et qu'il a été réhydraté, il allait bien. Je l'ai ramené à la maison et on a dîné.

—Je croyais que Xavier avait dîné avec toi hier soir ? Quand il est parti, il a dit qu'il allait te rejoindre, a dit Finley.

— Il l'était. Il l'a fait. Nous avions des projets, mais avec Eddie, j'ai oublié. Quand je m'en suis finalement souvenue, j'ai invité Xavier à dîner avec nous.

— Alors, il a rencontré Eddie ? demanda Finley.

J'ai ricané. — Oui, il a rencontré Eddie.

— Comment ça s'est passé ? demanda Blake.

— Bien. Eddie l'a vraiment apprécié.

— Et comment va Eddie aujourd'hui ? demanda Elise.

— Il va bien. Il m'a promis qu'il mangerait régulièrement. Il a programmé une alarme sur son téléphone pour s'assurer de manger et de boire afin de ne pas se retrouver à l'hôpital à nouveau.

— Quelle frayeur. Les gens ne réalisent pas à quel point ce que nous mangeons et buvons peut influencer notre corps. Bien sûr, le gâteau ne compte pas. Laura enfourna une grosse bouchée et mâcha lentement.

Nous avons tous ri et acquiescé avec elle.

— Moins de trois semaines avant le mariage, Finley. Tu es prête ? demanda Melody.

Finley sourit. — Oui. J'attends ça avec impatience. Vous venez tous, n'est-ce pas ?

Tout le monde a hoché la tête.

— Et vos conjoints, enfants, qui que ce soit ?

— Tu es sûre ? demanda Goldie. — Je n'ai pas forcément besoin d'amener Paul.

— S'il ne veut pas venir, nous ne serons pas vexés, mais il y aura d'autres enfants. Valentina vient avec sa famille. Je crois que Paul connaît sa fille cadette ?

Goldie rit. — Ça pourrait le convaincre de venir. Je crois qu'il a le béguin pour Sam.

— L'amour est dans l'air pendant les mariages, ai-je taquiné.

—Je ne suis vraiment pas prête à ce que ma fille de quatorze ans sorte avec quelqu'un, dit Goldie avec un gémissement. Je pense qu'il devrait y avoir une règle interdisant aux parents et aux enfants de sortir avec quelqu'un en même temps.

—Avec qui sors-tu ? demanda Elise.

—Oh, personne. C'est juste que je suis célibataire. Je veux rester ouverte aux possibilités. Goldie rougit.

—Ah, je ne te crois pas. Pas du tout. Qu'est-ce qui se passe ? insista Elise.

Goldie secoua la tête. Rien du tout. C'est juste que mon nouvel assistant est très séducteur.

—Ton nouvel assistant masculin de vingt-six ans ? demanda Laura.

Goldie enfouit son visage dans ses mains. C'est bien lui.

—Oh mon Dieu, tu nous as caché des choses ! s'exclama Elise. Raconte-nous tout sur ce jeune séducteur. Et comment tu vas lui rendre la pareille.

Goldie gémit. Je ne peux pas flirter avec mon assistant. Il est magnifique, mais il est beaucoup trop jeune pour moi. Et il travaille pour moi. J'ai travaillé trop dur pour arriver là où je suis pour tout risquer avec une plainte pour harcèlement sexuel.

—Si c'est réciproque, ce n'est pas du harcèlement, dit Piper. Il n'y a aucune raison pour que tu ne puisses pas avoir une relation avec lui simplement parce que vous travaillez ensemble.

—Il travaille pour moi. C'est mon assistant. Tout peut être mal interprété. Et de toute façon, je ne suis pas intéressée par lui. Goldie mentait effrontément.

—C'est des conneries, dit Elise. Tu l'aimes bien, c'est évident. On peut toutes le voir.

Goldie gémit de nouveau. Je n'ai pas le droit, alors je choisis simplement de faire preuve de raison et je vais faire semblant que non. Accordez-moi ça, s'il vous plaît.

Elise ouvrit la bouche pour argumenter, mais je l'interrompis. Bien sûr. Tu ne viens pas ici pour être forcée à faire quelque chose qui te met mal à l'aise. N'est-ce pas, Elise.

Elise grommela mais accepta.

Finley ramena la conversation sur le mariage, laissant Goldie tranquille. Je lui ai offert un sourire en espérant qu'elle trouverait son propre bonheur. Je comprenais enfin pourquoi tous mes amis étaient si désireux que chacun soit heureux. Retrouver mon bonheur m'avait donné envie de voir tous mes amis follement amoureux comme je l'étais.

DEUX JOURS PLUS TARD, j'avais une réunion de suivi avec Bex concernant l'application que je concevais pour elle. J'avais déjà réalisé une maquette prête à être testée, si elle le souhaitait. Certains clients veulent simplement que le travail soit fait sans s'impliquer, mais j'avais le sentiment que Bex voudrait voir le produit en direct.

Je me suis assise devant mon ordinateur et j'ai attendu

son appel. Elle avait trois minutes de retard, mais ce n'était pas inhabituel pour elle, donc je ne m'inquiétais pas.

Jusqu'à ce que je reçoive un texto.

> Désolée. Coincée au téléphone. Il faut qu'on parle. Êtes-vous disponible dans trente minutes ?

Mon cœur s'est mis à battre la chamade. Elle aurait pu simplement annuler, mais elle avait dit qu'il fallait qu'on parle. C'était toujours de mauvais augure.

> Je suis disponible. À tout à l'heure.

> Merci.

J'ai éteint mon téléphone et pris une profonde inspiration. Peut-être que j'exagérais, mais quelque chose dans son ton semblait bizarre.

J'ai pris le temps de me chercher de l'eau et un petit en-cas, en veillant à ne pas rester trop longtemps loin de l'ordinateur au cas où elle appellerait plus tôt.

Quand les trente minutes se sont écoulées, je me suis rassise et me suis forcée à respirer profondément. Bex n'a pas appelé à ce moment-là. J'ai continué à attendre, l'angoisse s'intensifiant à chaque minute qui passait.

L'ordinateur a finalement sonné avec sept minutes de retard. J'ai expiré profondément, puis forcé mes lèvres à esquisser un sourire et j'ai répondu à l'appel.

—Bonjour ! Comment allez-vous ?

Bex n'avait pas l'air heureuse. Lors de notre premier appel, elle était stressée, mais cette fois, elle semblait simplement contrariée.

—Pas terrible, pour être honnête.

—Est-ce que tout va bien ?

Elle prit une inspiration et leva les yeux vers moi à travers l'écran. Nos regards se croisèrent, et je savais ce qui allait suivre.

—Honnêtement, non. J'ai reçu un appel plus tôt d'un collègue. Il a entendu dire que je travaillais avec vous pour développer l'application, et il a voulu me prévenir que travailler avec vous détruirait mon entreprise. Je ne devrais probablement pas vous dire ça, mais j'ai beaucoup de respect pour vous. Je suis juste confuse, Karissa.

—Bex, je ne sais pas quoi dire. Cela fait un mois que nous travaillons ensemble. Vous croyez ce que ce collègue a dit plutôt que moi ?

—C'est ce avec quoi je lutte. Normalement, ce n'est pas quelqu'un que j'écouterais, mais il m'a montré des preuves. Les avis sur son application sont horribles. Elle ne fonctionne pas comme prévu, elle plante constamment. C'est un désastre. Je ne peux pas laisser cela arriver à la mienne. Je n'ai pas les fonds pour payer quelqu'un d'autre pour la reconcevoir si elle ne fonctionne pas.

Je n'étais pas certaine de qui elle parlait, mais j'avais une idée. Je devais savoir si j'avais raison. —Bex, puis-je vous demander qui vous dit cela ? Je sais que cela trahit sa confiance, mais si je sais de qui il s'agit, je pourrais être en mesure de me défendre.

—Je ne suis pas sûre que ce soit une bonne idée.

—Je pense que cette personne essaie de ruiner mon entreprise. J'avais préparé une proposition pour une autre entreprise avant que vous et moi parlions. L'autre entreprise m'avait pratiquement donné un contrat, me disant que le projet était le mien. J'ai commencé à concevoir leur application, pour qu'ils m'appellent après des semaines de travail et me disent qu'ils avaient engagé quelqu'un d'autre à cause des supposés propos d'un de mes anciens clients.

—C'est horrible, dit Bex.

—C'était frustrant, mais ça arrive. Cependant, si quelqu'un essaie de ruiner mon entreprise, j'aimerais savoir qui. Je soupçonne Gary Carmack.

Bex ne dit rien, mais elle eut un petit hoquet de surprise. C'était tout l'aveu dont j'avais besoin pour lui raconter l'histoire.

—J'ai commencé à travailler pour lui il y a trois ans. Je venais de développer une application que j'avais vendue moi-même. Elle a eu beaucoup de succès. Il voulait que je lui vende cette application, mais j'ai refusé. C'était en quelque sorte un travail passionné, et quelque chose dont je voulais garder le contrôle. Il m'a demandé de développer autre chose pour lui. J'ai fait exactement ce qu'il voulait. L'application était parfaite. J'ai remis tous les fichiers de développement et les informations d'arrière-plan parce qu'il a dit qu'ils avaient une équipe interne qui mettrait en ligne l'application. Il a menti.

—Quoi ?

— Son équipe interne, c'était en réalité son frère, qui apprenait à développer des applications. Ils ont mis l'application en ligne, mais ils ont refusé de me contractualiser pour la maintenance régulière. Ils l'ont mise en ligne, et je n'avais aucun accès aux fichiers pour l'entretenir. Avec une vraie équipe, ce n'aurait pas été compliqué de faire de petites modifications, et ils auraient pu m'embaucher pour les mises à jour majeures, mais ils ne l'ont pas fait. Ils n'avaient pas non plus d'équipe interne ou qui que ce soit qui savait ce qu'il faisait. La première mise à jour a fait planter l'application sur tous les appareils.

— Non.

J'ai acquiescé. — Ils avaient encore les fichiers d'origine, donc ils les ont remis en ligne, mais ils avaient besoin de quelques mises à jour. Ils ont essayé de m'embaucher pour faire une mise à jour d'urgence, mais je n'avais pas de place dans mon agenda pour prendre en charge un tel projet immédiatement. Quand j'ai refusé de tout laisser tomber et d'abandonner les clients avec qui je travaillais à ce moment-là, M. Carmack a dit que je le regretterais.

— Wow, a murmuré Bex.

— Je ne sais pas si c'est de lui dont vous avez entendu parler, mais je voulais que vous connaissiez cette histoire, juste au cas où. D'après ce que je sais, ils ont dû payer le double de mon tarif pour que quelqu'un répare ce que le frère avait fait à l'application, et le fasse rapidement parce qu'ils essayaient de lancer une nouvelle gamme de produits. Je crois que ça s'est fait, mais le mal était déjà fait pour l'entreprise, et je ne pense pas qu'ils s'en soient remis. Il me blâme, même si je n'ai rien à voir avec tout ce gâchis. Je ne suis pas sûre pourquoi il contacte des gens maintenant pour essayer de ruiner ma réputation, mais je suppose que c'est parce qu'il y a des rumeurs selon lesquelles ils vont devoir fermer. Je pense qu'il espère que s'il peut rejeter la faute sur moi, il pourra peut-être me poursuivre en justice ou au moins sauver sa réputation et son nom.

— Je suis vraiment désolée, Karissa, a dit Bex. Elle a secoué la tête. — J'aurais dû savoir qu'il mentait. Il m'a dit que vous étiez la raison pour laquelle tout avait planté, et qu'il avait dû embaucher quelqu'un pour tout réparer. Il n'a jamais mentionné son frère ou son absence d'équipe.

— Je m'en doutais. Je ne suis pas surprise. Normalement, je ne parlerais pas aussi ouvertement d'un autre client, mais j'ai pensé que leur échec était assez public pour que je ne vous apprenne rien que vous ne sachiez déjà, à part mon rôle dans cette histoire.

— Je ne savais pas. Mais je suis contente de le savoir maintenant. Pouvez-vous me pardonner d'avoir même envisagé qu'il puisse dire la vérité ? Je comprendrai si vous n'êtes plus intéressée à travailler avec moi.

J'y ai réfléchi un instant. Je n'aimais pas que Bex ait fait confiance à Gary Carmack, mais je le comprenais. C'était quelqu'un avec qui elle avait d'autres liens, et j'étais quelqu'un qu'elle avait engagé. Me faire confiance pour son entreprise, c'était placer beaucoup de foi en moi, surtout quand quelqu'un d'autre lui assurait que c'était une mauvaise décision.

— Si vous êtes prête à me faire confiance, je continuerai à travailler avec vous. J'ai déjà créé une démo que je voulais vous montrer aujourd'hui. Le travail est presque terminé.

— Oh, merci beaucoup, Karissa. Je suis vraiment désolée. Je m'assurerai que toutes mes connaissances sachent à quel point vous êtes formidable pour que son histoire toxique ne continue pas à se répandre.

—Merci, lui ai-je dit. C'était agréable à entendre, mais c'était une pilule amère à avaler. Pardonner et oublier, c'est une chose, mais que mes valeurs soient remises en question et jugées insuffisantes, c'en est une autre. J'aimais bien Bex, et j'étais persuadée que Gary en avait fait des tonnes avec elle, mais si je voulais préserver ma carrière, je devais arrêter de compter sur les autres pour m'embaucher et faire un travail que j'aimais pour des personnes que j'aimais.

Comme cette application dont Trent et Xavier parlaient pour le théâtre.

## 20

*B*ex a adoré la démo que j'ai créée et s'est excusée profusément. Elle a également fait une annonce très publique déclarant qu'elle était fière de travailler avec moi pour la conception de son application. Dans cette annonce, elle s'est excusée d'avoir fait confiance à un collègue peu honnête et d'avoir presque mis fin à notre partenariat, tout en me remerciant pour mon honnêteté et mon travail acharné.

J'ai apprécié ce geste, mais cela n'a pas changé mon désir de concevoir davantage pour moi-même. Je voulais mettre à jour À la Recherche du Héros Littéraire Parfait et améliorer l'application. Je voulais créer d'autres applications auxquelles j'avais pensé au fil des années sans jamais avoir eu le courage de me lancer. Je voulais faire des choses pour mes amis et mes proches.

J'en avais fini de courir après des contrats avec des personnes qui pouvaient détruire tout mon travail en quelques frappes de clavier bien calculées et quelques médisances stratégiquement placées.

La meilleure des revanches est venue quand Maxwell

Robertson m'a contactée pour me demander un rendez-vous. Je lui ai dit que j'étais trop occupée pour le moment, mais que je pourrais le recevoir dans un mois. Il a répondu qu'il attendrait et s'est excusé d'avoir fait confiance à la mauvaise personne et de ne pas m'avoir accordé le contrat qu'il m'avait promis.

Je n'avais guère l'intention de travailler avec lui, mais j'allais quand même prendre ce rendez-vous pour voir ce qu'il avait à dire.

Pendant que Bex testait la démo que j'avais créée pour elle, j'ai décidé de commencer à travailler sur une application pour le cinéma. Je me suis dit qu'ils auraient besoin de deux applications : une pour les billets et les commandes de nourriture, et une autre pour permettre aux spectateurs de commander des boissons et des en-cas pendant une séance. Les deux devaient être suffisamment simples pour que les employés puissent les mettre à jour avec les informations actuelles, comme les titres des films et les options du menu. Ce qui signifiait que je devais en parler à Xavier.

Je l'ai invité à dîner mardi soir après ma réunion avec Bex pour que nous puissions discuter des détails. Ce n'était pas compliqué à construire, et j'étais sûre de pouvoir terminer avant l'ouverture du cinéma. Dans neuf jours. Peut-être étais-je folle.

—Tu es sûre de pouvoir faire ça ? a demandé Xavier.

—Je vais faire de mon mieux, lui ai-je répondu.

—On allait utiliser le site web. Trent l'a fait concevoir par les gens de son hôtel. Ça fonctionne.

—Je sais, mais tu voulais une application. Et je peux créer une application. Ainsi, tu pourras lancer exactement comme tu le souhaites. J'ai juste besoin de savoir avec quels restaurants tu as établi des partenariats et quelle partie de leur menu ils vont proposer. Et quelles concessions tu vas offrir pour ce côté de l'application.

—Si tu es sûre, alors faisons-le.

—J'en suis sûre.

Xavier m'attira à lui pour un baiser passionné. Sa main s'enfonça dans mes cheveux et inclina ma tête sur le côté. Il appuya son front contre le mien et inspira profondément. —Je t'aime.

—Je t'aime.

Il me relâcha et s'assit à la table. Nous avons passé en revue toutes les options et j'ai pris des notes sur tout. J'étais vraiment enthousiaste à l'idée de créer l'application.

Quand nous avons terminé avec les détails dont j'avais besoin, il m'a demandé si je voulais commander à dîner. —Chinois ?

—Ça me va. Où est J ce soir ?

—Dernière soirée de liberté avant la rentrée demain, répondit Xavier.

—Ah, j'avais oublié que l'école reprend demain.

—Ouais. Elle et Bianca sont sorties dîner, mais je vais la chercher à neuf heures.

—Donc, on a le temps pour le dîner et le dessert ? le taquinai-je.

—Oh, certainement.

Nous avons commandé de la nourriture chinoise et Xavier est allé la chercher pendant que je commençais à travailler sur mes plans. Quand il est revenu, j'avais déjà adapté une autre application et préparé une première maquette à lui montrer.

—Bon sang. Tu as fait ça pendant que j'allais chercher le dîner ?

J'ai fait oui de la tête. —C'est rapide, et ce n'est pas parfait, mais je voulais te donner une idée de ce à quoi ça pourrait ressembler. Si tu veux que je fasse quelque chose de différent, je peux.

—C'est incroyable. Je veux dire, je ne sais pas ce qu'il y a d'autre, mais c'est tout simplement génial.

—Je peux faire beaucoup de choses différentes, mais j'ai choisi celle-ci parce qu'elle me rappelle le théâtre. C'est différent mais on comprend clairement à quoi ça sert.

—C'est parfait.

Nous nous sommes assis sur le canapé et avons ignoré la télé pendant que nous parlions. —Tu seras prête à ouvrir la semaine prochaine ?

Il rit. —Je ne sais pas. Il y a des jours où j'ai l'impression que nous n'ouvrirons pas avant un an, mais je sais que nous sommes vraiment proches du but. Tous les sièges sont installés. Le stand de confiseries sera livré demain et installé par une équipe qui viendra dans l'après-midi. Les écrans doivent arriver la semaine prochaine. Il nous reste quelques petites choses à faire, mais je pense vraiment que c'est presque prêt.

—C'est super. Je sais que les gens sont enthousiastes. Est-ce que Goldie prépare quelque chose pour l'inauguration ?

—Qui est Goldie ?

Je l'ai regardé, mais il ne plaisantait pas. —C'est la directrice du tourisme de la région.

—Je doute qu'elle soit intéressée. C'est plus pour les locaux que pour les touristes. Et elle n'est probablement pas ici à cette période de l'année. Les touristes sont presque tous partis.

J'ai secoué la tête. —Goldie vit ici. Elle a un fils de quatorze ans. C'est une de mes amies. Je suis surprise que Finley ne lui ait pas parlé d'un événement pour le cinéma.

Xavier haussa les épaules. —Ce n'est pas grave. Je pense que nous avons suffisamment fait passer le mot. Les salles ne sont pas très grandes, et nous ne voulons pas que les gens soient mécontents parce qu'ils ne peuvent pas entrer.

—C'est vrai. Je n'y avais pas pensé.

—Ton application aidera pour ça. Si les gens achètent leurs billets à l'avance, ils sauront qu'ils ont des places.

—J'adore améliorer les choses.

Xavier a ri doucement.

Nous avons terminé notre dîner et nettoyé les boîtes dans lesquelles nous avions mangé. Nous étions dans la cuisine quand Xavier m'a prise dans ses bras.

—J'ai encore une heure avant de devoir aller chercher J.

J'ai tapé mon menton de l'ongle. —Que pourrions-nous faire de ce temps libre ?

Il a souri. —Je peux penser à quelque chose.

— Ah bon ?

Il hocha la tête. — Tu peux me montrer plus de cette application sur laquelle tu travailles.

J'ai pouffé de rire et l'ai repoussé.

Il a ri et m'a ramenée dans ses bras. — Ou alors on pourrait aller dans ta chambre et je pourrais te montrer à quel point tu m'as manqué.

— Je crois que cette idée me plaît davantage, ai-je admis.

— Moi aussi.

Il m'a conduite jusqu'à ma chambre, sa main dans la mienne. Il s'est arrêté juste à l'intérieur de la porte et s'est tourné vers moi, amenant ses mains pour encadrer mon visage. Il a incliné ma tête sur le côté et m'a embrassée doucement, me goûtant délicatement comme si c'était notre premier baiser au lieu d'un parmi des centaines, peut-être des milliers.

Nous nous sommes dirigés vers le lit lentement, comme si nous avions tout le temps du monde au lieu de moins d'une heure. Xavier a retiré son t-shirt d'une main derrière sa nuque, l'a laissé tomber et a ramené ses lèvres aux miennes.

J'ai étalé mes mains sur son torse, savourant la sensation de ses poils doux sous mes doigts. Sa peau était chaude. Tout comme sa main dans mon dos, qui me rapprochait de son corps. Il a soulevé mon t-shirt, mon ventre touchant le sien sans barrière entre nous.

J'en voulais plus. Et je savais que si je ne faisais pas avancer les choses, je n'aurais plus le temps pour plus. J'ai reculé et enlevé mon t-shirt, puis j'ai détaché mon soutien-gorge et l'ai jeté. Il m'a tirée de nouveau contre lui, sa peau chaude pressée contre la mienne.

Nous nous sommes embrassés comme les adolescents frénétiques que nous étions quand nous nous sommes rencontrés. Il a gémi quand je l'ai caressé à travers son jean, et j'ai gémi quand il a poussé une cuisse épaisse entre mes jambes.

— Assez de taquineries. J'ai besoin de toi, a-t-il dit contre mes lèvres.

J'ai acquiescé. Nous nous sommes séparés, chacun de nous poussant nos vêtements tout en essayant de garder nos mains l'un sur l'autre. Il a trébuché sur son jean, et ma culotte s'est coincée à mon pied, mais nous avons réussi à tomber sur le lit ensemble, riant, nous embrassant et nous touchant.

Ses doigts ont plongé entre mes cuisses, m'écartant large-ment tandis que sa langue effleurait le bout de la mienne. Je l'ai regardé, les yeux ouverts, alors qu'il m'observait.

— J'adore te voir jouir, a-t-il murmuré.

J'ai souri. — J'adore te voir jouir.

—Vraiment ?

J'ai hoché la tête. —Bien sûr. C'est sexy et ça me fait sentir puissante de pouvoir te faire ressentir autant de plaisir.

—Toujours, Karissa.

Il enfonça son doigt en moi, ramenant mon humidité vers mon clitoris où il concentra son attention. Je n'ai pas tardé à griffer son dos et à gémir de plaisir, regrettant que nous n'ayons qu'une heure.

—Je veux te goûter, ai-je dit en me mettant à genoux.

—Je veux jouir en toi.

—Je sais. Je ne serai pas longue. Juste te goûter. Tu m'as manqué, ai-je avoué.

Son visage s'adoucit, et il se mit sur le dos. Son sexe se dressait, courbé vers son ventre. Des poils foncés l'entouraient. Il plaça ses mains derrière sa tête et me regarda prendre position entre ses genoux.

Je me penchai en avant, léchant le dessous de son membre. Il gémit, ses yeux se fermant à demi. J'écartai les lèvres et le pris dans ma bouche. Je pouvais sentir ses cuisses se contracter alors qu'il se retenait. Ce n'était pas ce que je voulais. Je voulais Xavier. Mon Xavier.

Je fis glisser mes ongles le long de ses cuisses, et il frémit sous mon toucher. Quand je les ramenai, je m'accrochai à ses hanches et levai les yeux vers lui.

Il me regardait, ses yeux pleins d'amour, d'admiration et de tendresse. —Je t'aime.

Je souris autour de son sexe, sachant qu'il lisait ces mots dans mon regard.

Je léchai son gland et le pris profondément à nouveau. Il gémit, et après quelques mouvements supplémentaires, il abandonna toute retenue, écarta mes cheveux de mon visage et les maintint pour pouvoir contrôler mes mouvements.

—Putain, Karissa. Oh, mon Dieu. C'est tellement bon.

Je marmonnai mon accord et le laissai me guider jusqu'à ce qu'il me retire avec un bruit humide et m'attire le long de son corps. Il remplaça son sexe par sa langue, explorant ma bouche et gémissant alors que mon corps recouvrait le sien.

—Tu m'as manqué.

Je lui ai souri. —Moi aussi.

Je me suis redressée et j'ai écarté largement mes cuisses pour l'accueillir. Il s'est tenu droit pendant que je m'abaissais sur lui, et nous avons tous deux gémi en sentant son sexe profondément en moi.

—Bon sang. J'y suis presque, ma belle. Je peux te toucher ? T'aider à venir avec moi ?

—S'il te plaît, ai-je gémi, sentant déjà le plaisir monter en moi. Sucer son sexe m'avait mise en condition, mais le sentir me remplir me rendait pratiquement orgasmique sans effort.

Sa paume a maintenu ma cuisse tandis que son pouce appuyait contre mon clitoris. J'ai bougé mes hanches, le prenant lentement au début, mais accélérant à chaque seconde qui passait. Ce n'était pas long avant qu'il ne grogne en serrant les dents. Son pouce a appuyé plus fort, m'envoyant de plus en plus haut jusqu'à ce que je bascule, perdant toute ma force alors que mon orgasme prenait le dessus et que mon corps devenait mou.

—Putain, Karissa, a gémi Xavier. Il n'a pas relâché la pression sur mon clitoris tout en me pénétrant par en dessous et en me tenant pendant qu'il me baisait et finissait.

—Oui, ai-je gémi en le sentant jouir en moi, cette chaude effusion de liquide qui a presque déclenché un autre orgasme chez moi.

—Oh, mon Dieu, a-t-il grogné, ramenant mon corps contre le sien. Il respirait lourdement dans mon oreille. Mon cœur battait à l'unisson avec le sien, tous deux épuisés et pleinement satisfaits.

Nous sommes restés allongés pendant quelques minutes, nous tenant l'un l'autre et savourant la sensation d'être ensemble. Quand j'ai senti qu'il glissait hors de moi, j'ai roulé sur le côté et je suis allée à la salle de bain.

Il est entré juste derrière moi. —C'est bizarre ?

J'ai secoué la tête. —C'est peut-être bizarre que ce ne soit pas bizarre.

Il a souri et s'est penché pour m'embrasser.

Nous nous sommes nettoyés et habillés. Je l'accompagnais à la porte quand son alarme s'est déclenchée.

—Timing parfait, ai-je dit.

—Pas vraiment. Je dois te quitter. Il a pris mon visage entre ses mains et m'a tenue près de lui pendant qu'il m'embrassait. Je me suis appuyée contre lui, ne voulant pas qu'il parte mais sachant qu'il le devait.

—Je t'aime.

Il m'a serrée fort dans ses bras. —Je t'aime, Karissa. Un jour, je n'aurai plus à te quitter en courant.

—Nous y arriverons.

Il m'a embrassée à nouveau, puis est sorti. J'ai verrouillé la porte derrière lui et je me suis adossée contre elle. Ce «un jour» semblait beaucoup plus proche qu'il ne l'avait jamais été.

J'AI PASSÉ TOUTE la journée suivante à travailler sur l'application pour le cinéma. J'étais tellement enthousiaste. Elle faisait tout ce que Xavier voulait, et c'était même plus facile que je ne l'avais imaginé. Elle n'était pas encore prête à l'emploi, mais elle s'en approchait. Encore quelques jours et elle serait utilisable.

Je devais encore créer un module de saisie pour que Xavier ou Geneviève puissent actualiser les informations sur les films, mais dans l'ensemble, j'étais vraiment ravie de l'application. Tellement ravie qu'à la fin de ma journée, j'ai décidé de sortir célébrer ça avec une douceur de la Pâtisserie de la Crique.

La pâtisserie était bondée quand je suis entrée. Pleine d'adolescents avec leurs sacs à dos. J'avais complètement oublié que c'était la rentrée des classes.

Harriett était derrière le comptoir avec un énorme sourire sur le visage. —Bonjour, Karissa. Comment vas-tu ?

—Je vais bien. Tu as l'air de bonne humeur.

—Oh, c'est vrai. J'adore quand les jeunes viennent ici. Ils donnent vraiment vie à l'endroit.

—Je suppose que c'est aussi bon pour les affaires.

—C'est certain. Je ne vais pas prétendre que cet aspect n'aide pas.

J'ai ri avec elle. —On dirait que vous avez encore la vitrine bien remplie.

—Valentina savait que ce serait chargé aujourd'hui, alors elle a préparé des extras de tout. Même de sa spécialité du jour.

—Vraiment ? Quelle est la spécialité du jour ?

—C'est un gâteau au caramel avec un brownie cuit à l'intérieur.

— Sérieusement ? ai-je demandé. L'eau me venait déjà à la bouche.

— C'est incroyable. Je n'ai jamais pâtissé comme elle le fait. Je n'ai pas du tout son esprit créatif. Elle m'impressionne constamment.

— Je suis sûre qu'elle apprécie l'opportunité d'être créative, ai-je dit à Harriett.

— C'est certain, a dit Valentina, en s'approchant d'Harriett. Je ne l'avais pas vue arriver. — J'ai le meilleur travail du monde, et mes hanches prouvent que j'y excelle.

— Tu es magnifique, a dit Harriett. — Et tout homme qui n'est pas capable de le voir est un imbécile.

Le sourire de Valentina s'est légèrement estompé. — Oui, enfin, mes talents de pâtissière sont bons. Tu veux goûter la spécialité du jour, Karissa ?

J'ai hoché la tête. — Ça a l'air trop bon pour passer à côté.

— Et ton pain au chocolat ? a demandé Harriett pendant que Valentina souriait à un client avant de s'excuser.

— Bien sûr, pourquoi pas, ai-je dit. Quand Harriett a rapporté mes affaires au comptoir, j'ai baissé la voix. — Est-ce que tout va bien entre Valentina et Dawson ?

Harriett a froncé les sourcils et secoué la tête. —Il travaille constamment et voyage pour son boulot. Ça commence à l'affecter. Elle pense qu'elle n'est plus une raison suffisante pour qu'il reste à la maison. Je pense qu'il serait fou de la tromper, mais les hommes sont parfois des idiots.

J'ai ri doucement. — Ça, c'est sûr.

— J'entends dire que ton homme se reprend en main. On dirait que les choses vont bien.

Mes joues ont rougi, et j'ai acquiescé. —Nous prenons plaisir à apprendre à nous connaître à nouveau.

— Eh bien, tant mieux pour toi. Tu as besoin de bonheur dans ta vie. Cette McJenna me rappelle tellement toi. Harriett a fait un signe de tête derrière moi.

Je me suis retournée et j'ai aperçu McJenna à une table avec Bianca et deux autres filles. Elles discutaient avec animation et riaient, ayant l'air de vieilles amies.

—C'est une bonne gamine.

—C'est vrai. Elle est souvent venue ici avec Bianca, et elle a toujours été respectueuse et gentille. Elle est...

Harriett s'interrompit et fixa un point derrière moi. Je mis un moment à comprendre qu'elle regardait McJenna.

—Quoi ? J'arrive... J'arrive tout de suite. D'accord. La voix élevée de McJenna fit taire le reste de la boulangerie. Elle raccrocha son téléphone et regarda ses amies avec panique et peur. —Mon père. Il est à l'hôpital.

Elle éclata en sanglots là, au milieu de la boulangerie.

Ses mots résonnèrent en moi. Hôpital. Xavier était à l'hôpital.

—McJenna, que s'est-il passé ? demanda Harriett en contournant le comptoir.

J'observais la scène comme si c'était un film, incapable de bouger, d'intervenir ou de faire quoi que ce soit.

—Il était au travail et déplaçait ou installait quelque chose. Je ne sais pas. Ils ont juste dit que quelque chose lui est tombé dessus. Il est blessé. Il a dû aller à l'hôpital. Ils ne savent pas dans quel état il est. Et s'il était mort ? S'il meurt ? Qu'est-ce que je vais faire ?

—Viens, ma chérie. On t'emmène. Bianca, prends tes affaires. La voix de Valentina trancha à travers tout le reste. —Karissa, tu veux venir avec nous ?

Je secouai lentement la tête. Je ne pouvais pas. Si quelque chose arrivait. S'il n'allait pas bien. Je ne pouvais pas.

Valentina me fixa pendant un long moment, puis hocha la tête et guida les filles vers la porte d'entrée. Je restai là, à les regarder, jusqu'à ce qu'elles disparaissent au coin de la rue.

Harriett s'approcha de moi et passa son bras autour de ma taille. Elle me guida jusqu'à une table et m'aida à m'asseoir. Je restai là pendant des heures. À fixer le mur. Je ne pouvais rien faire d'autre.

## 21

## XAVIER

*L*es hôpitaux étaient mon endroit le moins préféré au monde. Je les détestais. Je ne connaissais pas beaucoup de gens qui les adoraient, surtout en tant que patient, mais être assis là à souhaiter ne pas être seul était le pire sentiment dans ce putain de monde entier.

J'ai bougé et grimacé à la douleur qui a traversé mon corps. J'avais de la chance, et je le savais, mais ça ne rendait pas toute cette situation moins pénible.

Un coup à ma porte m'a fait relever la tête de l'oreiller et a fait naître de l'espoir en moi. Il n'a fallu qu'une demi-seconde pour que cet espoir soit brisé, comme ma jambe l'avait presque été.

— Salut, a dit Trent avec un sourire de travers. Il a jeté un coup d'œil au lit à côté de moi et a adouci sa voix quand il a remarqué McJenna endormie. — Comment tu te sens ?

— Comme le plus grand idiot de la planète.

— On fait tous des trucs stupides comme ça. Tu pensais pouvoir le déplacer. Comment étais-tu censé savoir qu'il allait te tomber dessus ?

Je l'ai regardé avec une frustration à peine contenue.

J'étais presque sûr qu'il savait que ce n'était pas de ça que je parlais.

Ça lui a pris une seconde, puis il a dit : — Ah, tu veux dire Karissa. Pourquoi l'écarter de ta vie ?

— C'est elle qui m'écarte.

— Tu l'as appelée ? Tu es sûr que c'est ce qui se passe ?

— Ah, mec, je savais que j'avais oublié de faire quelque chose. Je devrais juste l'appeler et tout ira bien. J'ai lancé un regard noir à mon meilleur ami en essayant de ne pas le détester, lui et son bonheur éclatant.

— Finley a dit qu'elle était à Cove Bakery quand McJenna a reçu l'appel. Elle a paniqué. Peut-être qu'elle a juste eu peur ou quelque chose comme ça.

— Et parce qu'elle a peur, elle ignore tous mes appels, mes textos et mes messages ?

Trent haussa les épaules, impuissant.

—Elle a rompu. Pour une raison quelconque, elle a rompu. Peu importe pourquoi, au fond. Si elle ne veut plus être avec moi, alors c'est fini. Je pensais qu'on construisait quelque chose. J'essayais d'y aller doucement—

—Tu ne lui as pas dit que tu l'aimais toujours ?

—Si, mais c'était juste de l'honnêteté. Pas une façon de la brusquer.

—Tu es sûr qu'elle le voit de la même façon ?

Je grognai contre lui.

Trent leva les mains et s'installa sur la chaise à côté du lit que je n'étais pas autorisé à quitter. Bordel, je ne pouvais même pas pisser sans assistance.

—Je ne connais pas bien Karissa. Je ne vais pas prétendre comprendre ce qu'elle pense. Mais je sais ce que c'est d'avoir peur. J'ai repoussé Finley à chaque occasion parce que les choses allaient trop vite pour moi. Ce n'était même pas elle qui précipitait les choses, c'était notre réalité. Peut-être que Karissa a peur que les choses aillent trop vite.

—Elle m'a dit qu'elle m'aimait aussi. On était ensemble dans cette histoire. Elle travaillait sur une appli pour le cinéma. Elle m'a envoyé un message disant qu'elle voulait me la montrer. Je n'ai jamais répondu parce que j'étais coincé sous le stand de confiseries, mais putain, mec, je ne la pousse pas trop loin, trop vite. Quelque chose a changé, bordel.

Trent changea de position, la chaise en plastique craquant sous son poids. Il se pencha en avant. —Tu veux que je parle à Finley ?

—Putain, non. Rentre chez toi auprès de ta famille. Je m'en sortirai pour la nuit. Tu n'as pas besoin de rester ici toute la nuit.

—Tu veux que j'emmène J ?

Je soupirai. Ma gamine a complètement flippé. Je ne savais pas vraiment pourquoi elle avait reçu cet appel, mais quand les ambulanciers sont arrivés pour dégager le stand de confiseries qui m'écrasait, ils ont appelé Trent, et quand il a demandé si McJenna était au courant, l'ambulancier l'a appelée. Ils auraient pu laisser Trent aller la voir pour lui annoncer, mais ils ont pris sur eux d'informer une adolescente que son père était blessé et transporté à l'hôpital.

J'étais trop dans les vapes à ce moment-là pour prendre des décisions. Trent m'a rejoint à l'hôpital et a été surpris quand Valentina est arrivée peu après avec McJenna, Bianca, et sa fille cadette, Sam.

McJenna est devenue folle, pleurant hystériquement et s'inquiétant que j'allais mourir. Trent a dû la calmer et lui dire que j'allais bien avant qu'elle ne se ressaisisse et écoute les médecins.

Trent m'a dit qu'elle avait aussi déclaré qu'elle se retrouverait sans abri si je mourais, une chose dont nous n'avions jamais parlé. Elle ne savait pas que Trent deviendrait son tuteur légal s'il m'arrivait quelque chose.

Il y avait beaucoup de choses dont je devais parler à ma

fille quand je sortirais de l'hôpital, mais pour cette nuit, tout ce qu'elle avait besoin de savoir, c'était que j'irais bien et qu'elle devait quand même aller à l'école pour le deuxième jour de sa seconde année de lycée.

—Oui, elle a besoin de dormir un peu. Emmène-la manger une glace. Assure-toi qu'elle sache que tu es là pour elle. Je sais que c'est beaucoup alors que tu as déjà George, mais...

—Ne dis pas de conneries, a grogné Trent. J est aussi la mienne. Elle n'est jamais un fardeau, et elle n'est jamais moins importante que George. Je pense qu'on pourrait tous les deux profiter d'une glace ce soir. Même s'il est tard.

J'ai souri. Il était toujours le parent qui voulait la maintenir dans le droit chemin. J'étais celui qui voulait gâter J parce que je me sentais coupable qu'elle n'ait pas de mère. Nous nous équilibrions la plupart du temps.

—Merci.

Trent s'est levé et s'est penché sur moi, me serrant maladroitement dans ses bras dans le lit d'hôpital. —Tu m'as foutu une trouille pas possible aujourd'hui. Ne refais plus ça. Je ne veux pas te perdre.

Ma gorge s'est serrée d'émotion. J'ai hoché la tête. —Je suis content que quelqu'un ressente ça.

—Karissa va s'en remettre. Elle a juste besoin de temps. Vous allez y arriver.

—On verra bien.

—Je vais réveiller J pour qu'elle puisse te dire bonne nuit. Ensuite, on partira.

—Merci.

Trent est allé vers le lit à côté de moi et a doucement secoué ma fille. Elle a bougé et s'est étirée, puis a cligné des yeux une minute plus tard et s'est redressée d'un coup. Elle s'est tournée pour me regarder et s'est détendue.

—Tu vas rentrer à la maison avec moi, lui dit Trent. —Je voulais que tu dises bonne nuit à papa.

—Je ne veux pas y aller, dit McJenna, sa voix tremblant autant que sa lèvre.

—Je vais bien, lui dis-je. —Je me sens bien. Ils veulent juste me garder ici parce qu'il est tard et ils veulent s'assurer que je suis stable sur des béquilles avant de me renvoyer chez moi.

—Tu ne peux pas monter les escaliers. Comment vas-tu faire ? Et la douche ? Et les toilettes ? La voix de McJenna montait en tonalité et en volume à chaque question.

—Hé, viens ici, lui dis-je en tendant la main. —Écoute, je vais bien. Je te le promets. J'ai mal, mais c'est normal. Et oui, il faudra s'y habituer, mais je vais m'en sortir. Et je sais que tu m'aideras. Trent et Finley aussi.

—Et Karissa ? demanda McJenna. —Pourquoi n'est-elle pas là ? Je croyais que vous sortiez ensemble ?

J'ignorai la douleur qui me transperçait la poitrine et forçai un sourire. —Je ne sais pas pourquoi elle n'est pas là. Mais ça n'a pas d'importance. Je m'en sortirai. Toi et moi, on s'en sortira.

—Je ne veux pas déménager encore si toi et Karissa vous vous séparez. S'il te plaît, ne me fais pas déménager encore.

Je secouai la tête. —Je ne le ferai pas. Je te le promets. On reste ici.

—Tu es sûr ?

—Oui. Maintenant, va avec Oncle Trent. Il a dit qu'il allait t'acheter une glace.

—Vraiment ? demanda McJenna avec un sourire.

J'acquiesçai. —C'est ce qu'il a dit.

—Est-ce que je peux choisir la taille de ma glace ? demanda McJenna.

Trent gémit et passa son bras autour de ses épaules. —Je crois que je suis dans le pétrin.

McJenna rit. —C'est possible. Elle s'approcha de moi et m'étreignit avec précaution, puis retourna vers Trent qui la guida hors de la pièce.

J'écoutai leurs voix s'éloigner dans le couloir. Quand ils furent trop loin pour que je puisse les entendre, je m'efforçai de discerner un bruit quelconque à travers le silence.

Mais rien ne vint. Personne n'était là. J'étais vraiment complètement seul.

Putain de merde. C'était nul.

AVANT DE ME LAISSER SORTIR, on m'a fait prouver que je pouvais me déplacer avec mes béquilles. Le médecin ne voulait pas me déclarer apte à travailler, mais je l'ai assuré que j'avais une assistante qui me botterait les fesses si je ne suivais pas ses instructions à la lettre.

Je devais quand même faire le tour de l'étage avec mes béquilles sans aide et sans m'arrêter, et prouver que je pouvais utiliser les toilettes sans assistance.

Après avoir réussi ces deux tests, le médecin a signé mon autorisation de sortie à contrecœur. Il a fait promettre à Trent de me ramener si je faisais quoi que ce soit qui aggraverait ma jambe.

Le règlement de l'hôpital exigeait que je parte en fauteuil roulant. Avec ma jambe surélevée, os cassés et tout. Je n'avais pas besoin d'une opération pour réparer ma jambe, mais j'avais quand même fracturé le tibia et le péroné, ce qui signifiait une plus longue période de guérison avant que je puisse me remettre sur pied.

—Tu as faim ? demanda Trent après m'avoir installé dans son véhicule. Sur la banquette arrière pour que je puisse étendre ma jambe. Comme si j'étais un enfant.

—Je suppose que je pourrais manger, grognai-je comme le gamin capricieux que j'étais.

—Une préférence pour l'endroit où on va ?

—Un endroit sans escaliers, dis-je. Vu que je ne pouvais pas penser à un endroit avec des escaliers, je supposais que ça allait de soi, mais juste au cas où, je n'avais pas envie d'affronter des escaliers dès le premier jour.

Trent rit doucement. —Compris. Dis, comment vas-tu te déplacer chez toi ?

J'ai haussé les épaules. J'y avais réfléchi toute la nuit sans trouver de réponse. Je savais que je pouvais monter des escaliers, mais autant de marches ne serait pas facile. Surtout que l'escalier était large et que je ne pouvais pas atteindre les deux rampes en montant et descendant. Je pouvais le faire avec une béquille et une rampe, mais si la béquille glissait...

—Je ne sais pas.

—On pourrait peut-être aménager une chambre au rez-de-chaussée. Cloisonner une partie du salon ou quelque chose comme ça.

—Je me débrouillerai, ai-je grommelé.

Trent m'a regardé dans le rétroviseur mais n'a fait aucun commentaire.

Je me comportais comme un con, et j'en étais conscient, mais je n'arrivais pas à réprimer ma frustration. Après le départ de Trent et McJenna hier soir, j'avais envoyé un SMS à Karissa et je lui avais aussi écrit sur l'application. Elle n'avait répondu à aucun des deux. J'étais presque certain qu'elle les avait vus, mais elle ignorait mes messages.

Je détestais l'admettre, mais je lui en avais même envoyé un avant l'arrivée de Trent ce matin. Un message lui demandant ce que j'avais fait de mal et pourquoi elle était fâchée contre moi. Je me sentais comme un gamin pleurnichard en lui demandant ça, mais bordel, je voulais lui parler. J'étais blessé, et la seule personne que je voulais voir était devenue un fantôme.

Trent s'est garé sur le parking à côté de Will Work For Burgers. Il a fait le tour pour m'ouvrir la portière puisque je ne pouvais pas l'atteindre avec ma jambe calée comme elle l'était. Trent a pris mes béquilles et les a tenues pendant que je me glissais sur la banquette et me sortais doucement de la voiture. J'allais être un sacré connard insupportable d'ici à ce que ma jambe guérisse et que je puisse à nouveau me débrouiller seul.

J'ai suivi Trent à l'intérieur et j'ai soupiré de soulagement en voyant que c'était merveilleusement calme. Il y avait quelques clients, mais pas beaucoup, et atteindre une table était facile.

Nous nous sommes assis et avons commandé, remettant nos menus au serveur. Il est revenu une minute plus tard avec nos boissons et la promesse que la nourriture arriverait bientôt.

—Comment te sens-tu ? a demandé Trent. Ça semblait être la seule chose qu'il savait encore me demander.

—Comme de la merde. Comment s'est passée la matinée de J ?

Trent a haussé les épaules. —Elle s'inquiète pour toi. Elle s'inquiète aussi pour Karissa et se demande pourquoi elle n'est pas venue.

—Peu importe. J a préparé un déjeuner ? Parfois elle fait semblant d'en avoir un mais n'en a pas.

—Je sais, mec. J'ai vécu avec elle toute sa vie.

—Je sais. Je suis désolé. Je voulais être là pour son premier jour dans sa nouvelle école, et au lieu de ça, je me suis retrouvé à l'hôpital après sa première journée, et j'ai raté son deuxième jour. J'ai vraiment l'impression d'être un père minable.

—Pourquoi ?

J'ai soupiré et levé les yeux vers lui. —Je voulais partir plus tôt hier. J'espérais avoir le temps de voir Karissa avant d'aller chercher J. J'étais en train de déplacer cette vieille épave pour que l'installation du nouveau stand de concession soit plus rapide. Je pensais pouvoir le faire, mais ça s'est accroché au sol et ça a basculé. C'était stupide de ma part d'essayer de le faire, et c'est arrivé parce que j'essayais de faire passer ma copine avant mon enfant.

Trent a poussé un profond soupir et secoué la tête. —C'était un accident. Ce n'est pas parce que tu as fait une erreur ou qu'une force cosmique t'a montré que tu étais un mauvais père. Tu as le droit de vouloir une vie.

—Je ne suis pas sûr d'en avoir le droit. J est enfin heureuse. Pendant des années, j'ai essayé de faire tout ce que je pouvais pour m'assurer qu'elle soit heureuse, et elle l'est enfin. Elle a des amis ici et des gens avec qui elle aime passer du temps, et tout ce que j'ai fait depuis notre arrivée, c'est penser à d'autres personnes qu'elle. Karissa, moi-même, le travail... j'ai fait exactement ce que je m'étais toujours promis de ne pas faire : mettre mon enfant au dernier plan.

—Ce n'est pas ce que tu fais. Tu lui apprends qu'on peut être parent et être une personne à part entière. Tu lui montres qu'elle peut devenir ce qu'elle veut. C'est plus difficile d'être une femme. Je le vois avec Finley tout le temps. Elle travaille à plein temps et elle est mère. Elle excelle dans les deux rôles, mais ça la consume. Elle m'a dit qu'elle doit être meilleure en tout pour réussir parce qu'il y a toujours des gens qui attendent de lui dire qu'elle échoue. Que ce soit d'autres parents qui jugent comment elle élève notre fils ou d'autres entrepreneurs qui pensent qu'elle fait quelque chose qu'elle ne devrait pas faire, c'est dur. Et c'est dommage parce qu'elle est incroyable. Quand J grandira, elle aura la même pression. Même si elle n'a pas sa propre entreprise, ce sera pareil si elle veut fonder une famille. Montre-lui maintenant qu'elle n'a pas à choisir comme tu l'as toujours fait. Montre-lui que tu as fait ton choix parce que tu savais que la bonne personne était quelque part et que tu ne l'avais pas dans ta vie jusqu'à maintenant.

—Elle n'est pas dans ma vie. Karissa a clairement fait comprendre qu'elle n'est pas intéressée à poursuivre ce qu'on avait commencé.

—Je n'arrive toujours pas à y croire.

—Tous les messages sans réponse que je lui ai envoyés sont une preuve assez définitive.

—Rien n'est prouvé tant que tu ne lui as pas parlé.

—Je ne sais pas si c'est une bonne idée. Je pourrais craquer et la supplier de me donner une autre chance.

—Alors on devrait aller chez elle ensuite parce que j'adorerais voir ça.

J'ai ricané en secouant la tête. —Pas question. Après le déjeuner, je dois aller au théâtre et m'assurer que les choses avancent.

—Geneviève peut s'occuper du théâtre.

—S'il te plaît, Trent. J'ai besoin de rester occupé. Je ne peux pas rester à la maison à espérer que tout soit prêt pour la semaine prochaine. On ouvre dans une semaine jour pour jour. Je dois être là.

Trent serra les dents, mais finit par hocher la tête. —D'accord. Mais je reste avec toi pour aider avec tout ce qui doit être fait.

—D'accord.

Nous avons terminé notre déjeuner, et Trent a conduit jusqu'au théâtre. De l'extérieur, tout semblait bien. C'était propre, calme et prêt à l'emploi. À l'intérieur, c'était une histoire légèrement différente.

—Qu'est-ce qui s'est passé ici, bon sang ? ai-je demandé à Geneviève quand nous sommes entrés.

—Bonjour, patron. Je ne pensais pas que vous seriez là aujourd'hui.

—Donc vous pensiez que détruire l'endroit ne serait pas grave ? ai-je aboyé.

Geneviève s'est figée face à mes paroles sévères. Elle a joint ses mains et incliné la tête. Elle m'a souri, un de ces sourires narquois où la personne veut vous faire avaler des couleuvres. —Je m'excuse pour le désordre. Malheureusement, c'était inévitable puisque les pompiers qui ont déplacé le stand de concession de votre jambe cassée n'ont pas été très soigneux avec le sol. L'équipe de David est là pour remplacer la section endommagée et terminer l'installation qu'ils n'ont pas pu faire hier à cause de l'accident et de l'interdiction d'accès.

Eh merde. Elle avait raison. Et elle avait raison d'être en colère contre moi pour lui être tombé dessus. —Je suis désolé. Je n'aurais pas dû m'énerver contre vous. Vous avez raison. C'est moi le connard qui a tout foutu en l'air. Est-ce qu'on pourra ouvrir à temps ?

Genevieve avait toujours l'air furieuse. —Oui. Nous le ferons. Je fais tout ce qui est en mon pouvoir pour m'en assurer. Le sol sera réparé et le stand de concession installé aujourd'hui. Nous n'avions rien d'autre à l'ordre du jour. Je dois travailler sur le panneau communautaire, mais je m'en occuperai la semaine prochaine au lieu d'aujourd'hui. Les écrans sont toujours prévus pour être livrés et installés mardi. Je fais de mon mieux.

—Vous faites un travail formidable, Genevieve, dit Trent à ma place. —Ce que Xavier voulait dire, c'est merci d'avoir géré autant de choses pendant son absence, et vous recevrez une prime pour tout le travail supplémentaire que vous avez assumé. Et une autre pour avoir supporté son caractère têtu et maussade pendant sa convalescence.

Genevieve adressa un sourire sincère à Trent. —Vous êtes très gentil, Monsieur MacKellar, mais ce ne sera pas nécessaire.

—Je vous en prie, appelez-moi Trent, et si, ça le sera. À moins que vous ne disiez cela parce qu'il vous a tellement mise en colère que vous donnez votre démission.

—Merde, soufflai-je. —S'il vous plaît, ne démissionnez pas, Genevieve. Je suis de mauvaise humeur, et je passe mes nerfs sur vous, et j'en suis désolé. Mais s'il vous plaît, ne démissionnez pas.

—Je ne démissionne pas. J'aime travailler ici. Et vous avez le droit d'être de mauvaise humeur. C'est juste que je... merde. Elle prit une respiration tremblante et ferma les yeux. Elle déglutit péniblement, puis essuya les larmes qui coulaient de ses yeux. —Pardonnez-moi. Vous m'avez vraiment fait peur hier, et les hormones me rendent plus émotive que d'habitude, et je me sens un peu folle en ce moment. Puis-je vous serrer dans mes bras ?

Sa demande me prit au dépourvu, mais j'en fus incroyablement touché. J'ouvris les bras et souris quand elle se précipita vers moi, puis s'arrêta pour ne pas me faire perdre l'équilibre.

—Vous allez bien ? demanda-t-elle.

J'acquiesçai. —Je vais m'en remettre. Je serai sur des béquilles pendant au moins trois mois, mais je me rétablirai pour faire quelque chose de stupide à nouveau.

—Ne me faites plus peur comme ça. Teddy a presque dû m'attacher pour m'empêcher d'aller à l'hôpital voir comment vous alliez.

—Je suis désolé. Je ne voulais vraiment pas vous bouleverser à ce point. Je suis là. Et je vais bien. Et je vais travailler sur mon attitude.

Genevieve ricana. —Je ne le croirai que lorsque je le verrai.

Trent ricana. —Je l'aime bien. Pas étonnant que tu te sois donné tant de mal pour la garder.

Je levai les yeux au ciel. —Je suis blessé, vous n'êtes pas censés vous liguer contre moi.

—Mais c'est tellement amusant, dit Geneviève.

Trent éclata de rire, et je secouai la tête.

—Merci à vous deux d'être là. Ça compte plus que vous ne le pensez.

—C'est ce que font la famille et les amis, mec. On ne va nulle part. Peu importe à quel point tu peux être con.

Geneviève rit et acquiesça. —Ce qu'il a dit.

## 22

Je n'avais aucune envie d'aller au club de lecture. J'évitais tout le monde depuis des jours. Finley m'appelait toutes les heures, mais j'ignorais ses appels. Quand elle m'a dit qu'elle se pointerait à l'appartement si je ne répondais pas pour s'assurer que j'étais vivante, je lui ai envoyé un texto disant simplement que j'allais bien. Un mensonge, mais ça l'a fait me laisser tranquille. En quelque sorte.

Finley me tenait au courant par texto de l'état de Xavier, m'informant de l'étendue de ses blessures, de comment il se sentait, du moment où il sortait de l'hôpital, de tout. Je détestais ça, mais j'en avais aussi besoin.

J'étais paralysée par la peur. Entendre McJenna dire qu'il était à l'hôpital m'avait ramené directement au moment de la mort de ma mère. Et puis Eddie qui s'était retrouvé à l'hôpital il y a moins d'une semaine. Je ne pouvais pas le supporter. Je ne pouvais pas perdre quelqu'un d'autre. J'étais déjà amoureuse de lui, mais nous étions toujours séparés. On sortait ensemble, on n'était pas mariés. On ne vivait pas ensemble. On sortait juste ensemble. Si je le laissais entrer complètement dans ma vie, si je mêlais ma vie à la sienne, et qu'ensuite quelque chose lui arrivait, je n'y survivrais pas. C'était impossible. Je devais donc prendre mes distances.

Ce qui me ramenait au club de lecture. Rompre avec Xavier signifiait créer du stress pour Finley et Trent. Xavier vivait avec eux. Il était le meilleur ami de Trent au monde entier. Sans Xavier et moi ensemble, ils devraient choisir entre nous. Nous ne pourrions pas être présents ensemble. Peut-être que je ne pourrais pas y être du tout.

Je ne voulais pas perdre mes amis, mais je savais que ce serait plus facile à la fin. J'avais déjà perdu assez de personnes à cause de la mort. Je n'étais pas assez forte pour revivre ça.

Mais encore une fois, Finley m'a menacée. Si je ne me présentais pas au club de lecture, elle déplacerait le club de lecture dans mon appartement. Elle était toujours sur le bail et avait donc toujours une clé, et elle le ferait vraiment. Elle ferait marcher tout le monde dans la rue, monterait les escaliers, les ferait tous entrer dans l'appartement et m'envahirait.

Je ne pouvais pas gérer ça, alors j'étais en route pour le club de lecture. Peut-être que je pourrais trouver une excuse et partir plus tôt. Ou leur dire qu'Eddie avait besoin de quelque chose. Ou simplement partir.

Finley était à la porte quand je suis arrivée, comme si elle me cherchait. Elle a souri et m'a serrée dans ses bras, me faisant entrer avant que j'aie la chance de dire que je ne pouvais pas rester. —Laura a fait un gâteau. Tu dois rester pour en prendre une part.

J'ai grogné et admis que je ne pouvais pas refuser le gâteau de Laura. C'était trop bon. Ce qui signifiait que j'étais coincée. Peut-être que je pourrais m'asseoir et bouder sans que personne ne le remarque.

Ha ! Pas avec mes amis.

J'étais là depuis moins de cinq minutes quand les questions ont commencé. —Comment va Xavier ? a demandé Melody.

—Il guérit, a répondu Finley à ma place. —Il se repose et essaie de comprendre comment se déplacer avec des béquilles.

—Que s'est-il passé ? demanda Blake. Encore une fois, elle s'adressait à moi, mais Finley répondit.

—Il essayait de déplacer l'ancien stand de concession, et il s'est renversé sur lui. Il s'est cassé les deux os de la jambe inférieure. Aucune fracture déplacée, donc pas d'opération, mais il lui faudra au moins trois mois pour guérir.

—Vraiment ? Il travaille toujours ? demanda Sofia.

—Oui, dit Finley. Il a insisté. Trent l'a emmené là-bas jeudi après sa sortie de l'hôpital, et il a aussi travaillé vendredi. Il prévoit de travailler toute la semaine prochaine. Le théâtre ouvre jeudi.

—Hmm. Et pourquoi c'est toi qui réponds à toutes ces questions pendant que Rissa se goinfre de gâteau en faisant semblant de ne pas être là ? demanda Elise.

Finley me regarda en haussant un sourcil, me laissant décider ce que je voulais dire à nos amies.

Je mâchai lentement et avalai. Je posai mon assiette et m'essuyai les lèvres, puis regardai autour de la pièce. Je n'ai pas vu Xavier.

—Pourquoi pas ?

—Vous avez rompu ?

—Qu'est-ce qui s'est passé ?

Elles regardèrent tour à tour Finley et moi, attendant de voir qui répondrait en premier. Finley se contenta de hausser les épaules et de rester silencieuse. Me jetant en pâture aux loups.

—Karissa, que s'est-il passé ? demanda doucement Melody.

Je soupirai. Je ne peux pas le perdre.

—Alors tu le repousses ? demanda Blake.

—C'est ce que tu as fait avec Ian, répliquai-je.

—Ouais, et j'étais stupide. Tu es bien plus intelligente que moi, dit Blake.

Je secouai la tête. Non, je ne le suis pas. Surtout pas quand il s'agit de ce genre de choses. Je ne sais absolument pas ce que je fais.

— Qu'est-ce que ta mère dirait ? demanda doucement Elise.

— Quoi ?

— Qu'est-ce que dirait Georgia ? C'est ce que je me demande quand je ne sais pas quoi faire. Elle arrivait toujours à simplifier les choses. Peu importe le sujet, elle avait le don de faire paraître tout facile.

— Ce n'est pas facile, dis-je.

— Pourquoi pas ? me défia Elise. — Tu l'aimes. Il t'aime. Tu ne veux pas le perdre, mais tu le repousses pour garantir que tu le perdras ? Ça n'a aucun sens. Tu devrais t'accrocher à lui pour profiter de tous les moments que vous pouvez partager. Tout comme Georgia l'a fait avec Eddie. Elle l'a épousé avant de mourir pour avoir quelques mois de bonheur à la fin. Elle ne lui a pas dit de la quitter et de vivre sa vie.

Elise avait raison, mais je n'étais pas ma mère. Je n'avais jamais été aussi forte qu'elle.

— Je comprends, dit Blake. — Quand Ian et moi sommes devenus trop proches, j'ai reculé. Je ne pouvais pas supporter de l'aimer, et je ne pouvais pas supporter qu'il m'aime. Je ne voulais pas que quelqu'un entre dans ma vie et la complique. Mais avec du recul, je déteste avoir manqué plus de temps avec lui. Parce que j'étais folle.

— Je ne crois pas en être capable. Je ne pense pas pouvoir laisser quelqu'un d'autre entrer dans ma vie. Ça fait trop mal quand ils partent. Quand ils meurent ou décident qu'ils ne veulent plus de moi ou peu importe. Je me tordis les mains et secouai la tête. Elles ne comprenaient pas. Aucune d'entre elles n'avait perdu la seule personne dans leur vie qui les comprenait. Et je l'avais vécu deux fois. D'abord avec Xavier puis avec ma mère.

— Pourquoi penses-tu qu'il va partir ? demanda Finley.

— Toi, tu l'as fait, répliquai-je sèchement.

Les yeux de Finley s'écarquillèrent.

Je soupirai. — Je suis désolée. Je n'aurais pas dû dire ça.

— Visiblement, c'est ce que tu ressens, alors tu as bien fait. Je suis désolée que tu aies l'impression que je t'ai abandonnée, dit calmement Finley.

— Je veux que vous soyez heureuses. Je veux que vous le soyez toutes. Je ne vous en veux pas pour ça.

— Mais tu n'es pas prête à l'accepter pour toi-même ? demanda Trinity.

J'ai secoué la tête et je me suis levée. —Je dois... je dois partir. Je ne peux pas rester ici maintenant. Je suis désolée. Je vous aime tous, mais il faut que je parte.

Je me suis précipitée devant eux en ignorant leurs protestations. J'ai poussé la porte d'entrée et me suis dirigée vers la ville, sachant qu'ils s'attendraient à ce que je rentre chez moi. J'ai dépassé O'Kelley's et suis allée au parc Catherine, puis j'ai continué à marcher.

C'était calme, paisible. J'avais besoin de ce silence pour pouvoir réfléchir. Mon appartement ne me semblait plus être le mien parce que je ne pensais qu'à Xavier quand j'y étais. C'était autrefois mon havre de paix, reposant et relaxant. Maintenant, il m'accablait parce qu'il l'avait infiltré. Il avait été dans mon lit, sur mon canapé et dans ma cuisine. Son odeur persistait, comme un rappel invisible de ce que j'aurais pu avoir.

Même ma ville me rappelait sa présence. Je regardais à travers l'eau et je voyais le domaine MacKellar qui se dressait imposant dans l'obscurité, illuminé comme un phare. Je ne pouvais pas marcher le long de l'eau sans le voir et me demander ce qu'il faisait. Comment il allait.

Mon téléphone a vibré dans ma poche, mais je l'ai ignoré. Je n'étais pas d'humeur à recevoir plus de sermons, de bons vœux et d'inquiétude. J'avais besoin de m'évader. Peut-être prendre une pause. De vraies vacances comme Finley et moi devions en prendre l'année dernière. Cette escapade où nous avons fini à l'hôtel de Trent.

J'ai erré dans la ville pendant près d'une heure, ignorant mon téléphone tout ce temps. Quand les appels et les textos ont finalement cessé, j'ai repris le chemin de la maison, évitant les rues où habitaient mes amis pour ne croiser personne.

J'ai longé la promenade au bord de la rivière pour atteindre mon immeuble, jetant un coup d'œil dans le hall avant d'entrer par la porte arrière et de monter les escaliers. Je craignais que quelqu'un m'attende, mais le couloir était vide. À l'intérieur de mon appartement, tout était comme je l'avais laissé. Pas de Finley ni personne d'autre pour me tendre une embuscade.

Après m'être lavé le visage et avoir enfilé mon pyjama, je me suis assise sur le canapé et j'ai lu mes messages. Ils étaient doux et gentils, mais je ne pouvais pas y faire face. Pas quand j'avais l'impression qu'on m'avait arraché un morceau de mon corps. Depuis que j'avais entendu ces mots de McJenna, que Xavier était à l'hôpital, je sentais que je n'étais plus entière. Et je n'étais pas sûre de l'être à nouveau un jour.

LE THÉÂTRE OUVRAIT dans trois jours. Je devais finir l'application. Mais je n'y arrivais pas. J'étais bloquée.

Chaque fois que j'essayais d'ouvrir le projet, je n'y arrivais pas. Je me levais et faisais les cent pas dans mon appartement, fixant l'ordinateur comme s'il allait m'attaquer.

J'ai gaspillé la moitié de la journée à essayer de me convaincre d'y travailler tout en faisant exactement le contraire. Je ne pouvais pas rester assise là. Je devais sortir.

C'était une journée pourrie. La pluie tombait à verse, inondant les trottoirs et rendant tout détrempé et misérable. De tous les jours où j'avais besoin de sortir et de marcher, celui-ci était le pire. Mes chaussures étaient trempées en deux minutes, et mon imperméable était plus mouillé qu'imperméable. Résistant à l'eau n'était visiblement pas suffisant pour le déluge que nous subissions.

Je me suis faufilée chez O'Kelley's au lieu d'aller à Petits ami du Livre Illimité. Je n'étais pas prête à affronter Finley, et je savais qu'elle essaierait de me faire parler. Hudson était moins risqué.

—Tu mouilles mon plancher, gronda Hudson quand la porte claqua derrière moi.

—Il a besoin d'être nettoyé de toute façon.

—N'importe quoi. Je nettoie ce sol tous les jours.

—Sérieusement ?

—Putain, oui. C'est dégueu de ne pas le faire. Tu sais combien de personnes renversent de la bière ?

—La plupart d'entre elles, dis-je en m'installant au bar. — J'ai besoin de manger.

—Un verre aussi ? Tu noies ton chagrin ?

—Je suis venue ici pour éviter un sermon.

—Ouais, eh bien, pas de chance. Mais au moins, mon sermon s'accompagne de nourriture et d'un bon verre.

J'ai lancé un regard noir à Hudson. Il m'a ignorée et a préparé quelque chose de violet qui contenait plus d'un type d'alcool. Quand il l'a posé devant moi et s'est éloigné sans un mot, j'ai tenté ma chance et pris une gorgée.

—Putain de merde, ai-je gémi. J'en ai repris une gorgée. C'était bon. Dangereux, mais délicieux.

J'avais bu la moitié de mon verre quand Hudson est revenu à l'avant. Il a servi de la nourriture aux quelques clients attablés, puis m'a souri d'un air narquois. —Comment est le verre ?

—Je déteste que tu aies su que j'avais besoin de ça.

Il a ri. Je ne comprenais toujours pas comment il savait toujours ce que les gens avaient besoin de boire. Il était comme ma mère à cet égard, prédisant le comportement des autres et leur donnant ce dont ils avaient besoin avant même qu'ils ne sachent le demander.

—Tu en veux un autre ?

—Non. J'ai du travail à faire cet après-midi.

—Tu n'avances pas dans ton travail. Tu boudes et tu te plains parce que tu es trop trouillard pour profiter de ce qui est juste devant toi.

—Tu parles de toi ? Parce que je ne pense pas qu'on marcherait bien ensemble.

Il ricana et secoua la tête. —Je parle de l'amour.

Je grimaçai à nouveau. —Pourquoi deviens-tu si philosophique avec moi ?

—Parce que je tiens à toi, Rissa. Je veux te voir heureuse.

—Je suis heureuse. Cette boisson violette me rend heureuse.

Il en posa une autre devant moi mais ne la lâcha pas. —Xavier te rendait plus heureuse que la boisson.

J'arrachai le verre de sa main et portai la paille à mes lèvres. C'était efficace. Je ne savais pas ce qu'il y avait mis, mais entre les quantités copieuses d'alcool et mon manque de nourriture, ça me montait directement à la tête.

—Ne tombe pas du tabouret. Je vais chercher ton repas.

—Je n'ai rien commandé.

Il leva les yeux au ciel. —Tu crois vraiment que je ne sais pas ce que tu aimes manger ? Après toutes ces années ?

Il disparut dans la cuisine avant que j'aie eu la chance de lui demander ce qu'il avait commandé pour moi. Ça n'avait pas vraiment d'importance car, quoi qu'il en soit, j'allais l'aimer. Je n'avais jamais rien mangé chez O'Kelleys que je n'aimais pas.

Je sirotai ma deuxième boisson un peu plus lentement que la première et en avais bu un peu plus de la moitié quand Hudson déposa devant moi un sandwich au poulet grillé et une portion de fromage en grains.

—Tellement bon, murmurai-je.

Hudson rit doucement et me laissa manger tranquillement.

Quand j'eus presque fini mon déjeuner, Hudson s'appuya contre le bar. —Pourquoi fuis-tu tout ça ?

Je l'ai regardé. Nous nous étions rapprochés au cours de la dernière année depuis que Finley était tombée enceinte et que Hudson se blâmait de ne pas lui avoir dit qui était Trent. Il était en terminale quand j'étais en seconde, donc nous ne nous connaissions pas avant d'être adultes. Je ne connaissais pas Hudson avant Hillary, mais je savais qu'il était différent. Et je pensais qu'il comprendrait.

— Quand Xavier et moi étions à l'université, je pensais que rien ne pourrait changer les choses. J'étais convaincue que nous allions nous marier, vivre ici et avoir une longue vie ensemble. Il a choisi de ne rien faire de tout ça. Je l'ai détesté pour avoir détruit mes projets. C'est peut-être mal formulé, mais je pensais que ma vie était toute tracée. J'avais mon homme, je savais ce que je voulais comme carrière, je savais où j'allais vivre. Comme un tabouret à trois pieds. C'était établi. Mais il a retiré ce pied, et tout est devenu déséquilibré depuis. J'adore mon travail et vivre ici, mais sans ce troisième pied, ce n'était pas pareil.

Hudson hocha la tête et croisa les bras sur sa poitrine, m'encourageant à continuer.

— J'ai fait de mon mieux pour créer une vie qui me plaisait. J'étais assez heureuse. J'ai trouvé un moyen de créer un troisième pied et de garder l'équilibre toute seule. Puis ma mère est morte, et c'était comme si cette pièce avait été retirée à nouveau. J'ai perdu l'équilibre une fois de plus. Je commençais tout juste à retrouver mon équilibre quand Xavier s'est installé ici.

— Comment ça déséquilibre ta vie ? Je pensais qu'il en faisait partie ?

— Il en faisait partie, puis ce n'était plus le cas. Et l'avoir de retour n'était pas pareil. C'était compliqué. On a essayé de comprendre. On a commencé à apprendre à se connaître. On reconstruisait notre relation. Quand il a été blessé, j'ai eu l'impression que quelqu'un avait donné un coup de pied dans tout le tabouret sous moi.

— Je comprends cette partie.

— Alors tu comprends pourquoi je ne peux pas revivre ça ?

Hudson me fixa d'un regard dur pendant un long moment. Je pensais qu'il comprendrait, mais plus il me dévisageait, moins j'en étais sûre.

— Ma femme est morte. Ça, c'est un vrai coup dans le tabouret. Elle ne reviendra pas. Mais si j'avais une chance d'être avec elle à nouveau, en sachant qu'elle mourrait, je le ferais sans hésiter.

— Toute cette douleur ? La perdre encore ? Pourquoi ?

— Parce que je l'ai eue. Parce que la vie est nulle quand tu es seul. Crois-moi, je sais. Et je pense que toi aussi. Oui, ça fait mal de la perdre, et il y a des moments où ça fait encore mal, mais j'ai ses souvenirs. Je l'ai aimée du mieux que je pouvais jusqu'à sa mort. Je déteste qu'elle ne soit plus là, mais je ne regretterai jamais le temps que nous avons passé ensemble. Et pour être honnête, je te déteste un peu d'avoir la chance de partager ta vie avec quelqu'un et de ne pas vouloir la saisir.

— Pardon ?

— Tu devrais te lancer à pieds joints. Sois heureuse, Karissa. Ne te cache pas derrière tes peurs et tes hypothèses. Sors et vis ta vie. Tu n'échapperas jamais à la douleur, mais en créant de la souffrance maintenant pour te sauver d'une douleur plus grande plus tard, tu te réveilleras un jour submergée par le regret de ne pas avoir saisi la vie à pleines mains pour profiter de cette fichue aventure.

— Et toi ? ai-je demandé.

— Quoi, moi ?

— N'as-tu pas l'intention de faire ça ? Je sais que tu aimais Hillary et que personne ne pourra jamais la remplacer, mais pourquoi es-tu toujours célibataire ?

— Hillary était mon univers. La perdre a été une douleur que je ne veux plus jamais ressentir. Mais l'aimer a été la meilleure chose qui me soit arrivée. Je'suis célibataire parce que je ne suis pas sûr de retrouver un jour quelque chose comme ça. Quelqu'un qui me retourne complètement et qui rend ça acceptable. Quelqu'un qui exige tout ce que j'ai à donner et le remplace par tout ce qu'il y a en elle. Quelqu'un qui connaît tout de moi et qui aime malgré tout tous ces recoins sombres en moi.

— Donc, tu'as peur.

— Putain, oui, j'ai peur.

J'ai pouffé de rire.

— Mais tu n'as pas besoin d'avoir peur. Xavier t'aime, et tu l'aimes. Vous avez déjà passé la partie difficile.

— Qu'est-ce que c'est, la partie difficile ?

— Déterminer si tu veux passer le reste de ta vie avec quelqu'un. Une fois que tu connais la réponse à cette question, le reste est facile.

— Tu trouves que c'est facile ?

Hudson a souri. — Ce n'est difficile que parce que tu refuses d'admettre que j'ai raison, que tu as tort, et que Xavier est fait pour toi.

— Mais et si je le perdais ?

— Tu'vas le perdre maintenant si tu n'ouvres pas les yeux pour voir qu'il est là pour toi.

— Il est là ? Où ça ? J'ai sursauté et fait volte-face.

Hudson a éclaté de rire. — Plus de verres pour toi. Je ne parlais pas physiquement. Il est ici en ville. Il a déménagé ici. Il te veut dans sa vie. Tu es celle qu'il lui faut. S'il n'avait jamais quitté l'hôpital la semaine dernière, s'il était mort, comment te serais-tu sentie ?

Mon cœur s'est serré douloureusement. J'ai haleté. Les larmes me sont montées aux yeux.

—Tu as ta réponse, Rissa. Ne le laisse pas partir. Accroche-toi fort et aime-le pendant tous les jours où tu en auras la chance.

Je pris une profonde inspiration et fermai les yeux. Bon sang. Il avait raison. Ce qui signifiait que j'avais de sérieuses excuses à présenter.

## 23

## XAVIER

Ces putains de béquilles. Je détestais ces putains de béquilles. Ça faisait une semaine, et j'étais en train de perdre la tête.

—Tu dois t'asseoir, dit Geneviève, s'approchant derrière moi avec le claquement de ses talons.

Putain de talons. Elle avait deux jambes en bon état. Elle pouvait marcher comme une personne normale. Bordel.

—Il y a trop à faire pour ce soir. Je ne peux pas m'asseoir.

Geneviève soupira et croisa les bras sur sa poitrine. Son ventre commençait tout juste à s'arrondir. Bien sûr, je n'étais pas un connard au point de lui dire ça. Je savais qu'il ne fallait pas dire à une femme enceinte que ça se voyait, même si tous les hommes de la planète trouvaient ça sexy.

—Pose ton cul grognon là-bas maintenant avant que je ne te botte ta bonne jambe, me lança Geneviève avec un regard noir en pointant la chaise qu'elle avait apportée dans le hall pour moi.

Je marmonnai et traînai mon cul blessé jusqu'à la chaise. Putain de merde. Je détestais tout. Je voulais juste disparaître. Mais d'abord, je devais m'assurer que le théâtre soit un putain de succès pour que chaque fois que Karissa passerait devant, elle n'ait pas d'autre choix que de penser à moi. Dieu savait qu'elle ne pensait pas à moi le reste du temps.

Je me laissai tomber sur la chaise et lançai un regard noir à mon assistante. Si mon cerveau fonctionnait correctement, j'aurais admis qu'elle avait raison, mais mon esprit n'était qu'un fouillis de douleur et de colère et je m'en foutais complètement de me blesser à nouveau.

Non, ce n'était pas vrai. J'avais vécu sans Karissa dans ma vie. Je n'aimais pas ça, mais j'avais survécu. La dernière fois, c'était mon choix, et cette fois c'était le sien, mais je survivrais. Et finalement j'arrêterais d'aboyer sur tout le monde autour de moi et de mordre leurs têtes bien intentionnées qui essayaient de m'aider.

Sauf Geneviève. Elle en avait marre de mon attitude de merde et n'avait aucun problème à me dire que j'étais un connard.

—Je vais te virer si tu continues à me regarder comme ça, dit Geneviève.

—Tu n'en as pas le pouvoir.

—J'appellerai M. MacKellar sans hésiter. Je lui dirai qu'il doit soit te virer, soit j'abandonne. À ton avis, qui va-t-il choisir ? Elle haussa un sourcil et me défia de répondre.

Elle avait raison, bien sûr. Trent ne me supportait pas beaucoup non plus.

La seule personne qui semblait vouloir passer du temps avec moi était McJenna. Elle ne sortait pas avec ses amis après l'école. Elle rentrait en bus tous les jours et se précipitait à l'étage jusqu'à ma chambre. Elle faisait ses devoirs dans ma chambre puisqu'elle savait que je ne pouvais pas monter et descendre les escaliers facilement. Elle m'aidait à préparer mon dîner chaque soir et s'asseyait à côté de moi à table, se levant d'un bond dès que je disais avoir besoin de quelque chose.

J'ai finalement réussi à la convaincre d'aller au cinéma avec ses amis. Elle voulait simplement traîner avec moi plutôt que d'aller voir un film, mais je l'ai persuadée de rejoindre ses amis. Je n'étais pas très amusant comme compagnie, de toute façon.

Geneviève travaillait pendant que je boudais dans mon fauteuil. Les écrans avaient été livrés et installés à temps, comme promis. Les tables et les chaises étaient toutes en place et prêtes. Les restaurants avec lesquels nous avions établi des partenariats étaient préparés pour accueillir des clients supplémentaires. Même le stand de concession était parfait. L'ancien avait été jeté après avoir tenté de me tuer sans y parvenir.

Tout était prêt, sauf moi.

Je voulais accueillir tout le monde quand ils viendraient au cinéma pour la soirée d'ouverture. Être à la porte et les aider à trouver où ils devaient aller. Au lieu de cela, j'étais confiné à mon fauteuil, et Geneviève avait dit qu'elle me ferait mal si je me levais et essayais de me déplacer avec mes béquilles alors que le cinéma serait plein de gens.

Elle avait raison, encore une fois, mais ça ne signifiait pas que je devais en être heureux.

L'après-midi a cédé la place à la soirée. Geneviève était nerveuse, faisant les cent pas dans le cinéma et vérifiant trois fois que tout était parfait. Elle avait formé tout le nouveau personnel que nous avions embauché et faisait le point avec chacun d'eux. Beaucoup étaient des adolescents, mais il y avait aussi des étudiants et des adultes. Geneviève connaissait chaque personne par son nom et savait tout sur leurs familles. Ils parlaient et riaient tous ensemble, paraissant soignés et prêts dans leurs uniformes du Cinéma MacKellar.

—Est-ce qu'il est l'heure ? me demanda Geneviève, vérifiant l'heure sur son téléphone.

—Oui. Je pensais que Teddy serait ici.

—Il est là. Il est dehors. C'est pour ça que je te demandais. Il a dit qu'il y a des gens qui attendent sur le trottoir.

Même si cette nouvelle me rendait heureux, j'étais déçu. Je voulais être dehors. Parler aux gens et les faire se sentir bienvenus. Pas rester assis dans un fauteuil en donnant l'impression d'être le gérant le plus paresseux de la planète.

—Laissons-les entrer, dis-je à Geneviève.

Elle se tourna vers le reste des employés et frappa dans ses mains. —Très bien, tout le monde, je vais ouvrir la porte. Tout le monde est prêt ? J'ai entendu dire qu'il y a une foule dehors.

—Prêt, dirent-ils tous en chœur.

Geneviève prit une profonde inspiration et redressa les épaules. Elle se tourna vers moi avec un sourire qui s'infiltra en moi et me fit me sentir mieux à propos de tout ça. En grande partie.

Je restai sur le côté pendant qu'elle ouvrait la porte. Bien que j'aie voulu circuler, je ne pouvais pas prendre ce risque, mais je me suis quand même levé. Je me suis tenu à l'écart pendant que nos premiers invités entraient et s'émerveillaient de ce que nous avions fait au cinéma.

— Wow, regardez ça !

— Oh, c'est nouveau.

— C'est trop cool !

Je souris face à leur enthousiasme, essayant d'en ressentir un peu moi-même. C'était une bonne journée, et même si j'avais espéré la passer avec Karissa, je savais que nous avions créé quelque chose dont j'étais fier.

La première séance avait lieu dans la salle familiale, donc les premiers groupes étaient des familles et des groupes d'amis avec des enfants. L'excitation les portait de la porte d'entrée jusqu'au stand de confiseries puis dans la salle. J'entendis le grondement de joie quand ils découvrirent les sièges et choisirent leurs places préférées, puis à nouveau quand la nourriture fut livrée des restaurants locaux et que les familles s'installèrent pour le début du film avec leur dîner et leurs collations.

Nous avons eu un court répit entre les films quand le premier avait commencé et que les spectateurs du second n'étaient pas encore arrivés. C'est pendant ce moment que Geneviève est venue me chercher.

— Nous avons un problème.

— Qu'est-ce que c'est ?

— Il y a une livraison de nourriture ici.

— D'accord. Et alors ?

— Ce n'est pas un restaurant que je connais.

— De quoi parles-tu ?

— Ça vient d'un endroit appelé Benny's Pizza.

Mon monde entier s'arrêta. — Tu as dit Benny's Pizza ?

Geneviève hocha la tête. — Tu connais ? Je n'en ai jamais entendu parler.

Ce n'est pas local,' ai-je dit lentement. Benny's Pizza était l'endroit préféré de Karissa et moi pour commander à emporter à l'université. On y mangeait au moins une fois par semaine, parfois plus. On commandait toujours la même chose, tellement que l'établissement connaissait notre commande sans même qu'on ait besoin de la préciser. Je n'avais pas mangé chez Benny's depuis l'université.

Ils ont une commande. Ils disent qu'elle devait être livrée maintenant. Tu peux venir leur parler ? Peut-être que tu pourras comprendre ce qui a mal tourné.

J'ai hoché la tête et je l'ai suivie, le claquement de ses chaussures et le bruit sourd de mes béquilles étant les seuls sons dans le couloir arrière. Nous ne voulions pas que les restaurants risquent de se retrouver piégés dans la foule devant l'entrée, alors nous avions un point de livraison à l'arrière pour eux.

Genevieve a tourné au coin devant moi et a dit : —Il est juste derrière moi.

Il m'a fallu quelques secondes de plus pour arriver là où elle se trouvait, et quand j'y suis parvenu, je me suis figé en voyant Karissa tenant une boîte à pizza et portant un uniforme de Benny's.

Qu'est-ce que tu fais ici ?

Elle a levé la boîte. —Livraison de pizza.

C'est pour ça que tu n'as répondu à aucun de mes appels ou messages ? Tu as livré des pizzas ?

Non. Je n'ai pas répondu à tes appels ou messages parce que je suis une trouillarde et que je suis terrifiée à l'idée de te perdre.

Tu sais que ça n'a aucun sens, n'est-ce pas ?

Elle a ri doucement et a hoché la tête. —Je sais. On me l'a répété plusieurs fois cette semaine. J'avais peur. Je t'avais déjà perdu une fois, et j'ai perdu ma mère, qui était ma meilleure amie, et Eddie était à l'hôpital, et j'ai complètement perdu la tête.

D'accord. Et maintenant ?

Et maintenant, j'espère que Benny's Pizza t'aidera à commencer à me pardonner.

Tu penses que c'est tout ce qu'il faudra ?

Elle a secoué la tête. —Je suis sûre que non. Mais c'est un début.

Qu'as-tu d'autre en tête ? J'appréciais de la voir se tortiller.

Elle se mordit la lèvre. —J'ai créé une application pour toi.

—Tu as fait quoi ? m'exclamai-je.

—Je sais que c'est pour le théâtre et pas pour toi personnellement, mais je l'ai créée. Et je commanderai chez Benny quand tu voudras. Et j'aiderai McJenna avec ses études ou pour se faire des amis. Et je...

—Tais-toi et embrasse-moi ? demandai-je.

Elle s'arrêta en pleine phrase et leva les yeux vers moi.

Geneviève, qui observait tout notre échange, poussa un cri de joie.

—Tu veux que je t'embrasse ? demanda Karissa.

—Putain, oui. Je t'aime.

Elle me sauta dessus, me faisant perdre l'équilibre. Heureusement, il y avait un mur derrière moi et je me rattrapai avant que les choses ne finissent très, très mal.

—Oh mon Dieu, je suis tellement désolée, Karissa recula. Ses yeux étaient écarquillés de peur. Elle mit ses mains sur sa bouche, m'examinant tandis que des larmes lui montaient aux yeux.

—Viens par ici, grognai-je.

Elle fit un pas hésitant, puis un autre. Quand elle fut assez proche pour que je puisse l'atteindre, je saisis sa main et la tirai contre moi, mon dos fermement appuyé contre le mur.

—Je t'aime. Et j'adore que tu aies presque failli me tuer en essayant de m'embrasser. On pourrait peut-être garder ça pour quand j'aurai deux jambes valides ?

Des larmes coulaient sur ses joues. —Je ne pensais pas t'entendre dire ça un jour.

—Quoi ? Deux jambes valides ? la taquinai-je.

Elle rit et hocha la tête. —Exactement. Elle glissa ses mains sur mon torse et les noua autour de mon cou. —Je t'aime. Et je suis tellement désolée d'avoir pris peur et d'avoir essayé de te fuir.

—Bon timing, parce qu'il n'y avait aucune chance que je puisse te rattraper.

Elle a ri à nouveau et m'a donné une tape sur la poitrine. —Ne plaisante pas. J'étais vraiment terrifiée quand McJenna a reçu cet appel. Je ne savais pas ce qui s'était passé, et j'ai cru que j'allais te perdre.

J'ai secoué la tête. —Plus jamais. Je t'aime. Je ne veux aller nulle part si ce n'est pas avec toi.

Elle a soupiré avec bonheur. —J'aime comme ça sonne.

—Alors, tu as vraiment apporté une pizza de chez Benny's ici ?

Elle a ri et hoché la tête. —Oui. Je pensais que ça te ferait plaisir. J'ai entendu dire que tu as été difficile à gérer ces derniers temps.

—Tu l'as dit, a ajouté Geneviève.

—Hé, j'étais blessé, brisé et meurtri, me suis-je défendu.

—Ouais, et moi je suis enceinte, a rétorqué Geneviève.

—Tu l'es ? lui a demandé Karissa.

Geneviève a souri. —Oui. Seize semaines.

—Félicitations. C'est vraiment excitant.

—Merci. Et merci de lui avoir accordé une autre chance. Il n'aurait peut-être pas survécu à la nuit sans ça.

—Je n'allais rien faire de tel, ai-je protesté.

Geneviève a haussé un sourcil vers moi. —Moi si.

Karissa a éclaté de rire. Geneviève nous a fait un signe de la main et est repartie dans le couloir vers l'entrée.

—Et maintenant ? ai-je demandé à Karissa.

—Maintenant, on dîne et on regarde un film.

—Je n'ai pas de billets.

— Heureusement que j'en ai. Geneviève en a gardé pour moi.

— Elle était complice ?

— Bien sûr qu'elle l'était. Je pense que c'est la seule raison pour laquelle elle t'a supporté aussi longtemps. Elle a dit que tu étais vraiment misérable.

J'ai hoché la tête. — C'est vrai. Je ne supportais pas l'idée de te perdre à nouveau. Si tu n'avais pas fait ça, j'aurais dû trouver quelque chose pour te convaincre de me donner une autre chance.

— Ah bon ? Et qu'est-ce que ça aurait été ?

— Probablement rien d'aussi bien. Tu as toujours été la plus créative.

— Attends de voir l'application.

— Est-ce que «application» est un code pour quelque chose, parce que tu as dit ça de façon vraiment coquine ?

Elle a ri doucement. — Non, ce n'est pas un code. Enfin, c'est du code, mais du vrai code, pas un code... Oh, laisse tomber. Tu auras droit aux moments coquins quand tu seras guéri.

— Le médecin a dit que je pouvais reprendre toutes mes activités normales.

— Toutes ? Et la marche, la natation et le vélo ?

— Tu casses l'ambiance. Je lui ai lancé un regard noir.

— Je t'aime trop pour risquer que tu te blesses à nouveau. Je peux penser à quelques façons de s'amuser qui ne vont pas aggraver tes blessures.

— Ah bon ? Comme quoi ?

— Comme toi qui te détends pendant que je fais tout le travail. On peut faire semblant d'apprendre à se connaître à nouveau et être créatifs avec nos mains et nos bouches.

J'ai gémi et léché le bord de son oreille. — On peut être créatifs maintenant ?

Elle a ri, un son rauque et profond. — Pas maintenant. Les autres vont bientôt arriver avec de la nourriture. Mais plus tard. Et demain. Et tous les jours pour le reste de notre vie.

— Est-ce que tu... ? Est-ce que tu viens de me demander en mariage ?

Elle sourit. —Pas officiellement, mais j'en ai fini de prétendre que je ne te veux pas dans ma vie pour de bon. Je ne sais pas si tu en es au même point, mais—

—J'y suis. Crois-moi, j'y suis. Je regardais des maisons et je n'arrivais jamais à me décider parce que je ne savais pas ce qui te conviendrait.

—Tu regardes des maisons ? demanda-t-elle.

J'ai hoché la tête, réalisant que j'avais brûlé une étape. —J'ai besoin de tenir sur mes propres jambes. Au sens figuré. Éventuellement au sens propre, mais les ordres du médecin m'en empêchent pour l'instant. Je me suis reposé sur Trent pendant longtemps, et maintenant avec Finley et George, je sais qu'il est temps que McJenna et moi soyons indépendants.

—C'est lui qui te l'a dit ?

J'ai secoué la tête. —Il m'a toujours dit que nous étions sa famille. Et je le sais. Mais je sais aussi que J va partir à l'université dans quelques années, et je pense que Trent et Finley pourraient avoir d'autres enfants, et je ne veux pas être le pseudo-oncle bizarre qui vit au bout du couloir. Je veux mon propre endroit. Notre propre endroit, si tu es d'accord.

Elle a souri, et j'ai juré que c'était la plus belle chose que j'avais jamais vue de ma vie. —Je suis tout à fait d'accord. Nous devrions commencer à chercher une maison.

—Vraiment ?

—Oui. J'hésite à abandonner mon appartement. Ce n'est plus pareil sans Fin. Vous pouvez venir habiter chez moi si vous voulez, mais évidemment les escaliers sont un problème en ce moment. Peut-être qu'on pourra trouver quelque chose d'ici à ce que tu sois de nouveau sur tes deux pieds. Tenir sur tes jambes dans tous les sens du terme.

—Tant que je peux tenir debout avec toi, lui dis-je. Je l'ai embrassée sur la joue tandis qu'elle riait.

—Tant que ça te convient.

—Absolument.

Elle s'est haussée sur la pointe des pieds pour m'embrasser, prenant soin de ne pas trop s'appuyer sur moi. Je détestais ne pas pouvoir l'enlacer et la serrer contre moi, mais on trouverait une solution.

Un coup à la porte d'entrée nous a fait nous séparer. Nous

avons fait entrer le livreur et l'avons remercié d'avoir apporté toute la nourriture.

—Tout le plaisir est pour moi. C'est une super idée. J'ai hâte de venir ici avec ma famille ce week-end.

—Excellent. Merci pour ton soutien.

Il hocha la tête et partit.

Karissa se tourna vers moi et dit : —Je suis si fière de toi. Tu as vraiment redonné à cet endroit son caractère spécial. Et impliquer la communauté pour vraiment rassembler les gens, c'est incroyable.

—Merci. Je n'aurais rien pu faire sans Geneviève, mais je suis tellement heureux de voir que tout a tourné comme prévu. Et tu avais raison depuis le début. C'est l'endroit parfait pour passer le reste de notre vie.

Elle sourit d'un air malicieux. —Il était temps que tu commences à m'écouter.

Geneviève revint et prit la nourriture, utilisant le chariot pour apporter les commandes aux invités à l'avant. Karissa et moi la suivîmes après une minute de plus et quelques baisers supplémentaires.

Trent avait convaincu les autres gars qui venaient habituellement à la soirée entre hommes de venir à la soirée d'ouverture du théâtre. Quand nous sommes entrés dans le hall, ils étaient tous là, certains avec leurs épouses et petites amies, d'autres seuls. Quand ils nous ont vus, ils ont tous acclamé.

—Vous avez enfin mis les choses au clair, hein ? demanda James.

—Oui, c'est fait, répondit Karissa pour nous deux.

—Je suis si heureuse pour toi, lui dit Laura.

—Merci. Je ne savais pas que vous viendriez tous ce soir. N'est-ce pas formidable ? Karissa les serra tous dans ses bras, un par un.

Ils acquiescèrent tous et se montraient différentes choses les uns aux autres. C'était tout ce que j'espérais. Un lieu de rassemblement pour les habitants, une soirée en amoureux pour les couples et une expérience pour les familles.

Voir tout se concrétiser valait bien les longues heures de travail et la jambe cassée. C'était encore mieux de pouvoir partager ce moment avec Karissa et McJenna.

—Avez-vous vu McJenna ? demandai-je.

Karissa pointa derrière moi, et je me retournai. J venait d'entrer avec Bianca et deux autres filles. Elle m'aperçut et me fit signe, guidant ses amies vers notre groupe.

—Je croyais que Geneviève avait dit que tu devais rester assis, me réprimanda J.

—C'est ma faute, expliqua Karissa. —J'avais besoin de lui parler et je l'ai fait sortir de sa chaise.

—Qu'est-ce que tu portes ? demanda McJenna. Elle examina la tenue de Karissa. —Attends, c'est Benny's Pizza ?

—Comment tu connais Benny's Pizza ?

—Mon père en parlait tout le temps. Il disait que c'est la meilleure pizza au monde. Il parlait de m'y emmener, mais nous n'y sommes pas encore allés. Il disait que c'était l'endroit le plus spécial qui soit.

Karissa me regarda et sourit. —C'est vrai. C'est là où nous avons échangé notre premier baiser.

J'ai déplacé une béquille de l'autre côté et j'ai passé mon bras autour de son épaule. J'ai embrassé le sommet de sa tête.

—Est-ce que ça veut dire que vous êtes de nouveau ensemble ? demanda McJenna.

—Oui. Pour de bon cette fois, dit Karissa. —Ça te va d'avoir une belle-mère ?

Le sourire de McJenna était aussi large que celui de Karissa. —Je pense que ça me plairait beaucoup.

J nous a toutes les deux serrées dans ses bras.

Ça m'a pris dix-sept ans, mais j'avais enfin tout ce que j'avais toujours désiré. Et je n'allais plus jamais le laisser partir. Jamais.

## HUDSON

Ça faisait un sacré bout de temps que je ne m'étais pas tenu devant l'autel lors d'un mariage. Je ne pensais jamais le refaire. Finley était éblouissante, comme une déesse, avec ses cheveux bruns attachés dans une sorte de torsade compliquée et des mèches qui flottaient dans la brise venant de l'eau. Bien sûr, ce qu'il y avait de plus beau chez elle, c'était son sourire. Ça faisait du bien de la voir si heureuse.

—Moi, Finley Jameson, je te prends, Trent MacKellar, comme époux légitime, à partir de ce jour. Je jure de t'aimer et de t'honorer, pour le meilleur et pour le pire, dans la richesse comme dans la pauvreté, dans la santé comme dans la maladie, jusqu'à ce que la mort nous sépare. Je promets d'être honnête avec toi. De toujours te soutenir. De partager chaque partie de moi avec toi. D'aimer notre fils et tous les autres enfants que nous aurons. Et de toujours faire du temps pour nous.

Trent rayonnait à ces mots, les yeux brillants de larmes contenues. Mon Dieu, je me souvenais de cette sensation. Savoir que je liais ma vie à quelqu'un qui correspondait à chaque partie de qui j'étais. Hillary ne m'a jamais jugé. Elle ne m'a jamais sous-estimé. Elle m'a soutenu dans tout ce que j'ai choisi de faire, et j'ai fait de même pour elle.

Voir Finley et Trent, et tant d'autres amis, faire la même chose me rappelait que l'amour ne mourait jamais, même quand la personne disparaissait. Hillary n'était plus là, mais mon amour pour elle demeurait.

Mais je savais qu'il était temps d'avancer.

Ça me fichait une trouille bleue, mais après avoir vu Finley risquer son cœur pour Trent et Karissa tenter sa chance en amour avec Xavier, je devais admettre que je m'étais caché. Je ne me permettais pas de m'attacher à une autre femme parce que je pensais que cela signifiait être infidèle à Hillary. J'avais couché avec des femmes depuis sa mort, mais je n'avais jamais permis que ce soit plus que du sexe.

Être seul, c'était nul. Je regrettais de ne plus partager ma vie avec quelqu'un d'autre. Je n'avais aucune idée de qui serait cette personne, mais j'étais prêt à la trouver.

La cérémonie s'est terminée, et le cortège nuptial s'est dirigé vers la maison. Je ne m'habituerais jamais à être au Domaine MacKellar. L'endroit était immense et un peu intimidant. Mais Finley l'adoucissait et le transformait en son foyer.

—Merci, dit Finley en me serrant fort contre elle.

—Je t'en prie. Je suis juste content de ne pas avoir eu à lui courir après pour lui botter les fesses, lui ai-je dit.

Finley a ri. Sa relation avec Trent n'avait pas connu le début le plus facile, mais tout s'était vraiment bien terminé au final.

George gazouillait et poussait des cris aigus, mon cœur se serrant quand je me suis retourné et l'ai vu dans les bras d'Anna, tendant les mains vers sa maman. Finley a roucoulé et s'est dirigée vers lui, son visage s'illuminant quand elle a parlé. Anna le lui a remis et leur a souri, félicitant Finley.

— J'ai l'impression de t'avoir quand même demandé de travailler, et je suis désolée pour ça.

Anna a fait un geste de la main. — Il n'est pas un travail. Les bébés me manquent. Pas que j'en veuille d'autres, mais c'est agréable de l'avoir autour. Pour un petit moment.

Elles ont ri toutes les deux. Je me suis détourné, me sentant mal à l'aise d'être intrus. J'ai toujours voulu des enfants. Hillary et moi parlions d'essayer quand elle est morte. C'était un rêve qui continuait à me tirailler. Une chose qui m'avait fait envisager de sortir avec quelqu'un avant maintenant. Ça n'aurait pas été juste envers l'autre femme, alors j'ai toujours mis une protection et je ne me suis pas engagé, mais j'ai toujours regretté de ne pas avoir d'enfants.

— Encore un de casé, a dit Ian en me tendant une bière.

— Ouais. Elle a l'air heureuse.

Ian a hoché la tête, regardant sa sœur et sa femme avec Anna. Blake a tendu la main et offert son doigt à George, que celui-ci a promptement fourré dans sa bouche.

— Tu es prêt ? ai-je demandé.

Ian a secoué la tête. — Pas le moins du monde. Mais on s'entraîne autant qu'on peut avec George.

— Vous allez être de sacrés bons parents, tous les deux.

Ian m'a regardé, la gratitude et l'émotion l'étouffant. — Merci, a-t-il chuchoté.

Je lui ai donné une tape dans le dos. — Tu n'as pas à t'inquiéter. Cet enfant aura de la chance.

— J'apprécie. C'est difficile de croire qu'on va être responsables de la vie de quelqu'un d'autre.

J'ai ri. — Ouais, mais tu es prêt.

Il hocha la tête. —Je l'espère.

—Finley a l'air heureuse, dit James en nous rejoignant. — Vous ne lui avez pas volé la vedette tous les deux.

Ian et moi avons ri doucement. —Certainement pas, ai-je dit.

James observa les invités qui discutaient, riaient et dégustaient les amuse-bouches sur la pelouse. —Alors, qui sera le prochain ?

—Nico, ai-je répondu. —Il est prêt à faire sa demande.

—Vraiment ? demanda Ian. —J'allais dire Xavier. Il ressemble à un homme prêt à officialiser les choses.

—Je pense qu'ils sont tous les deux prêts, dit James en faisant un signe vers Karissa et Xavier qui se tenaient aussi près l'un de l'autre que ses béquilles le permettaient pendant qu'ils se balançaient au rythme de la musique. —Colin aurait ma voix.

—Tu crois qu'elle va dire oui ? demanda Ian.

James haussa les épaules. —Ils vivent ensemble depuis un moment. Je ne pense pas qu'Elise aille quelque part, et j'ai le sentiment qu'ils sont tous les deux prêts. Cela dit, ils pourraient déjà être mariés.

—Que veux-tu dire ? ai-je demandé.

—Je les imagine bien aller se marier quelque part et l'annoncer à tout le monde plus tard, dit James. —Colin a dit qu'ils prévoient un long week-end le mois prochain. Ils pourraient revenir mariés.

—C'est vraiment possible, dit Ian.

—Et toi ? Tu te lances dans la course ? me demanda James.

J'ai haussé les épaules. —J'y pense.

Ian et James reculèrent brusquement. —Quoi ? Pas possible, dit Ian.

—J'ai juste dit que j'y pensais.

—Tu penses à quoi ? demanda Xavier. Lui et Karissa étaient arrivés derrière moi sans que je m'en aperçoive.

—Hudson a dit qu'il pensait à sortir avec quelqu'un, dit Ian.

—Bien pour toi, dit Xavier.

—Quelqu'un que je connais ? demanda Karissa avec un sourire narquois.

—Ouais, qui est-elle ? On s'assurera que tu ne la fasses pas fuir avec tes humeurs sombres et tes regards furieux, dit James.

Je lui ai fait un doigt d'honneur.

James et Ian riaient, ces connards.

—Allez vous faire foutre tous les deux.

—Ignore-les. Je suis contente pour toi, dit Karissa.

—Je n'aurais jamais cru voir le jour où Hudson Grant serait prêt à sortir avec quelqu'un. Hé, tu devrais t'inscrire sur l'appli de Karissa, dit James. —Comme ça, tu pourras impressionner une femme sans qu'elle sache qui tu es.

—C'est comme ça que tu as eu Trinity, lui dis-je.

—Exactement. Elle ne serait pas sortie avec moi si elle avait su qui j'étais. Karissa est un génie.

—Oui, elle l'est, confirma Xavier, en la serrant contre lui.

Je leur ai souri. —Ouais, peut-être.

—Ou tu peux simplement draguer quelqu'un à O'Kelley's. Ian haussa les épaules.

Je secouai la tête. —Je ne mélange pas travail et plaisir. C'est trop compliqué.

—L'appli, alors, dit James.

—Hé, qu'est-ce que vous avez offert à Finley et Trent tous les deux ? C'est énorme, demandai-je à Xavier et Karissa.

Ils échangèrent un regard et sourirent. —C'est une carte des étoiles de la nuit où ils se sont rencontrés, dit Xavier.

—Wow, vraiment ? demanda Ian.

Karissa hocha la tête. —Il voulait quelque chose de spécial pour eux. Finley adore regarder les étoiles et dit qu'elle pense que leur rencontre était écrite dans les étoiles, comme dans un roman d'amour. Xavier a trouvé cette entreprise en ligne qui imprime une carte du ciel nocturne à n'importe quelle date et depuis n'importe quel endroit.

—C'est vraiment cool. Définitivement unique et totalement à leur image, dit Ian.

—Fin va adorer, ajoutai-je.

—On l'espère, dit Karissa.

Nous avons tous discuté quelques minutes de plus. Trinity appela James, et Ian interrogea Xavier sur le théâtre. J'en profitai pour m'excuser et aller chercher un autre verre, ayant besoin d'un moment pour me vider la tête avant d'être rappelé aux préparatifs du mariage. Je n'avais pas prévu de dire à qui que ce soit que j'envisageais de sortir avec quelqu'un, et je n'avais certainement pas prévu qu'on me dise que je n'avais que deux options. L'idée d'une application de rencontres ne me plaisait pas, mais rencontrer une femme qui venait dans mon bar ne me semblait pas non plus être la bonne solution.

Je jetai ma bouteille de bière dans la poubelle de recyclage et me dirigeai vers la table des amuse-gueules. Au moment où je tendais la main vers la dernière coupe de spaghetti avec boulette de viande, quelqu'un d'autre fit de même, nos mains se heurtant quand je l'attrapai juste avant l'autre personne.

Je levai les yeux, avec l'intention de m'excuser et de l'offrir à l'autre personne, même si je l'avais déjà touchée et que j'étais clairement arrivé en premier, quand je vis qui c'était.

—Bien sûr que tu essayais de voler la dernière, me lança Anna d'un ton hargneux.

— Toi aussi, ai-je riposté.

— Ouais, pour mon gamin. C'est la seule chose que Matty accepte de manger en ce moment.

J'ai regardé derrière elle où Matty était assis avec son frère, Joey. Joey était débarrasseur au O'Kelley's, et Matty faisait ses devoirs au bar après l'école jusqu'à ce qu'Anna et Joey terminent leur service. J'aimais bien les garçons d'Anna. Pas autant leur mère.

— On dirait qu'il mange plutôt bien, ai-je dit alors que Matty s'enfonçait une tranche de pain dans la bouche.

Anna a jeté un coup d'œil par-dessus son épaule et s'est crispée. Elle s'est retournée vers moi avec une grimace. — Bon, d'accord. C'est pour moi. T'es content ?

J'ai haussé les épaules. — Aux anges.

Elle a fixé la coupe de spaghetti aux boulettes de viande sur mon assiette, et je jure devant Dieu que ma queue s'est durcie en voyant le désir dans ses yeux. Putain de merde.

— Tiens, ai-je marmonné. — Tu peux l'avoir. Je l'ai versé sur son assiette et je me suis éloigné.

Non. Oh putain, non. De toutes les femmes, ce n'est pas d'elle que j'allais être attiré. Elle me rendait complètement dingue.

*Peut-être que tu devrais la clouer contre un mur.*

Merde ! Non. Je n'allais pas commencer à penser à Anna et à ce regard qui disait *baise-moi*. Son fils était mon employé. Elle travaillait pour l'un de mes meilleurs amis. Et elle me rendait complètement fou.

Pas possible. Ni maintenant. Ni jamais. Peu importe à quel point ma queue voulait exiger le contraire.

MERCI D'AVOIR LU l'histoire de Karissa et Xavier ! Avez-vous repéré toutes leurs apparitions dans les autres livres ? Elle l'a même aperçu dans *Son Désir aux Courbes Généreuses* (à l'hôtel), mais elle s'est convaincue qu'elle se trompait. Et bien sûr, il était celui qui lui avait échappé. J'ai adoré les réunir !

Le prochain livre de la série raconte l'histoire de Hudson et Anna. La seule chose qu'ils ont en commun, c'est à quel point ils s'agacent mutuellement. Peut-être une autre chose aussi, mais aucun d'eux n'est prêt à l'admettre. Ils n'ont pas d'autre choix que de coexister puisque le fils d'Anna travaille pour lui, mais cela ne signifie pas qu'ils doivent s'apprécier. Ils doivent simplement se tolérer. Entre les baisers, les caresses et les disputes qui sont, oh, si agréables à réconcilier. Commencez ***Son Fantaisie aux Courbes Généreuses*** aujourd'hui !

VOUS VOULEZ en savoir plus sur Karissa et Xavier ? Ils achètent une maison et les abonnés peuvent emménager avec eux ! Inscrivez-vous maintenant pour lire leur épilogue bonus !

# À PROPOS DE L'AUTEUR

Auteure à succès classée au *USA TODAY*, Mary E Thompson a passé la majeure partie de son enfance à souhaiter avoir quelques courbes en moins. Elle se cachait dans les pages des livres parce que ses personnages préférés ne se souciaient jamais de sa taille de vêtements. Aujourd'hui, Mary non plus, et elle écrit des histoires qui célèbrent les femmes comme elle. Des femmes réelles qui ont des courbes, poursuivent leurs rêves et trouvent l'amour, parce que nous devrions tous être heureux, quelle que soit notre taille.

Mary passe son temps hors écriture avec son mari et ses deux enfants, à regarder trop de télévision, à encourager l'équipe de football de sa ville natale (Allez les Bills !) et à cacher du chocolat à sa famille.

Inscrivez-vous maintenant à la newsletter de Mary. Les abonnés reçoivent des ebooks gratuits et d'autres choses amusantes, comme du contenu exclusif réservé aux membres et des concours, et sont les premiers à connaître les nouvelles parutions et les promotions !